人文阅读与收藏·良友文学丛书

舒乙题

原丛书主编：赵家璧

特 邀 顾 问：舒　乙　赵修慧　赵修义　赵修礼　于润琦

出　品　人：马连弟
监　　　制：李晓琤
执　　　行：张娟平
统　　　筹：吴　晞　姚　兰
装帧设计：赵泽阳

特别鸣谢（按姓氏笔画排列）：
韦　韬　叶永和　李小林　沈龙朱　陈小滢　杨子耘
张　章　周　雯　周吉仲　舒　乙　蒋祖林　施　莲
姚　昕　俞昌实　钟　蕻　郑延顺　赵修慧
以及在版权联系过程中尚未联系到的作者或家属

特别鸣谢：
上海鲁迅纪念馆
北京鲁迅博物馆
北京大学中国语言文学系
复旦大学中国语言文学系
中国作家协会权益保障委员会

人文阅读与收藏·良友文学丛书

野火

鲁 彦著

中国国际广播出版社

良友版《野火》精装本封面

良友版《野火》编号页

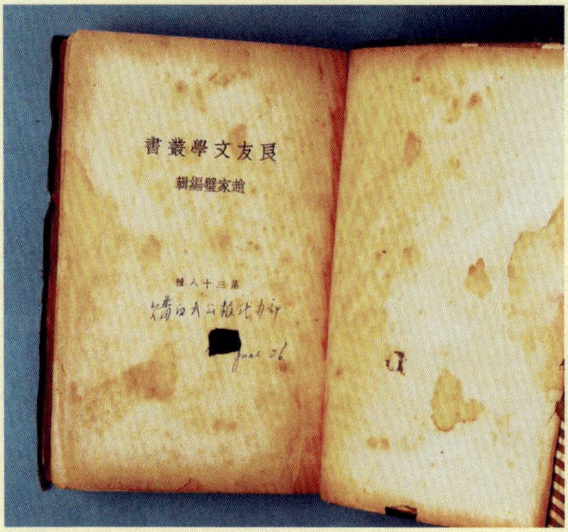

良友版《野火》扉页

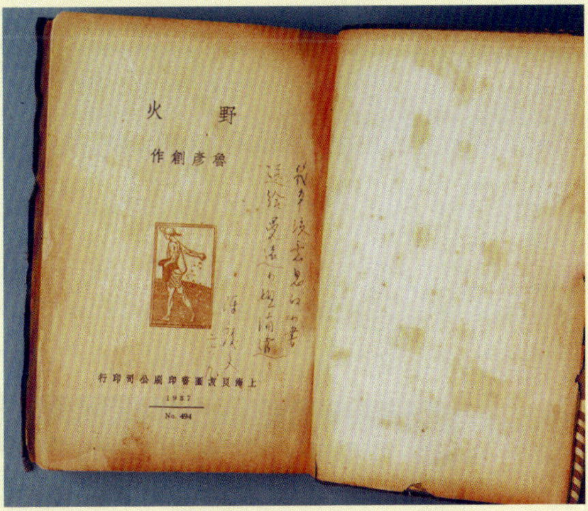

良友版《野火》版权页和内文第一页

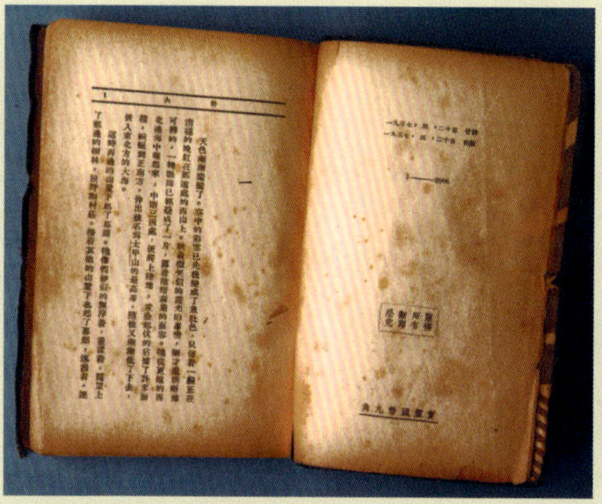

良友版《野火》内文

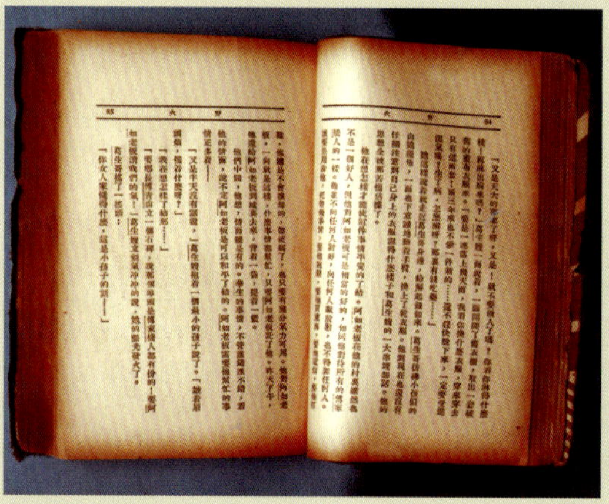

《良友文学丛书》新版出版说明

二十世纪三四十年代，著名编辑赵家璧在上海良友图书公司老板伍联德的支持下，历经十余年，陆续出版《良友文学丛书》，计四十余种。其中三十九种在上海出版，各书循序编号，后出几种则无。该套丛书以收入当时左翼及进步作家的作品为主，也选入其他各派作家作品。其中小说居多，兼及散文和文艺论著；第一号是鲁迅的译作《竖琴》。丛书一律软布面精装（亦有平装普及本），外加彩印封套，书页选用米色道林纸，售价均为大洋九角。

《良友文学丛书》选目精良，在现在看来，皆为名家名作；布面精装的装帧更是被许多爱书人誉为“有型有款”。不可否认，在装帧设计日益进步的当下，这套出版于二十世纪三四十年代的丛书外形已难称书中翘楚，但因岁月洗汰，人为毁弃，这套曾在出版史上一度“金碧辉煌”过的丛书首版已然成为新文学极其珍贵的稀见“善本”。

在《良友文学丛书》首版八十周年之际，为满足现代普通读者和图书馆对该丛书阅读与收藏的需求，我们依据《良友文学丛书》旧版进行再版（四种特大本不在其列）。本着尊重旧版原貌的原则，仅对旧版中失校之处予以订正。新版《良友文学丛书》采用简体横排的形式，以旧版书影做插图，装帧力求保持旧版风格，又满足当下读者的审美趣味。希望这一出版活动对缅怀中国出版前辈们的历史功绩和传承中国文化有所裨益，也希望广大读者多提宝贵意见和建议，以便我们把日后的工作做得更好。

《良友文学丛书》新版校订说明

一、本丛书收录原良友图书公司编辑赵家璧主编《良友文学丛书》共四十六种（四种特大本不在其列），乃为目前发现且确系良友版之全部。

二、此番印行各书，均选择《良友文学丛书》旧版作为底本，编辑内容等一律保持原貌，未予改窜删削。

三、所做校订工作，限于以下各项：

（1）将繁体字改为简体字；

（2）原作注释完全保留；

（3）尽量搜求多种印本等资料进行校勘，并对显系排印失校者在编辑中酌予订正；

（4）前后字词用法不一致处，一般不做统一纠正；

（5）给正文中提到的书籍和文章及其他作品标上书名号，原作书名写法不规范、不便添加符号者，容有空缺；

（6）书名号以外其他标点符号用法，多依从作者习惯，除个别明显排印有误者外均未予改动。

一

天色渐渐朦胧了。空中的彩云已先后变成了鱼肚色，只留着一线正在消褪的晚红在那远处的西山上。映着微笑似的霞光的峰峦，刚才还清晰地可辨的，一转眼间已经凝成了一片，露着阴暗森严的面容。它从更远的西北边海中崛起来，中断三四处，便爬上陆地，重叠起伏的占据了许多面积，蜿蜒到正南方，伸出被名为太甲山的最高峰，随后又渐渐低了下去，折入东北方的大海。

这时西边的山麓下起了暮烟。它像轻纱似的飘浮着，荡漾着，笼罩上了那边的树林，田野和村庄。接着其他的山麓下也起了暮烟，迷漫着，连接着，混和着，一面向山腰上掩去，一面又向中部的村庄包围着过来。

最后的一线晚红消失得非常迅速。顷刻间，天空变成了灰色，往下沉着。地面浮动了起来。大山拥着灰色的波浪在移动，在向中部包围着。它越显得模糊，越显得高大而且逼近。近边的河流，田野，树林和村庄渐渐消失在它的怀抱中。

傅家桥夜了，——这一个面对着太甲山的最中心的村庄。黑暗掩住了它的房屋，树木和道路。很少人家的窗子里透出黯淡的灯光来。大的静默主宰了整个的村庄。只有桥上，街头和屋前偶然发出轻微的和缓的语声，稍稍振动着这静默的空气。这是有人在休息纳凉。他们都很疲乏地躺着，坐着，望着天空或打着瞌睡，时时用扇子拍着身边的蚊子。

闪烁的星光渐渐布满了天空，河面和稻田中也接着点点亮了起来。随后这些无数的可爱的珍珠便浮漾起来，到处飞舞着，错综着，形成了一个流星的世界。

这时傅家桥的东南角上的沉默被突破了。有一群孩子在田边奔跑着，追扑着，欢唱着：

> 火萤儿，夜夜来！……
> 一夜勿来，陈家门口搭灯台！……

有人扑到了萤火虫，歌声停顿了一会，又更加欢乐地继续着：

> 灯台破，墙门过，陈家嫂嫂请我吃汤果！
> 汤果生的，碗漏的，筷焦的，
> 凳子高的，桌子低的，

陈家嫂嫂坏的！

歌声重复着，间断着，延续着，清脆而又流利。不到一刻钟，孩子们的手掌中和衣袋中多射出闪烁的亮光来。

“我捉到三个！”尖利的叫声。

“我五个！”另一个尖利的声音。

“我最多！——八个！”第三个提高了叫声。

“我最多——数不清！数不清！喏，喏，喏，”又一个挥着手，踏着脚。

“乱说！你是骗子！……”别的叫着说，“你一个也没有！”

“谁是骗子？你妈的！……谁是骗子？打你耳光！”那个说着，在黑暗中故意蹬着脚，做出追逐的样子。

于是这队伍立刻紊乱了。有人向屋前奔跑着，有人叫着妈妈，有人踏入了烂泥中怔住着。

同时屋前纳凉着的一些母亲们也给扰乱了。大家叫着自己的孩子，或者骂着：

“你回来不回来呀？……等一下关起门来打死你！——你敢吗？……”

待到孩子们回到她们身边，她们也就安静下来，仿佛没有发生过什么事情似的。有的用团扇拍着孩子们身边的蚊子，仰望着天上的星儿，开始低低地唱了起来：

一粒星，掉落地，两粒星，拖油瓶，油瓶油，炒碗豆，碗豆生，加生姜，生姜辣……

孩子们听着这歌声，也就一齐跟着唱了：

蟹脚长，跳过墙，蟹脚短，跳过碗！碗底滑，捉只鹤！鹤的头上一个瘊，三斗三升血！

于是笑声，语声，拍手声和跳跃声同时在黑暗中响了起来，欢乐充满着周围，忧虑和疲劳暂时离开了各人的心坎。

但在许多母亲们中间，葛生嫂却满怀的焦急不安。她抱着一个三岁的女孩，身边靠着两个八岁上下的儿子，虽然也跟着大家的歌声喃喃地哼着，却没留心快慢和高低，只是不时的间断着。她的眼睛也没注意头上的天空和面前的流萤，只是望着西边黑暗中的一段小路。

"唉！……"她不时低声地自言自语说，"什么时候了，还不回来呀！……"

"真奇怪，今天回得这样迟！有什么要紧事吗，葛生嫂?"一个邻居的女人听见她的不安的自语，问了。

"那有什么要紧事！不去也可以的！"葛生嫂埋怨似的低声回答说。

"老是这样，不晓得夜晚……"

“漆黑的，也亏他走得。”

“可不是！说是摸惯了，不要紧。别人可给他担心呀！……驼着背，一天比一天利害了。眼力也比一年前差得多。半夜里老是咳嗽得睡不熟。……”葛生嫂忧郁地说。

接着沉默了。葛生嫂的眼光依然不安地望着西边的一段小路。

那边依然是一样的黑暗，只不时闪亮着散乱的萤光。有好几只纺织虫在热闹地合唱着，打破了附近的沉寂。葛生嫂一听到虫声的间歇，便非常注意地倾听着。她在等待脚步的声音。

过了不久，那边纺织虫的歌声果然戛然中歇了。淡黄的灯光在浓密的荆棘丛边闪动着。

“到底来了……”葛生嫂喃喃地说，“也晓得黑了，提着灯笼……”

然而灯光却在那边停住了，有人在低声地说着：

“这边，这边……”

“不是的！在那边……不要动，我来捉！……”

“嗨！只差一点点……跳到那边去了……”

葛生嫂知道是捉纺织虫的，失望地摇了一摇头。随后听清楚了是谁的声音，又喃喃地自语了起来：

“咳，二十一岁了，还和小孩一样爱玩……正经事不做……”她说着皱了一阵眉头，便高声叫着说：“华生！

什么时候了，还不回来吗？……捉了做什么呀？……”

“晓得了！”华生在那边似理不理的回答说。“哥哥回来了吗？”

“没有呀！……你不能去寻一寻吗？”

“寻他做什么呀！……又不会逃走！……谁叫他给人家买这么多东西呀！……”华生说着带着同伴往西走了。

灯光立刻消失了。黑暗与沉寂又占据了那边的荆棘丛中。

葛生嫂重又摇着头，叹息起来：

“这个人真没办法，老是这样崛强！……”

“有了女人，就会变的呀！”坐在她身边的阿元嫂插入说。

“说起女人，真不晓得何年何月。自己不会赚钱单靠一个阿哥。吃饭的人这么多，拼着命做，也积不下钱……唉，本来也太没用了……”

“老实人就是这样的，”阿元嫂插入说。“所以人家叫他做弥陀佛呀。我看阿弟到比阿哥本领大得多了，说到女人，怕自己会有办法哩……”

“二十一岁了，等他自己想办法，哼，再过十年吧！……”

“这倒难说，”阿元嫂微笑地讽示说，“走起桃花运来，也是很快的哩……”

葛生嫂惊诧地沉默了。她知道阿元嫂的话里有因，思索了起来。

“难道已经有了人吗？……是谁呀，你说？……”过了一会，葛生嫂问。

阿元嫂含笑地摇了摇头：

“这个，我不晓得，应该问你呢！……嫡亲嫂子不晓得，谁人晓得呀……”

葛生嫂又沉默了。阿元嫂第二次的回答更加肯定了华生有女人，而且似乎很清楚他们的底细，只是不肯明说罢了。

那是谁呢？葛生嫂一点也推测不出来。她一天到晚在家里洗衣煮饭，带小孩，简直很少出去，出去了也不和人家谈话，一心记挂着家里的孩子，匆匆忙忙的就回了家。这消息是不容易听到的。而且，也不容易想到。她家里的杂事够多了，三个孩子又太顽皮，一会儿这个哭了，那个闹了，常常弄得她没有工夫梳头发，没有心思换衣服，有时甚至连扣子也忘记扣了一二粒，她那里会转着许多弯儿，去思索那毫没影子的事呢？

但现在，她有点明白了。她记起了华生近几个月来确实和以前不同的多。第一是他常常夜里回来的迟，其次是打扮的干净，第三是钱化的多，最后是他懒得做事，心思不定。要没有女人，她想，是不会变得这样的。

但那女人是谁呢？是周家桥的还是赵隘的呢？这个，她现在无法知道了。阿元嫂是个牙关最紧，最喜欢卖秘诀，越问她越不肯说的。这只好缓缓的打听了。

然后她心里却起了异样的不安。葛生只有这一个亲兄弟，父母早已过世了，这段亲事照例是应该由兄嫂负责的，虽然度日困难到了绝点，仍不能不设法给他讨个女人，现在华生自己进行起来，于兄嫂的面子太难堪了。

“看哪，二十一岁了，阿哥还不给他讨女人，所以阿弟自己轧姘头了呀!”

她想，人家一定将这样讥笑他们。刚才阿元嫂说，“你是亲嫂子，应该问你呀!”这话就够使她难受了。阿元嫂显然是讥笑着他们的。她们自己还像睡在鼓里似的，什么都不晓得，又那里知道现在外面的人正在背后怎样笑骂了呢？……

她想到这里，两颊发起烧来，心里非常的烦燥。但过了一会，她的心突突地跳起来了，她在想那个未来的弟媳妇是一个什么样的人了。

倘若是个奸刁的女人，她想，他们这一家将从此不能安宁了，他们兄嫂将时时刻刻受到她的讥笑，簸弄，干涉，辱骂。眼前的例子太多了，分了家的尚且时常争吵，何况他们还没有分家，葛生是个那么老实无用的人，而华生却是脾气很坏的少年，一有了什么纠葛，又是葛生吃亏是不用说的。为了葛生，她现在对什么事情已经忍耐得够了，难道还能天天受弟媳妇的委屈吗？……

她想着，不觉非常气愤起来，恨不得葛生就在面前，对他大骂一顿，出一出胸中的积气。但是她念头一转，忽然又忧郁起来，呼吸也感到困难了。

她想到了华生结婚前后的事。要是华生真的已经有了女人，他们得立刻给他结了婚，再也不能延迟的。而这一笔款子，一下子叫葛生怎样张罗呢？聘金家具酒席，至少要在六百元以上，平日没有一点积蓄，借债纠会也凑不到这许多。凑齐了以后又谁去还呢？华生这样懒得做事，不肯赚钱拿什么去还呢？即使能够赚钱，结了婚就会生下孩子来，用费跟着大了，又那里能够还得清！这个大担子又明明要落在葛生的肩上了。葛生又怎么办呢？挣断了脚筋，也没……

“喔，我道是谁！怎么还不进去呀？”一种干哑的声音忽然在葛生嫂的耳边响了起来。

葛生嫂清醒了。站在面前的是葛生哥。他什么时候走过来的，她竟没有注意到。

“什么时候了，你也晓得吗？”葛生嫂忿忿地说，“老是起早落夜，什么要紧事呀！……漆黑的，也不拿一个灯笼，叫人家放心不下……”

“你看，月亮不是出来了，还说黑漆的。”葛生哥微笑地指着东边。

葛生嫂转过头去，果然看见微缺的月亮已经升到了东山的上面。近边树林间迷漫着一派浓厚的夜气。她的四周已经极其明亮。葛生哥露着一副苍白的面孔站着，显得很憔悴。

“刚才可是漆黑的……”她喃喃地说，口气转软了。

“进去吧，已经到了秋天，孩子们会着凉的。”葛生哥低声地说。

葛生嫂给提醒了。她才看见自己手里的孩子早已睡熟，两边站着的孩子也已坐在地上，一个靠着椅脚，一个伏在椅脚的横档上睡的很熟。周围坐着的一些邻居，不晓得是在什么时候散去的，现在只留着一片空地。时候的确很迟了，有一股寒气从地面透了上来。

“还不是因为等候你！”她又埋怨似的说，一面扯着地上的一个孩子。“你看呀，一年到头给人家差到这里，差到那里，自己有什么好处呢！只落得一个‘弥陀佛’的绰号！”

“人家没有人好差……”

“太多了，这傅家桥！都比你能干，比你走得快！”

“能有几个靠得住的人？……”

“要靠得住，就自己去呀！一定要你去的吗？”

“相信我，没办法……”

“你也可以推托的！一定要你做什么，你就做什么的吗？”

“好了，好了，进去吧，我还没吃饭呢……”葛生哥说着，给抱上地上的两个半醒的孩子往里走了。

“又是没吃饭！什么时候了，老是叫我去弄饭给你吃！给人家做事，不会在人家家里吃饭吗?”葛生嫂咬着牙齿，忿恨地说，跟着走了进去。

“人家已经睡觉了……”葛生哥喃喃地说，声音非常的低，几乎听不出来。

月光透过东边的树隙，在檐下的泥地上洒满了交织的花纹，盖平了凸凹不平的痕迹。一列染着黑色的水渍的泥墙，映出了青白的颜色。几家人家的窗子全关了，非常沉寂。只有葛生哥夫妻两人的脚步声悉率地响着。

进了没有门的弄堂门限，他们踏上了一堆瓦砾，从支撑着两边倾斜的墙壁的几根柱子间，低着头穿了过去。这是一所老屋，弄堂已经倒圮了一部分，上面还交叉地斜挂着几根栋梁，随时准备颓了下来的模样。随后经过一个堆满农具的小天井和几家门口，他们到了自己的家里了。

这房子虽然和别的屋子连着，却特别的低矮和破旧。葛生哥推开门，在黑暗中走到里间，把孩子放在床上，擦着洋火，点起了一盏菜油灯。于是房子里就有了暗淡的亮光，照见了零乱的杂物。

这是一间很小的卧室，放着一张很大的旧床，床前一口旧衣橱，一张破烂的长方桌子，一条长板凳，这里那里放着谷箩，畚斗和麻袋，很少转身的空隙。后面一门通厨房，左边通华生的卧房，外面这间更小的堆着谷子和农具，算是他们的栈房了。

“这时候还要我弄饭，幸亏晓得你脾气，早给你留下一点饭菜了……”葛生嫂喃喃地埋怨着，把孩子放在床上，到厨房里去端菜了。

“来四两老酒吧，走得疲乏了呢……”

“什么时候睡觉呀！又要四两老酒……”葛生嫂拿着碗筷，走了出来。“老是两个钟头也喝不完，慢慢的，慢慢的，喝起酒来，早夜也没有了，什么事情都忘记了……”

但是她虽然这样说着，一面回转身，却把酒杯带了出来，又进去暖酒了。

葛生哥坐在桌边，摩弄着空杯，高兴起来，映着淡黄的灯光的脸上渐渐露出了一点微笑的折皱。

厨房里起了劈拍的爆烈声，柴草在燃烧了。接着一阵浓烟从门边卷了进来，雾似的蒙住了卧床，衣橱，桌子，最后连他的面孔也给掩住了。

“唉，给关上门吧……这样烟……”葛生哥接连咳嗽了几声说。

“你叫我烟死吗？关上门！”葛生嫂在厨房里叫着说。“后门又不许人家开，烟从那里出去呀？”

但她显然这样怨埋着，却把卧房的门关上了。

过了一会卧房中的烟渐渐淡了下去，葛生嫂端着一壶酒和一碟菜走了出来。她罩着满头的柴灰，一对赤红的眼睛流着眼泪，喃喃地说：

“真把我烟死了……”

她把酒菜放在葛生哥面前，卷起衣襟，拭着眼，又继续着说：

“没有什么菜了，那两个大的真淘气。总是抢着好的东西吃……这一点豆腐干和乳腐还是昨天藏起来的……”

“有酒吃就够了。”葛生哥微笑着，拿起酒杯。“就把这两样菜留给他们明天吃吧。”

“唉，老是这么说，酒那里会饱肚……”

“你不会吃酒，不会懂的。”他用筷子轻轻地拨动着菜，只用一只筷子挑了一点乳腐尝着。“孩子们大了，是该多吃一点菜的……你也不要老是一碗咸菜……这样下去，身体只有一天比一天坏——喂奶的人呀。”

“可不是！你拿什么东西给我吃呀！……这个要吃，那个要穿，你老是这么穷……明天……米又要吃完了……”葛生嫂忧郁地说。

“不是有四袋谷子吗？去轧一袋就是。”

“你拿什么去换现钱？谷价不是高了起来，阿如老板说要买吗？……”

“慢慢再想办法。”葛生哥缓慢地喝着酒说。

“又是慢慢的！自己的事情总是慢慢的……碰到人家的事情，就不肯拖延！”

“算了，算了，老是这样钉着我，你有什么不知道，无非都是情面……哦，华生呢？”

“华生！”葛生嫂忿然的说。“一天到晚不在家，什么事情也不管！……又是你不中用呀！”

“只有这一个兄弟，我能天天打他骂他吗？二十一岁了，也要面子的。总会慢慢改过来的……”葛生哥说着，叹了一口气。

“你也晓得——二十一岁了？亲事呢？”

葛生哥沉默了。他的脸上掠过了一阵阴影，心中起了烦恼。

但是葛生嫂仍埋怨了下去：

“人家十七八岁都娶亲了，你到现在还没给他定下女人……喂，我问你，他近来做些什么事情，你知道吗？”

“什么呢，”葛生哥懒洋洋的问。

“亏你这个亲哥哥……”

葛生哥睁着疲乏的眼睛望着她，有点兴奋了。

“你说呀，我摸不着头脑！”

“人家说他，有了……”她的话忽然中断了。

外面有人推开门走了进来。

“华生！……”葛生嫂惊讶地说着，随后连忙装着镇静的态度，埋怨似的说：“你这么迟了才回来！”

华生不做声。他冷冷地看了阿哥一眼，打开前胸的衣襟，泰然坐在床沿上，想着什么似的沉默着。

他有着一个高大的身材，粗黑中略带红嫩的面庞，阔的嘴，高的鼻子，活泼而大的眼睛，一对粗浓而长的眉毛扫帚似的斜耸地伏在眉棱上。在黯淡的灯光下，他显得粗野而又英俊。

葛生哥喝了一口酒，抬起头来望着他，微笑地说：

“华生，你回来了吗?”

“回来了。”华生懒洋洋地回答了这一句话，又沉默了。

葛生哥看见他这种冷淡的神情，皱了一皱眉，缓慢地喝着酒，沉思了一会，注视着挑在筷尖的乳腐，又和缓的说了：

“以后早一点回家吧，华生。”

华生瞪了他一眼，冷然的回答说：

“以后早一点吃饭吧，阿哥!”

葛生哥惊讶地抬起头来，望了他一眼，摇了一摇头，脸上显出不快的神情来。但忽然他又微笑着，说：

“早起早睡，华生，身体好，精神好，好做事哩。”

“你自己呢?什么时候了，才吃饭!”华生说着，射出犀利的眼光来。

葛生哥又沉默了，低着头。

“可不是”葛生嫂插入说。“十点钟应该有了，才吃饭，才吃酒……”

“我有事情呀!……”葛生哥带着埋怨的口气，转过脸去对着葛生嫂。

“什么鸟事！全给人家白出力!”华生竖起了眉毛，忿然的说。

“可不是！可不是!”葛生嫂高兴地点着头，说。“一点不错——白出力!”

“都是熟人，也有一点情面……”葛生哥喝着酒和缓地回答着。“你们那里懂得……”

“情面!”华生讥刺地说，“捞一把灰！我们没吃饭，谁管!”

“可不是！捞一把灰!”葛生嫂接着说，“明天米就吃完了，你能赊一斗米来吗？阿如老板自己就开着米店的!”

“对人家好歹，人家自会知道的。”

“哼!”华生竖着眉毛，睁着眼睛，说。“有几个人会知道你好歹呀？你自己愿意做牛马，谁管你！阿如老板那东西就是只见钱眼，不见人眼的！你晓得吗？”

“闭嘴!”葛生哥惊愕地挺起他凹陷的胸部，四面了一望，低声地说，“给人家听见了怎么办呀？”

“你怕他，我就不怕！……什么东西，阿如老板!”华生索性大声骂了起来。

葛生哥生气了。他丢下杯筷，站起身，睁着疲乏的红眼，愤怒地说：

“你想想自己是什么东西吧！……”

华生也霍的站了起来，仰着头：

“我是人!”

“你是人！我是牛马！……嘍，嘍！看你二十一岁了，对我这样！……什么事情也不做，一天到晚在外面玩！这时候才回来，倒骂起我来！你是什么东西呀？……你是人？……”

“我——是人!”华生拍着胸膛说。

“你——是人？……”

“我——不做人家的牛马!”

葛生嫂惊慌了。她站在他们中间，一手拖住了葛生哥，一手摇着说：

“你让他一步吧！他是阿弟呀！……华生，不要动气！他是你阿哥呀！……”

“阿弟！……”葛生哥愤怒而又伤心的说。“我对他多么好，他竟这样报我呀！……阿弟，这还是我的阿弟吗？……”

“阿哥！……”华生也愤怒地说，“我看不惯这样的阿哥，专门给人家做牛马的阿哥！……”

“你杀了我，你不要我这做牛做马的阿哥！……”

“算了，算了,”葛生嫂急得流泪了。“是亲兄弟呀！听见吗？大家都有不是，大家要原谅的……孩子们睡得好，不要把他们闹醒吧。”

“我有什么不是呀，你说!”葛生哥愤怒地说。“我一天到晚忙碌着，他一天到晚玩着，还要骂我，要是别人，要是他年纪再轻一点，看我不打他几个耳光！……”

“我有什么不是！我说你给人家做牛马，说错了吗？……”

“你对？……”

“我对！”

“你对？你对？……”

“对，对，对！……”

“好了，好了，大家都对！大家都对……你去休息吧，华生，自己的阿哥呀！……走吧，走吧，华生！……听我的话呀！我这嫂子总没错呀！……大家去静静的想一想，大家都会明白的！……”

“我早就明白了，用不着细想！”华生依然愤怒地说。

“你走不走呀？……我这嫂子在劝你，你不给我一个面子吗？……听见吗？到隔壁房子里睡觉去呀！”葛生嫂睁着润湿的眼睛望着华生。

华生终于让步了。他沉默地往外面走了出去。

“睡觉呀，华生！这时候还到那里去呀！”她追到了门口，“不是十点多了吗？”

“就会回来的，阿嫂，那里睡得熟呀！”

他说着已经走得远了。

“唉……从来不发脾气的，今天总是多喝了一杯酒了吧……”

葛生嫂叹着气，走了回来，但她的心头已经安静了许多。

葛生哥一面往原位上坐下去，一面回答说：

“他逼着我发气，我有什么办法！”

“到底年纪轻，你晓得他脾气的，让他一点吧……”

“可不是，我总是让他的……只有这一个亲兄弟……看他命苦，七八岁就没了爹娘……唉……”

葛生哥伤心了。他咳嗽着，低下头，弓起背来，显出非常痛苦的模样，继续着说：

“做牛做马，也无非为了这一家人呵……”

“我知道的，华生将来也会明白……这一家人，只有你最苦哩……”葛生嫂说着，眼中含满了眼泪。

但他看着葛生哥痛苦的神情，又赶忙忍住了泪，劝慰着说：

“你再吃几杯酒吧，不要把这事记在心里……酒冷了吗？我给你去烧热了吧？……”

“不必烧它，天气热，冷了也好的，你先睡吧，时候不早了哩……”

葛生哥说着，渐渐平静下来，又拿起酒杯，开始喝了。

二

微缺的月亮渐渐高了。它发出强烈的青白的光，照得地上一片明亮。田野间迷漫着的一派青白的夜气，从远处望去，像烟似的在卷动着。然而没有一点微风。一切都静静地躺着。远处的山峰仿佛在耸着耳朵和肩膀倾听着什么。

这时傅家桥的四周都静寂了，只有街头上却显得格外的热闹。远远听去，除了凄凉的小锣声和合拍的小鼓声以外，还隐约地可以听见那高吭的歌声。

华生无意识地绕过了一个篱笆，一个屋弄，循着曲折的河岸往街头走了去。他心中的气愤仍未消除。他确信他说阿哥给人家做牛马这一句话并没错。

“不是给人家做牛马是什么?”他一路喃喃地说。“实在看不惯……”

但是他离开街头渐远，气愤渐消了。他的注意力渐渐被那愈听愈清楚的歌声所吸引：

结婚三天就出门，
不知何日再相逢。
秀金小姐泪汪汪，
难舍又难分。
叫一声夫君细细听，
千万不要忘记奴奴这颗心。
天涯海角跟你走，
梦里魂里来相寻。

锣鼓声停住了。唱歌的人用着尖利的女人的声音，颤栗地叫着说：

“阿呀呀，好哥哥，你真叫我心痛死哉……”

华生已经离开街头很近了。他听见大家忽然骚动了起来。有人在大声叫着说：

“不要唱了！来一个新的吧！你这瞎子怎么唱来唱去总是这几套呀。”

“好呀！好呀！”有人附和着。

歌声断了。大家闹嚷嚷的在商量着唱什么。

华生渐渐走近了那听众，射着犀利的眼光望着他们。

那里约莫有二三十个人，男的女的，老的少的。有些人坐在凳子上，有些人躺在石板上。也有蹲着的，也有站着的。中间一把高椅上坐着一个瞎子。他左手拿着一个小铜锣，右手握着一片敲锣的薄板又钩着一根敲鼓的皮锤，膝上绑着一个长而且圆的小鼓。

“那边有椅子，华生哥。”一个女孩子低声地在他身边说着。

华生笑了一笑，在她的对面坐下了。

“唱了许久吗？”

她微笑地点了一点头。

她很瘦削，一个鹅蛋脸，细长的眉毛，细长的眼睛，小的嘴巴，白嫩的两颊。她虽然微笑着，却带着一种忧郁的神情。

“时候不早了，就唱一曲短的吧……大打东洋人，好不好呀？这是新造的，非常好听哩！”卖唱的瞎子说。

“也试试看吧，唱得不好，没有钱！”有人回答着。

“那自然？我姓高的瞎子从来不唱难听的！”

“吹什么牛皮！”

“闲话少说，听我唱来！”卖唱的说着，用力敲了一阵锣鼓，接着开始唱了：

十二月里冷煞人，
××鬼子起黑心：
占了东北三省不称心，
还想抢我北京和南京。
调集水陆两路几万人，
先向上海来进兵。

飞机大炮数不清，
枪弹满天飞着不肯停。
轧隆隆，轧隆隆，轰轰轰轰！
劈劈拍，劈劈拍，西里忽刺！

他用着全力敲着鼓和锣，恨不得把它们敲破了似的，一面镫着脚，摇着身子，连坐着的竹椅子也发出叽咕叽咕的声音，仿佛炮声响处，屋子墙壁在接连地崩颓着，有人在哭喊着。

一会儿各种声音突然间断了。他尖着喉咙，装出女人的声音，战栗地叫着说：

“阿呀呀，天呀妈呀，哥呀姐呀，吓煞我哉，吓煞我哉！××人来了呀！”

听众给他的声音和语气引起了一阵大笑。

“呔！毛丫头”他用镇静的宏亮的男声喊着说。“怕什么呀！那是我们十九路军的炮声哩！你看，两边的阵势……”

锣敲声接着响了一阵，他又开始唱了：

××鬼子矮又小，
弯下膝来只会跪着爬，
摸西妈西，哭哭摸西。
讲的都是野蛮话。

中国男儿个个七尺高，
顶天立地是英豪，
怕你矮子怎做人，
大刀阔斧鬼也号。
死也好，活也好，
只有做奴隶最不好！

歌声和乐器声忽然停止了，他又说起话来：

“诸位听着，做奴隶有什么不好呢？别的不讲，且单举一件为例：譬如撒尿……”

听众又给他引起了一阵不可遏抑的笑声。

“勿笑，勿哭，”他庄严地说。“做了奴隶，什么都不能随便，撒尿也受限制！”

“瞎说！”有人叫着说。“难道撒在裤裆里吗？”

“大家使月经布呀！……”有人回答说。

于是笑声掩住了歌声，听众间起了紊乱了。一些女人在骂着：

“该死的东西！……谁在瞎说呀！……”

“是我，是我！怎么样呀？”说话的人故意挨近了女人的身边。

他们笑着骂着，追打起来了。大家拍着手，叫着说：

“打得好！打得好！哈哈哈！”

有什么东西在周围的人群间奔流着，大家一时都兴奋了。有的人在暗中牵着别人的手，有的人踢踢别人的脚，有的人故意斜卧下去，靠着了别人的背，有的人附耳低语着。

华生看得呆了。他心里充满了不可遏抑的热情。

“他们闹什么呀，菊香？”他凑近对面的那个瘦削的女孩，故意低声地问。

“嗤……谁晓得！”她红了脸，皱着眉头，装出讨厌他的神情。

“那到底是什么东西呀？你说来！”他热情地握住了她的手。

猛烈的火在他的心头燃烧着。

“放手！”菊香挣扎着脱了手，搬着椅子坐到别一个地方去了。她显得很惊惧。

华生微笑地望着她，站起来想追了去，但又立刻镇静了。

他注意到了左边一个老年人的话。

“唔，管它谁来，还不是一样的！”那老人躺在一张竹床上，翘着一只脚，得意地摸着胡须说。“说什么中国，满洲，西洋，东洋！……”

“阿浩叔说的对。”坐在床沿上的一个矮小的四五十岁的人点着头。“皇帝也吧，总统也吧，老百姓总归是老百姓呀……”

“可不是，阿生哥！我们都是田要种的，租要付的……”阿浩叔回答说。

“从前到底比现在好得多了，”坐在床沿上的一个光着头的五十多岁的人说。“捐税轻，东西也便宜……”

“真是，阿品哥！”阿生哥回答着，“三个钱的豆腐比现在六个铜板多的多了。”

“从前猪肉也便宜，一百钱一斤，”另一个人插入说。“从前的捐税又那里这样重！”

“闹来闹去，闹得我们一天比一天苦了。”阿品哥接了上来。“从前喊推翻满清，宣统退位了，来了一个袁世凯，袁世凯死了，来了一个张勋，张勋倒了，来了一个段祺瑞，段祺瑞下台了，剿共产党。现在共产党还没完，东洋人又来了。唉，唉，粮呀税呀只在我们身上加个不停……”

这时卖唱的喉音渐渐嗄了，锣鼓声也显得无精打彩起来，听众中有的打起瞌睡来，有的被他们的谈话引起了注意，渐渐走过来了。有人在点着头，觉得津津有味的样子，也有人不以为然的摇着头。

华生坐在原处好奇地倾听着。他有时觉得他们的话相当的有理，有时却不能赞成，想站起来反对，但仔细一想，觉得他们都是老头子，犯不着和他们争论，便又按捺住了。

然而一个三十岁左右的人却首先反对了起来。他仰着头，摸着两颊浓密而粗硬的胡髭，用宏亮的声音说：

“阿品哥，我看宣统皇帝管天下管到现在，租税也会加的，东西也会贵的吧？……这一批东西根本不是好东西，应该推倒的！”

“推倒了满清，好处在什么地方呢，阿波？”阿品哥耸一耸肩。“我看不到一点好处。”

“到底自由得多了，”阿波回答说。

“自由在那里呢。”阿品哥反问着。

“什么自由，好听吧了！”阿生哥插入说。“我们就没有得到过！”

“原来是哄你们这班年青人的，我们从前已经上过当了。”阿浩叔的话。

“照你们说，做满洲人的奴隶才自由吗？”阿波讥刺地问着。

“现在比满清更坏，要说那时是做奴隶，现在更是做着奴隶的。”阿生哥这样的回答。

“好了。好了，阿波哥，”站在他身边的一个二十几岁的青年，叫做明生的说，“愿意做奴隶，还有什么话说呀！”

“奴隶就奴隶。”阿品哥不在乎似的摆着头。

“你们还不是和我们一样，哈哈！”阿浩叔笑着。“都是爹娘养的，都要穿衣吃饭，我们老顽固是奴隶，你们也是奴隶呀！”

“东洋人来了，亡了国，看你们老顽固怎样活下去，”另一个二十岁的瘦削的青年，叫做川长的说。

“哈哈，亡了国，不过调一批做官的人，老百姓亡到那里去？……”

华生听到这里，不能按捺了。他愤怒地突然站了起来，插入说：

“灭了种，到那里去做老百姓呀？哼！老百姓，老百姓！……”

阿浩叔转了一个侧，冷笑着：

“哈哈，又来了一个小伙子！……看起来不会亡国了……”

“个个像我们，怎会亡国！”明生拍着胸膛。

“不见得吧？”阿生哥故意睁着眼睛，好奇似的说。

“唔，不会的，不会的，”阿品哥讥刺地说着反话。“有了这许多年青的种，自然不会亡国了。”

“你是什么种呢？”华生愤怒地竖着眉毛和眼睛。

阿浩叔又在竹床上转了一个侧，玩笑地说：

“我们吗？老种，亡国种……”

“算了，算了，阿浩叔，”旁边有人劝着说。“他们年青人，不要和他们争执吧……”

“可不是！承认了亡国种还要怎样？”

“不是亡国种是什么？”华生咬着嘴唇。

“看你们救国了。”阿品哥说。

“你们看吧！”阿波哥回答。

“看吧，看吧！”阿浩叔说。“我看趁现在年纪轻，多生几个孩子，就不会灭种了，就不会亡国了……”

“也就不会做奴隶了。”阿品哥接了上来。

华生紧握着拳头，两只手臂颤栗了起来。烈火在他的心头猛烈地燃烧着，几乎使他管束不住自己的手脚了：

“先把你们铲除！”

阿浩叔故意慌张地从竹床上跳了下来：

“阿呀呀！快点逃走呀！要革命了！要铲除老头子了，来，来，来，阿生，阿品，帮我抬着这个竹床进去吧……”

“哈，哈，哈！……”

一阵笑声，三个老头子一齐抬着竹床走了，一路还转过头来，故意望望华生他们几个人。

四围的人都给他们引得大笑了。

“这么老了，还和小孩子一样。”有人批评说。

“真有趣，今晚上听唱的人，却看到老头子做戏了。”

“猴子戏！”华生喃喃地说。

“算了，华生，”明生拉拉他的手臂，“生气做什么，说过算了。”

“哼！……”

华生气愤地望了他一眼，独自踱着。

时候已经很迟，月亮快走到天空的中央。天气很凉爽了。歌声息了下来，卖唱的瞎子在收拾乐器预备走了。

“今晚上唱的什么，简直没有人留心，一定给跳过许多了。”有人这样说着。

“我姓高的瞎子从来不骗人的！明天晚上再来唱一曲更好的吧……”

“天天来，只想骗我们的钱……”

“罪过，罪过……喉咙也哑了，赚到一碗饭吃……”

大家渐渐散了，只留着一些睡熟了的强壮的男子，像留守兵似的横直地躺在店铺的门口。

沉寂渐渐统治了傅家桥的街道。

华生决定回家了。他走完了短短的街道，一面沉思着，折向北边的小路。

前面矗立着一簇树林。那是些高大的松柏和繁密的槐树，中间夹杂着盘屈的野藤和长的野草。在浓厚的夜气中，望不出来它后面伸展到那里。远远望去，仿佛它中间并没有道路或空隙，却像一排结实高大的城墙。

但华生却一直往里面走进去了。

这里很黑暗，凉爽而且潮湿，有着强烈的松柏的清香和泥土的气息。远近和奏着纺织娘和蟋蟀的鸣声，显得非常的热闹。华生懒洋洋地踏着柔软的青草走着。他的心境渐渐由愤怒转入了烦恼。

他厌恶那些老头子已经许久了。无论什么事情，他们总是顽固得说不明白。他们对青年人常常摆出老前辈的架子，说：

“年青人，懂得什么！要你们插什么嘴呀？”

他们这样无理的闭住了年青人的嘴，仿佛眼前这些二十岁左右的人和三四岁的孩子一样，在他们的眼光中。

“我们多吃了几十年的饭来！”

这就是那些老头子比年青人聪明的唯一理由了。

嘘！聪明得连亡国灭种都看穿了！什么都不怕！

然而金钱，生命，名誉，权势呢？比什么都要紧！

而那态度是叫人作呕的。对着这些东西，他们简直和哈吧狗一样，用舌头舐着人家的脚，摇着尾巴，打着圈儿，用两只后脚跪着，合着两只前脚拜着。你越讨厌，它做出的丑态越多，怎样也踢它不开，打它不走。

而刚才，又是什么态度呢？一点理由不讲，只是轻视别人的意见，嘻嘻哈哈开着玩笑走了。把亡国灭种的大事，一点不看在眼里。

“先得铲除这些人！”华生反复地想着。

但从那里入手呢？华生不由得烦恼了。整个的傅家桥就在他们手里的。他们说一句话，做一件事情，自有那太多的男男女女相信着，服从着。他们简直在傅家桥生了根一样的拔不掉。华生要想推倒他们是徒然的。

那等于苍蝇撼石柱。

华生忧郁地想着，脚步愈加迟缓了。眼前的黑暗仿佛一直蒙上了他的心头。

"吱叽，吱叽……其……，吱叽，吱叽，其……"

一只纺织娘忽然在他的近边叫了起来。

华生诧异地站住了脚，倾听着。

"吱叽，吱叽……其……，吱叽，吱叽，其……"

那声音特别的雄壮而又清脆，忽高忽低，像在远处又像在近处，像在前面又像在后面，像是飞着又像是走着。它仿佛是匹领导的纺织虫，开始了一两声，远近的虫声便跟着和了起来；它一休息，和声也立刻停歇了。

"该是一只大的……"华生想，暗暗惋惜着没带着灯笼。

"吱叽，吱叽，其……吱叽，吱叽，其……"

华生的注意力被这歌声所吸引了。他侧着耳朵搜索着它的所在。

"吱——"

远近的虫声忽然吃惊地停歇了。

沙沙地一阵树叶的声音。接着悉悉率率的像有脚步声向他走了过来。

"谁呀？……"华生惊讶地问。

没有回答。树叶和脚步声静默了。

“风……”他想，留心地听着。

但他感觉不到风的吹拂，也听不见近处和远处有什么风声。

“吱叽，吱叽……”

虫声又起来了。

“是自己的脚步声……”华生想，又慢慢向前走着。

“吱——”

一忽儿虫声又突然停歇了。只听见振翅跳跃声。

树叶又沙沙地响了一阵，悉悉率率的脚步声比前近了。

“谁呀？……”他站住脚，更加大声的喊着。

但依然没有回答。顷刻间，一切声音又寂然了。

“鬼吗？……”他想。

他是一个胆大的人，开始大踏步走了。

“管它娘的！……”他喃喃地说。

但树叶又沙沙的作响了。

华生再停住脚步时，就有一根长的树枝从右边落下来打着了他的背。

“阿呀！”

华生吃惊地往前跳了开去，躲避着。

“嘻嘻嘻……”

一阵女孩子的笑声。

华生愕然地站住脚，转过头去，只看见一件白的衣服在树丛间刷的穿过去，隐没了。

“你是谁呀?”华生大声地问。

远远地又是一阵吃吃的笑声。

“那一个毛丫头呀?”

华生说着，往那边追了去。

但什么声音也没有了。树林间漆黑的，没有一点光。只闻到一阵醉人的脂粉的气息。

“不是女孩子是谁?”华生想着，停住了脚步。

擦的，一根树枝又从左边落下来打着了他的肩膀。

“哈哈！毛丫头！……”华生说着突然转过身去。

一件白色的衣服在树丛间幌了一幌，又立刻不见了。

又是一阵吃吃的笑声。随后低低的说：

“蟋蟀呀蟋蟀！……”

“菊香！……你做什么呀！……站住……”

华生现在听清楚是谁了。他叫着往那边扑了过去。

但菊香并不在那里。一阵悉悉率率的草响，树林北头进口处幌过一个穿白衣服的瘦削的身材。

华生急忙地追出树林，已不见那影踪。

一排高高低低的屋子沉默地浸在青白的夜气里。田野间零乱地飞着的萤火虫仿佛黎明时候的失色的星光，偶然淡淡的亮了一下，便消失了。远近和奏着低微的虫声，有时从远处传来了一阵犬吠声。

月亮到了天空的中央。时间已经很迟了。

华生沉默地站了一会，怅惘地重新走进了树林。

他的心中充满了烦恼。

那幽暗，那虫声，那气息，和那细径上的柔软的野草，仿佛梦里遇到过似的。

三

第二天清晨，东方开始发白，华生就起来了。

他一夜没有睡熟，只是在床上辗转着。刚刚疲乏地合上眼，什么思想都袭来了。

菊香，阿浩叔，葛生哥，阿如老板，阿生哥，卖唱的瞎子，纺织娘，月亮，街道，……无穷尽的人和物仿佛坐着车子前前后后在他的脑袋上滚了过去又滚了过来。

喔喔的鸡声才啼第一遍，他就下了床，打开门，离开了那沉闷的房子，呼吸着清新凉爽的空气，在田野间徘徊着。

这时四周非常的沉寂。虫声已经静止。没有一点风，月亮到了西山最高峰的顶上，投着淡白微弱的光。东方的天空渐渐白亮起来，疏淡寥落的晨星在先后隐没着。弧形地围绕着的远处的山，隐约地成了一横排，辨不出远近。朦胧的晨气在地面上迷漫着。掩住了田野，河流，村庄和树林。

一会儿，黄昏上来似的，地面上黑了起来。月亮走进了西山顶上的黑云后背。

第二遍的鸡声喔喔地远近回答着，打破了沉寂。

天又渐渐亮了。

地面上的晨气在慢慢地收敛，近处的田野，河流和村庄渐渐显露了出来，模糊的山峰一面清晰起来，一面却像被田野和村庄推动着似的反而远了。

华生穿着一件白衣，一条蓝色的短裤，打着赤脚，独自在潮湿的田塍间走着。

青绿的晚稻已经有他的膝盖那么高，柔弱地向田塍间斜伸着，爱抚地拂着华生的两腿，落下了点点的露水。华生感觉到清凉而舒畅。

他在默想着昨夜的事情。

那真是梦一样。

菊香对他特别要好，他平日就感觉到了的。但昨夜的事情，他却永不曾预料到。

她姓朱，本是离开傅家桥五里地的朱家村人。她父亲朱金章从小就是在傅家桥做生意的，后来自己有了一点积蓄，就在傅家桥开了一爿宝隆豆腐店，把家眷也搬来住了。那时菊香才八岁，拖着两根辫子，比华生矮了一点点，常常和他在一处玩着。

一连几年，豆腐店的生意很不坏，也买进了几亩田。远近知道了便纷纷的来给菊香做媒。

她父亲选了又选，终于将她许配给了周家桥一家很有钱的人家。那时菊香才十二岁。

但订婚后三年，他们一家人走了坏运了。最先是菊香的母亲生起病来，不到两个月死了，留下了一个十五岁的菊香和七岁的男孩。她父亲照顾不过来，本想半年后，待她到了十六岁，就催男家迎娶的，不意那一年下半年，她的未婚夫也死了。

第二年，豆腐店的生意又遭了一个打击。

四乡镇的一家豆腐店竟想出了主意，来夺他的生意，每天天才亮，就派了一个人挑着担子，到傅家桥来，屋屋弄弄的叫着卖豆腐，这么一来，雨天不要说，人家连晴天也懒跑到街上去买豆腐，就照顾了上门的担子。她父亲虽然在傅家桥多年，家家户户有来往，但到底是别一村人，和傅家桥人不同姓，生意就突然清淡了下来。

亏得菊香这时已经长得高大，也很能干，能够帮着她父亲做生意，于是他父亲就退去了两个伙计，减少了一点开支。

菊香是一个天生成聪明的女孩子。她没有读过书，没有学过算术。因为华生常到她店里去，他曾经进过初等小学，认得一些字，略略懂得一点珠算，她就不时的问他，居然也给她学会了记账算算了。

这样的女孩子在附近是不易找到的：既会刺绣挑花，又会识字记账，而且又生得不坏。

她虽然很瘦削，却很清秀。眉目间常含着一种忧郁的神情，叫人见了生怜，而性情却又很温和。

一班人都称赞她，又纷纷的来说媒了。但那中间很少人家能够比得上从前周家桥的那一家，因此都给她父亲拒绝了。

她父亲自从受了几次的打击以后，脾气渐渐变坏了。他爱喝酒打牌，老是无节制的喝得大醉，骂伙计打学徒，荒废了工作。要不是菊香给他支持着，这爿豆腐店早就该关门了。

她父亲知道自己的资本和精力的缺乏，因此对菊香很重视。他不愿意把菊香轻易地许配给人。他要找一个有钱的人家，而且那女婿愿意养活他。

但这条件是颇不容易达到的。有钱的人未见得就喜欢和他这样的人家对亲，他们一样的想高攀。

因此一年一年的蹉跎下去，菊香到了二十岁还没有许配人家。

在傅家桥，和菊香相熟的青年自然不少，但华生却是她最喜欢的一个。他们从小一处玩惯了，年纪大了，虽然比较的拘束，也还来往的相当的密。

华生也曾想到娶她，但他知道她父亲的意思，觉得自己太不够资格，是决不会得到他同意的。他想，女人多得很，只要自己有了钱是不怕娶不到的。

然而昨夜的事情，却使他大大地惊诧了。

菊香虽然常和他开玩笑，却从来不曾来得这么奇突。半夜三更了，一个女孩子竟敢跑到树林里去逗他，这是多么大胆呀！她父亲昨夜当然又吃醉了酒了。然而她向来是胆子很小的，不怕给别人知道了，被人讥笑议论吗？不怕妖怪或鬼吗？不怕狗或蛇吗？……

她为什么这样呢？华生能够了解。

他喜欢，他也忧愁。

这明明是一件不可能的事：他这里有兄嫂，她那里有父亲。

此外，还有许多人……

华生苦恼地想着，不觉走完了一条很长的田塍，到了河边。

这是一条可爱的小河。河水来自东南西三方的山麓，脉管似的粗粗细细布满了平原，一直通到北边的海口。

它从傅家桥南边的旷野间流来，到了傅家桥东北角分成了两支，一支绕着傅家桥往东北流，一支折向西北，从傅家桥的中心穿了过去。

它只有二三丈深，四五丈宽，沟似的，仿佛人可以在水中走过，在水面跨过。

这时，许久没有下雨了，农夫们天天从河中戽水到田里去，盛在河中的水只有一半了，清澈得可以望见那长着水草的淤泥的底。河的两岸长满了绿的野草。沿着田野望去，这里那里有很大的缺口，长的水车，岸上是水车的盘子。

太阳不晓得是在什么时候出来的，这时已经浮到河东的一颗槐树间，暗蓝的河面给映得一片金黄色。

白天的喧嚣，到处荡漾着。沿着傅家桥的埠头上跪下了一些淘米的女人，平静的金色河面给撩动得像千军万马在奔腾。

随后船来了。最先是一些柴船，装得高高的满满的左右幌摇着。摇船的右手握着橹带，左手扳着大而且长的橹，小脚姑娘似的在水里摆着过去。那是天还未明就从岙里出发，打从这经过去赶市集的。接着是一些同样的冬瓜船，稳重地呆笨地像老太婆似的缓缓走了过去。随后轻快的小划船出现了。它们有着黑色的或黄色的船篷，尖的头尖的尾，前面一个人倒坐着扳横桨，发出叽咕叽咕的声音，后面一个人用一支小桨轻快地斜划着。它们像风流的少年，一眨眼就穿着过去了。最后来了巨大的野兽般的轧米船，搜索着什么似的静静地走了过来，停止在傅家桥街道的埠头边，随后啃咬着骨头一般轧轧地响了起来。

华生静默地望了许久，心中的烦恼不由得消失了。他的注意力完全集中在眼前的景物上。这些船和船下的人几乎全是他认识的。连那河水和水草以及岸上的绿草和泥土的气息，他都非常的熟识，一一分辨得出来。他是在这里生长的，从来不曾离开过，每一样东西在他都有着亲切的情感，随时能引起他的注意。

但是过了一会，他听见他的嫂子的叫声了：

“华生！……回来吃饭呀！”

接着他的大侄儿阿城站在屋前空地上也喊了起来：

“叔叔！……叔叔！饭冷了，你来不来呀！……不来吗？妈要打的呀！……”

华生笑了一笑，摇着手，从田塍里跑到屋前，热情地抱着阿城走了进去。

“睡得那么迟，起得那么早，一定饿了。”葛生嫂跟在后面喃喃地说。

华生没有回答，只是摸着阿城的丰肥的两颊。

的确的，他现在真的饿了。一进门就坐在桌边吃了起来，也不和葛生哥打招呼。

葛生哥早已把昨晚上的一场争吵忘记了。他一面吃着饭，一面埋怨似的说了起来：

“这么早就空肚出门了。……也该吃一杯热开水……受了寒气，不是好玩的……田里的水满满的，我昨天早晨看过一遍了，忘记告诉你……你看了还不是一样的……再过两天不落雨，再去车水不迟……”

华生听着，不觉好笑起来。他那里是在看田里的水呢？他虽然走过那边自己种的田，天晓得，他可一点也没有注意呢。

但华生不愿意告诉他哥哥这个，他故意埋怨似的说：

“少做一点事，就得听你埋怨，多做一点事，你也要怪我！”

“身体更要紧呀……”葛生哥忧郁地回答说。

华生沉默了。他的眼眶里贮满了眼泪。

他哥哥对他向来就和母亲那样的慈爱，不常责备他的。昨天晚上要不是他自己太暴燥了一点，他哥哥决不会生气。他哥哥老是爱护着他们一家人的，但对于他自己，却从来不曾注意到。他已经上了年纪，驼着背，弯着腰，耳朵和眼睛都迟钝了，还害着咳呛的老病，又消瘦又憔悴，却什么事情都抢着自己做，不辞劳苦，没有一句怨言，说自己老了，乏了，得休息休息，得吃一点好的东西补养补养。而对于兄弟子女和妻子，却总是随时劝他们保养身体，事情忙了宁可让给他去做。

昨晚上的事情，华生现在想起来，觉得多么的懊恼。他实在不该那样的粗暴的。阿哥已经忘记了，完全和平日一样的爱护着他。但他却不能忘记，却更觉得惭愧。

他不安地赶忙吃完饭，羞见他阿哥的脸似的，走开去逗着小侄女玩着。

葛生哥一面夹着菜给孩子们，一面自言自语的说：

“今天反而热了，怕会下雨哩……但愿多落几次雨……华生，”他转过头来问，“你看今天会落雨吗？”

“好天气，没有一点风……”华生回答说。

葛生哥微微笑了一笑：

“你没留心。刚才地面有一种暖气，就要起风了……这应该是东南风。白露以后起东南风是会落雨的……”

“等一会看吧。”华生不相信地说。

葛生哥又笑了一笑，缓慢地吃着饭。

“轧米船已经来了，停在桥边，快点吃好饭，抬谷子出去吧。”葛生嫂催着说。“米已经完了，真要下起雨来，候不到轧米船呢！”

“让我挑出去！”华生说着从门后拿了一根扁担。

“慢些吧，等我吃完饭，抬了去。”

“能有多少重，要两个人抬！”

华生说着从床边拖出了两袋谷子。

“这一担有一百念斤呢。”

“管他一百念，两百四！……你拿两只箩来盛糠灰吧。”

华生挑着走了。

“不要乱撞呢，宁可多息几息……”

“哼！又不是三岁小孩子！”华生喃喃地自语说。

这一担谷子在他毫不吃力。叽咕叽咕，扁担两头响着，柔软地轻松地荡着。他转了几个湾，沿着河岸往南走去。

风果然起来了。太阳的光变得很淡薄。但天气却反而闷热了。河水起了皱纹，细微得像木刻的条纹一样。

“轧轧轧轧……”

轧米船靠在桥的西南面埠头边，忙碌地工作着。岸上堆积着许多谷袋，伫候着好几个女人和男人。

华生过了桥，把担子放在岸上，知道还有一些时候，便竖着扁担，坐在谷袋上等候着。

这是四乡镇的轧米船，在所有的轧米船中间最大的一只。它有方的船头和方的船梢，约有二丈多长，有着坚固的厚板的方篷，里面有人在拨动着机器。一支黑烟囱从那里伸了出来，喷着黑烟。船边一根水管吐着水。方篷的后面近船梢的地方，左边安置着一个方斗圆盘的轧谷机，谷子从方斗里倒下去，圆盘里面的机器转动着，下面就出来了分离了的米和糠。有人从这里用小箩盛着，拿起来倒在右边的一只旧式的但用皮带拖着的风箱的斗里，米就从风箱下面落了下来，糠被扇到后面的另一个洞外。这个人用另一只箩接着米，一面畚着往后面的轧米机的斗里倒了下去，于是糙米就变成了白米，和细糠分成了两路落了下来。

机器转动得非常迅速，一转眼间，一袋谷子便变成了熟米。岸上的人抬着米和糠回去了，又来了一批抬着谷子的人。

“从前要费一天工夫，现在一刻钟就够了——嘿，真奇怪！”华生的身边忽然有人这样说着。

他转过头去，微微笑了一笑。

那是阿波哥，生着一脸的胡髭，昨晚上首先和阿浩叔他们争执的。他现在也来轧米了，和他的一个小脚的麻脸的妻子抬着一箩谷。

随后讨饭婆似的阿英也来了。她是一个聋耳的寡妇，阿英是她的名字，因为她很神经，人家就不分大小，单叫她名字，有时索性叫她做聋子。她已有了五十八岁，但她身体还很强健，有着一双大脚，走起路来比男人还快。在傅家桥，人家一有什么事情，就少不得她。她现在挑着的约八十斤的谷子是阿元嫂的。

接着葛生嫂也来了，她和她的大儿子抬着两只空箩在地上磨了过来。

“你阿哥等一会就来，他说要你轧好了米，等他抬呢。轧米钱，他会带来的。”

她放下空箩，说了这话，就和阿城回去了。

随后人越来越多了，吉祥哥，新民伯，灵生公，长石婶……最后还有顺茂酒店的老板阿生哥。

华生轻蔑地望了他一眼，转过脸去，和阿波哥对着笑了起来。

风越来越大了。果然是东南风。轧米船里的黑烟和细糠时时给卷到岸上来，迷住了他们的眼，蒙上了他们一身的灰，最后竟吹到坐北朝南的头一家店铺门口去了。

那是阿如老板的丰泰米店兼做南货生意的。店铺的左边是店堂，摆着红木的椅桌，很阔气。右边是柜台和货物。

阿如老板这时正在店堂里坐着。他的肥胖的身体打着赤膊，挥着扇子，还流着一身的汗。

他在店堂里望着前面埠头边的轧米船和那些谷子，心里早已感到不很痛快。

不料风势越来越大了，忽然间一阵旋风似的把轧米船上的烟灰和细糠卷进了店堂，粘住了他的上身和面孔。

他突然生气了。用团扇遮着面孔，一直迎风奔到了桥上，大声骂了起来：

“你妈的！早不轧，迟不轧，偏偏要拣着这时候来轧！……”

这时船上正在轧华生的米。华生支着扁担站在埠头边望着。

他惊诧地转过脸来，望着阿如老板，还不晓得他在骂谁。他看见岸上的人全转过了头，对阿如老板望着。

阿如老板张着两手，开着阔口，连牙齿都露出来了。他对着华生恶狠狠地瞪着眼，叫着说：

“你这小鬼！你的埠头在那里呀？跑到这里来了？……不许你轧米！……”

华生清楚了，这是在骂他，立刻气得一脸通红。他沉默地瞪着眼望着他，一面提着扁担走了上来。

阿如老板立刻从桥上退下了，回到店堂里拿了一根竹杠，重又气汹汹的走了出来。

“你这猪猡！……你骂的谁？……”

华生离开阿如老板几尺远，站住了。

阿如老板也站住了脚，握紧了竹杠，回答说：

“骂的你！你这小鬼！”

“什么！这埠头是你私造的吗？……”

“桥西人家的！你没有份！”

“谁说的？……不是傅家桥的埠头吗？”

阿如老板理屈了。他一时回答不上话来，心里更加气忿，就举起竹杠对着华生的头顶劈了下去：

“你妈的！……”

华生偏过身，用扁担用力一击，那条竹杠便哗浪浪地被击落在地上。

华生火气上来了，接着冲了过去。

阿如老板跑进店堂，从那里摔出一个大秤锤来。

华生往旁边一闪，躲过了，便拾起那秤锤往店堂里摔了进去。

格勒格勒，里面一阵乱响，货橱被击倒了，接着一阵哗浪浪的瓶子和玻璃声。

华生提着扁担，一直冲进店堂。阿如老板不见了。外面的人也已拥了进来，拖住了华生的两臂。

“出去！华生！要引他出去，不要被引到店堂来！——这是规矩！”阿波哥叫着说。

“管什么规矩不规矩，打死那猪猡再说！”华生气得青了脸，挣扎着还想冲到里面去。

但几分钟后，他终于给大家拥到外面来了。

这时轧米船停止了工作。远远近近的人都跑了过来，站满了桥上，街道和埠头。

“阿唷天呀！……”阿英聋子摸摸自己的胸膛，“吓煞我了，吓煞我了！……好大的秤锤！……这打在脑壳上还了得……真险呀，真险！……”

“什么话！这埠头是大家的！我们用不得！”阿波哥愤怒地说。“大家听见吗，有没有道理？”

“没有道理……没有道理……”

四围的人答应着。

“该打！该打！欠打得凶！太便宜了他！……”

有些人喃喃地说着。

葛生哥在大风中跑来了，一面咳呛着。

“咳，咳，华生！你怎么呀？……”

“怪他不得！谁也忍不住的，弥陀佛！”有人对他说。

“顶多争两句吧，相打做什么呢？……”

“那除非是你，弥陀佛！……”

“碰着你就好了，一句也不会争的，……”

“可是弥陀佛只有一个呀！……”

大家回答着。

“幸亏是华生呀，我的天呵！”阿英聋子叫着说。

“要是你，弥陀佛，哈哈，早就上西天了！——那么大的秤锤——嘭！……”

“到底是弥陀佛的兄弟，要是别人，早就把他店堂打得粉碎了……”又有人这样说着。

葛生哥忧郁地皱着眉头，痛苦地说：

“这样的事情，还要火上加油！——华生，”他转过去对华生说，“你回去吧。”

华生还气得呼呼地喘着，站着不肯动。他紧握着扁担，仿佛在等待阿如老板出来似的。

但阿如老板早从后门溜走了，有人见到。丰泰米店里冷清清的，只剩着一个学徒在那里张皇地探着头，又立刻缩了进去。

这时桥东的保卫队来了：是三个武装的兵士。他们刚从睡梦中给闹了醒来，便得到了乡长的命令。

“华生，到乡公所去，乡长要问你呀！……”

他们一面扣着皮带和衣襟，一面揉着眼，懒洋洋的一脸青白色，烟瘾上来了，振作不起精神。

华生刚刚平静了一点，正想回去，现在又给激起了愤怒。他倒竖着眼睛和眉毛，叫着说：

“什么东西！去就去！看他把我吞吃了！”

“唔，乡长出场了！”阿波哥习惯地摸着胡髭，“还派武装的保卫队……哈，哈，真要把穷人吞吃了的样子！——我们一道去！”

大家又喧闹起来，拥过了桥：

“一道去！……一道去！……”

桥西的男子全走了，只留下一些女人。阿英聋子在那边惊惶地叫着说：

“阿唷唷妈呀，不得了了……华生给保卫队捉去了……”

葛生嫂抱着最小的孩子，慌慌忙忙的从小路上迎了过来。

“华生！华生！”她叫着想挤进人群去，但没有人注意到她，也没把路分开来。

“不碍事，我一道去，”葛生哥听见她的声音，挤了出来。“你叫阿英把米抬回去吧……”

“你怎么呀……你怎么让华生给保卫队捉去呀！……你这没用的人！”

“怕什么，到乡公所去的……”

葛生哥这样回答着，跟着大家走了。

但他心里却起了从来不曾有过的恐慌。他知道乡长一出场，这祸事就不小了。

乡长傅青山是借过阿如老板许多钱的。

但华生却并不这样想。他生来胆子大，也向来看不起傅青山的鬼头鬼脑。一句话不合，他还准备痛打他一顿的。这三个拿手枪的保卫队是烟鬼，当不住他一根指头。

他们走完街道，往北转了两个湾，乡公所就在眼前了。

那是一所高大的楼房，是用傅家桥人的公款兴筑的，现在也就成了乡长傅青山的私人住宅。门前竖着党国旗，挂着一块很大的牌子：滨海县第二区第三乡乡公所。

兵士到得门口，把门守住了，只许华生和葛生哥进去。

过了院子，走进大厅，领路的一个兵士叫他们站住了：

“在这里等。”他说着独自往里走了进去。

华生轻蔑地望了一望厅堂的华丽的陈设，拣着中间一把靠背椅子坐下了。

葛生哥不安地皱着眉头，不时咳呛着，踱着。

厅的正中央挂的一幅很大的孙中山的像。两边交叉着党国旗。下面一横幅大字的遗嘱。伟人的相片和字画挂满了墙壁。一些红木的椅子和茶几。正中的桌上陈列着好几只古玩似的磁器。

兵士进去了许久，不见里面的动静。华生不耐烦起来了。他拍着桌子，大声叫着说：

“肚子饿了！快来说话！”

“你不要心急呀……”葛生哥惊惶地说，“他总要吃足了烟……”

“哼……看我给他一顿点心！”华生气冲冲地说。

“哈，哈，哈……”

里面一阵笑声，乡长傅青山出来了。

他瘦削苍白，戴着黑眼镜，八字胡须，穿着白纺绸长衫，黑纱马挂，白底布鞋，软弱地支着一根黑漆的手杖，一手挥着折扇，笑嘻嘻地缓慢地摆了出来。

“喔，难得，难得，弥陀佛，你真是好人！不要说傅家桥找不到第二个，走遍天下，怕也难得的……请坐，请坐，怎么站着呀？都是自己人……”

葛生哥张惶地不晓得怎样才好，只是呆呆地站着垂着手，喃喃地说：

“承乡长……”

“喔，这位是谁呀？”傅青山转过头去，从眼镜边外望了一望不动地坐着的华生。“就是令弟华生吗？生得好一副相貌，少年英俊……”

“不错！我就是华生！”

华生轻蔑地望着他，把左腿叉到右膝上。

“有人到我这里来诉苦，说是你，弥陀佛，”他转过脸去，对着葛生哥，“说是令弟打毁了丰泰米店，这是真的吗？……”

“打死了他，又怎样？”

华生说着，把两脚一蹬，霍地站了起来，愤怒地望着他。

“华生！这算什么呀！”葛生哥着了慌。

“打就打！我怕谁！”华生大声回答着。

“乡长……”

“哈，哈，哈，没有什么，小事，弥陀佛，你兄弟年纪轻，阿如老板本不好，埠头是大家的……你兄弟气还没消，我们以后再说吧，自己人，我会给你们讲和的……”

“谁给他讲和！”

“平一平气吧，年青人……弥陀佛，你真是好人，带着你兄弟回去吧，你晚上再来。”他低声加上这一句。

“全靠乡长帮忙……”葛生哥感激地说。

“看你怎么讲来！我怕谁？”

华生说着往外走了。

“哈哈哈，慢走慢走，弥陀佛，自己人，有话好说的……”

傅青山支着手杖，望着他们出去了，摇了一摇头，喃喃地说：

“好凶……那样子！”

接着他提高喉咙，命令着门口的兵士说：

“给大门关上！”

随后他转过身，摇摆着软弱的身子，往里走了进去，低声地：

“请阿生哥。”

四

雨点跟着风来了。最先是零乱的，稀疏的，悄声的洒着，仿佛侦察着什么似的，接着便急骤地，密集地，怒号地袭击着田野，树木，河流，道路与房屋，到处激起了奔腾的，浓厚的烟幕，遮住了眼前的景物。天空压迫地低垂了下来。地面发散着郁闷的窒息的热气。傅家桥起了一阵惊惶的，匆忙的纷乱以后，不久便转入了安静，仿佛到了夜晚似的，屋外的工作全停止了。

葛生哥从乡公所出来后，只是低着头走着，什么也没有注意。那些喧嚷的人群是怎样散去的，他的阿弟华生在什么时候和他分了路，到那里去了，他都不知道。他甚至连那大滴的雨落了下来，打湿了他的头发和衣服，也没有注意到。他的脚步本来是慢的，现在更加慢了。他的心里充满了懊恼和忧愁。年纪过了半百了，苦味的生活原也尝够了的，看惯了的，但这次的事情却使他异常的恐慌，感觉到未来的祸事正不可估量。倘使是他自己闯下的祸，那是决不会有什么问题的。他能忍耐，最能忍耐，怎样也可以屈服。但是华生，可就不同了。他是有着一个怎样执拗，怎样崛强的性格。他什么事情都不能忍耐，不肯屈服。他太直爽，太坦白，太粗暴，太会生气，而他又年纪轻，没有经验，不晓得利害。他现在竟和阿如老板结下了怨，还冲犯了乡长傅青山。那是多么利害的对手！一个是胖子，一个是瘦子；一个有钱，一个有势；一个是凶横的恶鬼，一个是狡诈的狐狸。这两个人，这个靠那个，那个靠这个，有着非常密切的关系。现在华生和他们一道结下了仇恨，他们愈加要合得紧紧的来对付华生，那是必然的。而华生，又怎样能对抗他们呢？……

葛生哥这样想着，不由得暗地里发抖起来了。他是最怕多事的人，现在这天大的祸事竟横在他眼前，将要落到华生头上了！……不，这简直是落在他头上，落在他一家人的头上！他和华生是亲兄弟，而华生还没有结婚，没有和他分家。谁是华生的家长呢？葛生哥！无论谁说起来，都得怪他葛生哥一个人。不，即使他是一个有名的好人，人人称他为“弥陀佛”，谁也不会因华生闯了祸来怪他，责备他，做出于他不利的事情，但华生的不利也就是他的不利，也就是他一家的不利。他和华生是手足，是左右两只手臂，无论在过去，在现在，在未来，都是不能分离的，都是互相倚靠着的。况且他现在已经老了，精力已经衰退得利害，华生还能再受到打击吗？他只有华生这一个兄弟。从华生七八岁没了爹娘，他爱护着他一直到现在，虽然费了多少的苦心苦力，他可从来不曾起过一点怨恨。他是多么的喜欢他，多么的爱怜他。他简直为了华生，是什么都愿意牺牲的，甚至连自己的生命。华生从小就是一个非常淘气的孩子，现在也还没有十分变。他虽然对他不大满意，他可不愿意怎样的埋怨他，要劝他也是很委婉的绕着圈子说话，怕伤了他这个可怜的七八岁就没了父母的兄弟的心。他知道自己这一生是没有什么希望了，但他对于华生却抱着很大的希望，很大的信仰。他希望他什么呢？信仰他什么呢？甚至连他自己也很模糊。但总之，他希望华生有一个比他更好的将来，也相信他一定会做到这步田地。然而现在，不幸的预兆却来到了……

“又是这个样子！”葛生嫂忽然在他面前叫了起来，睁着惊异的眼睛钉着他，又生气又怜悯似的。

葛生哥清醒过来了：原来他已经到了家里。

“你看呀，你这个不中用的人！”葛生嫂继续地焦急的叫着。“衣服全打湿了，衣服！落水狗似的！这么大的雨不晓得在那里躲一躲吗？不晓得借一顶伞吗？什么了不得的事呀，又苦恼得糊涂了！哼！你简直……”

“什么了不得，你看吧……”葛生哥喃喃地回答说。

“又是天大的事来了呀，又是！就不要做人了吗？

你看你淋得什么样！再淋出病来吗？”葛生嫂一面说着，一面开开了旧衣橱，取出一套破旧的蓝布衣服来。“要是一连落上几天雨，我看你换什么衣服，穿来穿去只有这两套！两三年来也不做一件新的……还不赶快脱下来，一定要受进湿气吗？生了病，怎么办呀？那里有钱吃药……”

她这样说着就走近葛生哥身边，给解起钮扣来。葛生哥仿佛小孩似的由她摆布，一面也下意识地动着手臂，换上了干衣服。他到现在也还没有仔细注意到自己身上的衣服湿得什么样子和葛生嫂的一大串埋怨话。他的思想全被那苦恼占据了。

他在想怎样才能使这件事情平安的了结。阿如老板在他的村里虽然也不是一个好人，但他对阿如老板可是相当的好的，如同他对待所有的傅家桥人的一样。他并不向任何人讨好，向任何人献殷勤，也不得罪任何人。谁要是用着他，托他做事情，要他跑腿，要他买东西，要他送信，要他打杂，他总是不会推却的，即使病了，也只要有几分气力可用。他对阿如老板，一向就是这样，什么事情都帮忙，只要阿如老板托了他。昨天下午，他还给阿如老板到城里去来，背着一袋，提着一篮。

他们中间，他想，情面总是有的。华生的事情，不管谁错谁不错，看他的情面，说不定阿如老板是可以和平了结的。阿如老板需要他帮忙的事情正多着……

“又是半天没有话说，”葛生嫂抱着一个最小的孩子说了。“皱着眉头烦，恼着什么呀？”

“我在想怎样了结那……”

“要乡长傅青山立一个石碑，说那个埠头是傅家桥人都有份的！要阿如老板消我们的气！”葛生嫂立刻气冲冲的说，她的眼光发火了。

葛生哥摇了一摇头：

“你女人家懂得什么，这是小孩子的话……”

“什么！看你这个男人！……”

“华生打坏了人家的店铺，你知道吗？”

“没打得够！”葛生嫂咬着牙齿说。

“这就不该了。”

“谁叫他丢出秤锤来呀！好野蛮！打在华生的头上还活得成吗？”

“华生先打了他。”

“谁先动手？谁先动手呀？华生站在埠头上好好的，又没理他，他要跑出来骂他，要拿棍子来打他！风吹了糠灰进他的店堂，和华生有什么相干！他为什么不把店堂的门关起来？为什么不把这爿店开到别处去？轧米船停在那里，我们就不能轧米吗？我们不要吃饭吗？埠头是他的吗？是他造的吗？他是什么东西呀！哼！……”葛生嫂一连说了下去，仿佛瀑布似的。

“算了，算了，你又没在那里……”

“许多人在那里！谁都看见的！你聋了耳朵，没听见大家怎么说吗？”

“你老是这样，对我这样狠做什么……我又没偏袒谁……”

“羞呀，像你这样的男人！还说我女人家没见识！谁吃的米？谁家的谷子？华生是谁的亲兄弟？你还说没偏袒谁！一家人，拳头朝外，手腕朝里，忘记了这句俗话吗？你现在倒转了来说华生不对，不就是偏袒着人家吗？……”

“两边都有错，两边都有对，就好了。”

“华生错在那里，阿如老板对在那里呀？你说！你忘记了华生是谁了！倘若真是亲兄弟，就是错了也该说对的！你不能叫华生吃亏！……”

“我自然不会叫华生吃亏……我无非想两边都劝解劝解，和平了结。”

“亏你这个不中用的男人，说什么和平了结！人家一秤锤打死了华生，你也和平了结吗？……”

“算了，你不会知道我的苦处的，唉！……”

“你的苦处，你的苦处！再老实下去，我们都没饭吃了！”葛生嫂说着气忿地走进了厨房。

“唉，天下的事真没办法，连自己一家人也摆不平直……”

葛生哥叹着气喃喃地自言自语着，心中愈加苦恼了起来。他很清楚，倘若他和华生一样的脾气，那他早和自己的妻子和华生闹得六神不安了。他能退步，他能忍耐，所以他这一家才能安静地过着日子。傅家桥人叫他做“弥陀佛”粗看起来仿佛在称赞他和气老实，骨子里却是在讥笑他没一点用处，连三岁小孩子也看他不起。然而他并不生气，他觉得他自己这样做人是很好的。做人，做人，在他看起来是应该吃亏的，而他不过是吃一点小亏，欺侮他的人，怨恨他的人可没有。他相信这是命运，他生下来就有着一个这样的性格。他的命运里早已注定了叫他做这样的一个人。华生为什么有着一个和他这样相反的性格呢？这也是命运，命运里注定他是不吃小亏，该吃大亏的人，今天的事就很清楚。倘若他不和阿如老板争骂，就不会相打，就不会闯下祸事来。埠头，埠头，管它是谁的，反正不在他自己的门口，以后不去用也可以的。和阿如老板争执什么呢？

“唉，真是没办法……”他叹着气，失望地说。

“你老是这样，”葛生嫂从厨房走出来，把酒菜摆在桌上，瞪了他一眼，“一点点小事就摇头叹气的！”

“一点点小事，你就偏不肯和平了结……”

“气受不了。”

“什么受不了，事情既不大，委屈也不大的。”

“日子久着呀！”葛生嫂又气忿起来，叫着说了。“我们能够不到那个埠头去吗？不到桥西去吗？不在他的店门口走过吗？这次被他欺了，以后样样都得被他欺！那埠头是公的，我们傅家桥人全有份！”

“还不是，大家都有份的！你又不能搬到家里来，和他争什么呢？”

“有份就要争！不能让他私占！”

“争下去有什么好处呢？”

“没有好处也要争的，谁像你这样不中用！”

“唉，你和华生一样说不明白……”

“你和华生一样，就不会被人欺了，我们这一家！”

“算了，算了，你们那里明白。唉，我不过看得远一点，也全是为的华生呵……”

葛生哥说着叹着气，咳呛起来了。他心里是那样的苦痛，仿佛钩子扎着了他的心似的。他一片苦心，没有谁了解他：连他自己的妻子也这样。

“是命运呵，命运注定了，没办法的……”他翕动着嘴唇，暗暗自语着，但没有清晰地发出声音。他不想再说什么了，他知道是没用的。他只是接连咳呛着，低着头弓着背，半天咳不出一口痰来，用手扪着自己的心口。

葛生嫂看见他这样子，立刻皱起了眉头，走过去拍着他的背。她的口气转软了：

“有痰就好了，老是咳不出一口痰来……随你去办吧，急什么呢？我是气不过，才这样说说的，本来是个女人家哪！……你常常劝我们要度量宽些，你做什么要着急呢？……酒冷了，你还是喝两杯酒吧，解解闷也好……做人总要快乐一点才是……”

她说着给满满的斟了一杯，但同时又痛苦地皱上了眉头。她知道这酒是有害处的，尤其是对于咳嗽的人，然而葛生哥却只有这酒才能消遣他心中的苦闷。

葛生哥一提起酒，果然又渐渐把刚才的事情忘记了。他并不会喝酒，以前年青的时候，他可以喝两斤，带着微醺的酒意，两斤半加足了，三斤便要大醉。现在上了年纪，酒量衰退了，最多也喝不上两斤，一斤是最好的。但为了咳嗽病，不能多喝，又为了酒价贵，也只得少喝了。因此他决定了每餐喝二两到四两。平常总是每餐二两，早晨是不喝的，遇到意外的兴奋，这才加到了四两。他平生除了酒，没有什么嗜好。烟草闻了要咳嗽，麻将牌九是根本不懂的。只有酒，少不得，仿佛他的生命似的。好像是因为不敢多喝，不能多喝的缘故，和他的生成了一个不会性急的性格，近来愈加喝得慢了。他总是缓慢地一点一点的啜着，仿佛两唇才浸到酒里，酒杯就放下了，然后啧啧地用舌头在两唇上舐着，爱惜地细尝那余味。这应该是不会使他的神经兴奋或者痳痹的，然而不知怎的，他这时却把什么事情都忘记了，愉悦得像是在清澈的微波上荡漾着的小舟。他一天到晚，不是为自己忙碌着，就是为人家忙碌着，没有一点休息，只有酒一到手，便忘记了时间，成了他的无限止的休息。

他现在又是这样。外面的风声已经平静下来，雨小了，他没有注意到，这本来是他平常最关心的。每餐吃饭，华生总是坐在他对面，现在华生没有回来，他也没有问，没有想到。孩子们在争着抢菜吃，一个闹着，一个哭着，他仿佛没有看见，没有听到。他低着头，眼光注视着杯中的酒，眼珠上蒙着一层朦胧的薄膜，像在沉思似的，实际上他什么也没有想。除了他的嘴唇和舌头对于酒的感觉以外，一切都愉悦地休息了。大家都已经吃好了饭，他的大儿子跑到邻居去玩耍了，两个小的孩子午睡了，葛生嫂冒着雨到河边去洗衣服了，他的酒还只喝完一半。平常葛生嫂总要催他好几次，今天却只是由他缓慢地喝着。她知道他心里忧闷，谁也不能安慰他的，除了酒。

但是他今天愈加喝得慢了，也似乎有意的想混过这半天苦恼的时光。一直延长了两个钟头，他才站起来在房中踱着，这时他还保留着喝酒时候的神气，平常的景物都不能使他注意。半小时后，他于是像从梦中醒来似的重又自动地记起了一切，忧愁痛苦也就接着来了。

他记起了今天晚上必须到乡长傅青山那里去。那是傅青山对他当面叮嘱的，低声地不让华生知道。为什么要避免华生呢？这个很清楚。当时华生正发着气。这事情，如果看得小一点，别的人也就可以出来和解，例如阿浩叔，既是长辈，又是保长，而且傅家桥有什么事情也多是他出来说话的。乡长出场了，自然当做了大事。这是可忧的。但是葛生哥却还不觉得完全绝望。一则他过去对傅青山并没错，二则刚才要他晚上单独去似乎正是要他做一个缓冲人，使这事情有转圜的余地。傅青山是个很利害很能干的人，从这里可以窥见他的几分意见。是值得感激的。

今天晚上！这是一个多么重要的晚上！这是决定华生和他的一生命运的晚上！他将怎样去见乡长傅青山呢？他决计不让华生知道也不让葛生嫂知道，而且要在天黑了以后去，绝对瞒过他们。这事情，不管怎样，他是决计受一点委屈的。他准备着听乡长的埋怨，对阿如老板去道歉，他不愿意华生和人家结下深怨，影响到华生的未来。他自己原是最肯吃亏的人，有名的“弥陀佛”，老面皮的，不算什么丢脸。

“大事化小事，小事化无事……”他喃喃地自言自语着，仿佛在暗地里祈祷似的。

他时时不安地往门外望着，看华生有没有回来，雨有没有停止，天有没有黑下来。他希望华生暂时不要回来，免得知道他往那里去，希望雨不要停止，出门的时候可以撑起一把伞，不给别的人看见，他希望天早点黑了下来，在华生没有回来之前和雨还没有停止的时候。

“你放心好了，老是在门口望着做什么，华生总是给他的朋友拉去劝解了。”葛生嫂这样劝慰着他，以为他在记挂着华生。

葛生哥笑了一笑，没做声。

但等到天色渐渐黑上来，他开始一次又一次的说了：

“我得去找华生回来……我不放心呢。”

“又不是三岁小孩子！”

“我要劝劝他……”

“你劝他有什么用处呀！他的朋友的话要听得多了！”

“不，也总要早点回来的，落雨天……”

最后等到天色全黑，他终于撑着一顶纸伞走了，偷偷地，比什么时候都走得快。这条路太熟了，几乎每一块石板的高低凸凹，他的脚底都能辨别。

傅家桥仿佛睡熟了。一路上除了淅沥的雨声，听不见什么。路上没有其他的人，家家户户都关上了门。葛生哥走着，心里不觉轻松起来。空气特别的新鲜凉爽，他知道真正的秋天的气候要从此开始了。这是可喜的，夏天已经过去。一年四季，种田的人最怕夏天，因为那时天气最热，也最忙碌，而且都是露天的工作。秋天一到，工作便轻松，只要常常下点雨，便可以缩着手等待晚稻收割。种田的人靠的谁呢？靠的天……

一所高大的楼房，突然挡住了他的去路，他的两脚立刻无意识地停了下来。这就是乡公所了，他一面蓬蓬地敲着大门，一面心跳起来。再过一会，他将站在乡长的面前，听他的裁判了。

大门内起了一阵凶恶的狗嗥声。有人走近门边叱咤着说：

“什么人？”

“是我呢，李家大哥，”葛生哥低声和气的回答说，他已经听出了问话的是保卫队李阿福。

但是李阿福仿佛听不出他的口音似的，故意恫吓地扳动着来福枪的机关，大声骂着说：

“你是谁呀？你妈的！狗也有一个名字！”

葛生哥给呆住了，半晌说不出话来。他是傅家桥有名的好人，没有谁对他这样骂过，现在竟在这里受了侮辱。他感觉到非常的苦恼。

“李家大哥，是我——我傅葛生呀。”过了一会，他只得又提高着喉咙说。

里面的人立刻笑了：

“哈哈，我道是那个狗养的，原来是弥陀佛！……进来吧。”

李阿福说着扳下门闩，只留了刚刚一个人可以挤进的门缝，用手电照了一照葛生哥的面孔，待葛生哥才踏进门限，又磞的一声把门关上了，慌忙地，像防谁在葛生哥后面冲了进来似的。随后他又用手电照着路，把葛生哥引到了厅堂。

“你在这里等一会吧，让我去报告一声。”李阿福说着往里走了进去，把葛生哥丢在漆黑的厅堂里。傅青山养着的大花狗这时早已停止了嗥叫，它似乎认识葛生哥，走近他身边摇着尾巴嗅着。

过了一会，李阿福出来了。他笑着说：

“弥陀佛，乡长叫你里面坐，哈哈，你做了上客了呀……”

葛生哥不安地疑惑着，跟着李阿福朝里走了进去。大厅后面是一个院子。两旁是两间厢房，正屋里明晃晃的燃着一盏汽油灯，许多人围着两张桌子在劈拍地打麻将。

乡长傅青山戴着黑色眼镜坐在东边的桌子上首，斜对着门口，脸色被汽油灯的光照得格外的苍白。葛生哥一进门，就首先看见了他，在门边站住了，小心地说着：

“乡长，我来了。”

但是傅青山没有回答，也没抬起头望他。

“碰！”坐在他上手的人忽然叫了起来。

葛生哥仔细一望，却是阿如老板，胖胖的，正坐在汽油灯下，出着一脸的油汗，使劲地睁大着眼睛望着桌面，非常焦急的模样。他的大肚子紧贴着桌子边，恨不得把桌子推翻了似的。背着门边坐着的是孟生校长兼乡公所的书记，瘦瘦的高个子。另一个坐在傅青山下手的是葛生哥那一带的第四保保长傅中密，也就是傅家桥济生堂药店的老板，是个黄面孔，中等身材的人。

西边一桌，斜对着门坐着的是矮小的阿生哥，顺茂酒店的老板。他的上手是饼店老板，光着头的阿品哥。背着门坐着的，是宝隆豆腐店老板朱金章，菊香的父亲，留着很长的头发和胡须，带着一点酒气。阿生哥的下手，正和阿如老板贴着背的是黑麻子温觉元，绰号叫做“瘟神黑麻子”，他是乡公所的事务员。

这些人，平常和葛生哥是都有来往的，一见面就彼此打招呼，但现在却像没有一个人看见他，只是低着头打麻将。葛生哥不觉砰砰地心跳起来了。他感觉得这事情不大妙。全屋子里都是闹嚷嚷的，牌声，叫声，说话声，汽油灯燃烧声，只有葛生哥一个人默着，站在门边也不敢动。

“阿呀！这事情怎么办呀！”傅青山忽然叫着说，摸着一张牌，狡猾地望望桌上，望望其他三个人的面色，“要我放炮了，阿如老板，哈哈哈……就用这张牌来消你的气吧——发财！”他说着轻轻把牌送到了阿如老板的面前。

“碰！”阿如老板果然急促地大声叫了起来。

“呵呵，不得了呀！你乡长拿这张牌来消他的气，别人怎么办呀？”孟生校长耸了一耸肩。“发财全在他那边了！”

“还要开个花！”阿如老板说着，把刚摸来的牌劈的往桌上一拍，顺手推翻了竖在面前的一排。

“完了，完了!”中密保长推开了自己面前的牌，“这个消气可消的大了，三翻满贯!”

“哈哈哈，我是庄家，最吃亏!”傅青山笑着说。

“应该，应该!”阿生哥从隔壁一桌伸过头来，开玩笑似的说。“这好比做乡长呀!”

“说得对！说得对!”阿品哥和朱金章一齐和着。

“消我的气！那还差得远呀!”阿如老板沉着面孔说。“我非一刀杀死那狗东西不可！……”

“呵，那大可不必！那种人不值得……”傅青山回答说。

“你们也得主张公道!”

“那自然，那自然，我们都说你没有错的。来吧，来吧，再来一个满贯……什么事都有我在这里……现在要给你一张中风了……”

“哈哈哈……”大家一齐笑了起来，好几个人甚至侧过面孔望了一望门边，明明是看见葛生哥的，却依然装着没看见。

葛生哥站在那里简直和站在荆棘丛中一样，受尽了各方面的刺痛，依然不能动弹丝毫。他知道他们那种态度，那种语言和那种笑声都是故意对他而发的。但是他不能说半句话，也不敢和谁打招呼，他只是静静地等待着，又苦恼又可怜。他的心中充满了怀疑和恐惧，他摸不着一点头绪，不晓得他们到底是什么用意。

麻将一副又一副，第四圈完了，傅青山才站起身来，望见了门边的葛生哥。

“啊，弥陀佛在这里！”

“是的，乡长……”葛生哥向里走了几步。

“几时进来的，怎么没看见呀！”

“有一会了……”

“哈哈哈，真糊涂，打起牌来。请坐请坐。阿如老板，”他转过脸去对着阿如老板说，“弥陀佛来了，大家谈谈吧。”

“我要你把他兄弟捉了来！”阿如老板气冲冲的说。“我不能放过他，我要他的命！”

“阿如老板，弥陀佛来了，再好没有了，别生气了吧。”阿生哥从那边站了起来。

“看我葛生面上吧……”葛生哥嗫嚅地说。

“你那华生不是东西！哼！他想谋财害命了，我决不放过他！连你一道，你是他的阿哥！”

“那孩子的确不成材，”阿品哥插了进来，“但弥陀佛可是好人，你不能怪他。”

“谁都知道他是坏人，我是这保保长，很清楚的。”中密保长说。

“我好好对他说，他竟背着扁担来打我，一直冲进店堂，打毁了我的东西！阿生哥那时亲眼目见的，是不是这样?”

“一点不错,我可以做证人。但是,阿如老板,我劝你看弥陀佛面上,高抬贵手吧,那种人是不值得理的呀,是不是呢?”

“咳,这就是没受教育的缘故了,”孟生校长摇着头说,“只读两三年书呢。”

“学了生意也不会这样的,”豆腐店老板朱金章接了上来。

“这种人,多打几顿就好了!”黑麻子温觉元说。“他应该拜你朱金章做师父,哈哈哈……”

“我说,弥陀佛,你听我说,”傅青山点着一支香烟,重又坐了下来。“这事情,不能不归罪到你了。你懂得吗?你是他阿哥,你没教得好!要不是我肚量宽,要不是看你弥陀佛面上,我今天下午就把他捆起来了,你懂得吗?”傅青山越说越严厉激昂起来。

葛生哥愈加恐慌了,不知怎样才好,只是连声的回答说:

“是,乡长……”

“这样的人,在我们傅家桥是个害虫!我们应该把他撵出去!像他这么轻的年纪就这样凶横,年纪大了还了得!他不好好做工,不好好跟年纪大的人学好,凭着什么东冲西撞得罪人家呀?一年两年后,傅家桥的人全给他得罪遍了,他到那里去做人?除非去做强盗和叫化子！他从小就是你养大的，现在这个样子，所以我得怪你！你是个好人，我知道，但你也太糊涂了！这样的兄弟，岂止丢你的脸，也丢你祖宗的脸，也丢傅家桥人的脸！我现在看你面上放过了他，你以后必须好好的教训他，再有什么事情，就要和你算账了！……阿如老板，”他转过脸去，说，“你也依从我把事情放松些吧。为了要消你的气，我已经放了发财，给你满贯，我们输了许多钱，等一会还要请你吃饭呢。依我的话，大家体谅我一番好意，明天弥陀佛到你店堂里去插上三炷香，一副蜡烛，一副点心，安安财神菩萨，在店门口放二十个大爆仗，四千鞭炮道歉了事！打毁了什么，自己认个晦气吧，弥陀佛很穷，是赔不起的……”

“乡长的话句句有理，不能再公平了，真叫人佩服。”阿生哥啧啧地称赞着。

“那自然，否则就轮不到他做乡长了！”阿品哥和着说。

“现在你们都能依我吗？”

“谢谢乡长，我照办……”葛生哥首先答应了下来。

“咳，我真晦气，得自己赔偿自己了，”阿如老板假意诉苦说。

“那不用愁，乡长又会放你一张白牌的！”中密保长笑着说。

大家全笑了。只有葛生哥呆着。

“我的话是大家都听见的，弥陀佛，你知道吗？好好的去管束你的兄弟呀！……孟生，你打完了牌，把我的话记在簿子上吧，还要写明保长傅中密，和你们几个人都在场公断的。”

葛生哥又像苦恼又像高兴，和他们一一打着招呼，低头走了。

乡长傅青山站起来望了一会，疲乏地躺倒后面的卧榻上，朝着一副精致的烟具望着，说：

“阿如老板，抽几口烟再打下四圈……来人呀！给我装起烟来！”

五

次日清晨雨停了。河水已经涨了许多。它卷着浮萍在激急地流着。西北角的海口开了碶门了。虽然只有那么久的雨而且已经停息，山上的和田里的水仍在不息地涌向这条小小的河道。田野里白亮亮的一片汪洋，青嫩的晚稻仿佛湖中的茭儿菜似的没了茎，只留着很短的上梢在水面。沿河的田沟在淙淙泊泊的响着。种田的人又有几天可以休息了。喜悦充满了他们的心。

华生自从昨天由乡公所出来后便被阿波哥拉了去，一夜没有回家。阿波哥是个精明能干的人，他知道傅青山的阴谋毒计很多，不放心华生在家过夜。他要先看看外面的风势，硬把华生留下了。他邀了两个年青人川长和明生，就是头一天晚上和阿浩叔反对的，随后又邀了隔壁的秋琴来。她是一个十九岁的姑娘，读过五六年书，不但在傅家桥的女人中间最开通，就是男人中间也很少有她那样好的文墨。她比什么人都能谈话，常常看报，知道一些国家大事。她有着一副很大方的相貌，宽阔的额角和宽阔的下巴，大的眼睛，高的鼻子。她的身材也高大丰肥。她的父母已经死了，没有兄弟姊妹。现在只留着一个七十几岁但还很强健的祖母。她们俩是相依为命的，不忍分离，因此她还没有许配人。她父亲留下了几十亩田，现在就靠这维持日子。

他们最先谈到华生和阿如老板的争吵，都起了深深的愤怒，随后又谈到头一天晚上和阿浩叔几个人争执的事来，随后又转到了亡国灭种的事。过去的，现在的，国家大事，家庭琐事，气候季节，无所不谈，一会儿哈哈笑了起来，一会儿激昂起来，这样的白天很快过去了，阿波哥就借着天黑下雨的理由，硬把华生留住了一夜。

但华生的气虽然消去了一大半，却一夜翻来覆去的没有睡得安稳。他想着这样，想着那样，尤其是一天不曾看见菊香了，她的影子时刻在他眼前幌动着。

天一亮，他就从床上翻了起来要回家。但阿波哥又硬要他吃了早饭，还到田头去看了一遍他所种的几亩田。指手划脚的说了许多话。华生终于只听了一半，就跑着走了。

他从桥西那边跑过来，走过丰泰米店的门口，狠狠地往店堂里望着，故意迟缓着脚步，向阿如老板示威似的。但阿如老板并没有在那里，他也一夜没有回来，这时正在傅青山家里呼呼睡着。店堂里只剩着一个学徒和工人。他们一看见华生，就恐慌地避到店堂后去了。

“有一天，烧掉你这店堂！……”华生愤怒地暗暗的想，慢慢踏上了桥头的阶级。

桥下的水流得很急，泊泊地大声响着，这里那里转着旋涡，翻着水泡。隐约地可以看见桥边有许多尖头的凤尾鱼。它们只是很小的鱼儿，扁扁的瘦瘦的，不过二三寸长，精力是有限的，但它们却只是逆着那急湍的流水勇往地前进着，想钻过那桥洞。一浪打下去了，翻了几个身，又努力顶着流水前进着，毫不退缩，毫不休止，永远和那千百倍的力量搏斗着，失败了又前进。它们的精力全消耗在这里，它们的生命也消失在这里。桥上有好些人正伸着长的钓竿在引诱它们一条一条的扎了上来。

“这些蠢东西，明知道钻不过桥洞去，却偏要拼命的游着哪！——啧！又给我钓上一条了。”钓鱼的人在这样说着。

但华生却没注意到这些，他一路和大家打着招呼，慢慢地往街的东头走去了。

这街并不长，数起来不过四五十步。两边开着的店铺一共有十几家：有南货店，酱油店，布店，烟纸杂货店，药店，理发店，铜器店，鞋店，饼店……中间还夹杂着几家住家。

街的东头第三家是宝隆豆腐店，坐南朝北，两间门面，特别深宽，还留着过去开张时堂皇的痕迹。这时是早晨，买豆腐的人倒也不少。菊香拖着一根长辫子正在柜台边侧坐着，一方望着伙计和学徒做买卖，一面和店内外的人打着招呼，有时稍稍谈几句话。

华生远远地望见她，就突突地心跳起来，什么也忘记了，很快的走近了柜台边。

“菊香……”他温和地叫着。

菊香惊讶地转过身来，立刻浮上笑容，含情地望着他的眼睛。

“昨天的事情怎么呀？真把人骇坏了……”她说着像有余悸似的皱上了眉头。

“有什么可怕！十个傅阿如也不在我眼里！……你的爸爸呢？”

“还不是又去打麻将了，”她忧郁地回答说。“一夜没回来……请里面坐吧。”

华生摇了一摇头，他觉得她父亲不在家，反而进去不便了，宁可在外面站着，免得别人疑心。

“前天晚上呢？”他钉住了她的眼睛望着，微笑地。

菊香的两颊立刻通红了，她低下头，搓捻着白衣衫上的绿色纽扣，沉默了一会，然后又微微仰起头来说：

“那还用问吗？……”随后她又加上一句，像是说的是她父亲，“喝得大醉了呢。”

华生会意地笑了起来。他觉得自己才像是喝醉了酒似的浑身的血液在强烈地激荡着。他看见菊香的眼光里含着无限的热情和羞怯。他仿佛听见了她的心在低声的对他密语。他几乎遏制不住自己，要把手伸了过去，把她抱到柜台外来，狠狠地吻着她。

但他忽然听见后面的脚步声，来了人，立刻又惊醒过来，说：

“昨天的雨真大呵……”

“一直到早晨才停呢……”

“落得真好，田里的水全满了……”

“你们又可以休息几天了。”

“今年的雨水像是不会少的。”

“是秋天了呀……”菊香说，紧蹙着眉头，显得很忧郁的样子。

华生的脸上掠过了一阵阴影，他的心感到了怅惘。

“嗯，是秋天了呵……”他喃喃地重覆着。

“喂！菊香！……”街上忽然有人叫着走了过来。

华生转过身去，原来是阿英聋子。她穿着一双露着脚趾的破鞋，叱嗒叱嗒的走得很快。她惊讶地走到华生身边，睁着一对挂着黄眼屎的风火眼，只是贴近着他望着，对着他的面孔和他的头发，仿佛要从他身上嗅出什么气味来似的。

华生不觉笑了起来，站着不做声，也故意学着她的表情，奇怪地望了望她的面孔，她的头发和她的衣衫。

阿英聋子睁着眼睛，一直从他的上身望到了两脚，随后惊讶地捻了捻他的粗大的手和强健的臂膀，拍拍他的背，大声的说了：

“你真是个好汉呀!”她伸着一个拇指。“嘭! ……打得真妙!”她举起两手，仿佛捧着一个大秤锤似的，用力往街上一挥。

“哈哈哈……”店堂内的人全笑了。

她转过头去，对着店堂里的学徒和伙计瞪了一眼，然后又对着华生挺着肚子，再用两手远远的围了一围，表示出一个大胖子是阿如老板。

“碰到你没有一点用处!”她摇着手，随后伸着一枚食指对着地上指了一指，“老早钻到洞里去了!”她又用两手抱着头，望着华生做出害怕的神情，叱嗒叱嗒地踏着两脚往店堂内逃进去。

“哈哈哈……”店堂内的人又全笑了起来。

“神经病! 一点也不错!”一个买豆腐的人说。

华生笑着往里一跳，立刻抱住了她的臂膀。她笑着叫了起来：

“做什么呀? 我又不是那胖子……阿唷唷……”

华生指了一指她那双露着脚趾的又破又湿的鞋子。她会了意，瞪了华生一眼，也望望他的脚。

“我买不起鞋子呀!”

华生做着手势，叫她脱掉鞋子。

但是她摇了一摇头，又尖利地叫了起来：

“你是男子呀，可以打赤脚!”

“哈哈哈……五十八岁了，还要分男分女……”

华生笑着用指头指了她的挂黄眼屎的眼角，又指了指柜台内的菊香。

“她是二十岁姑娘呀，自然要打扮漂漂亮亮的！好叫你喜欢她呀！嘻嘻嘻……我老了，有什么要紧！这是风火眼，一年到头揩不干净的。”

但是她这样说着，已经拉起前襟，揩去了眼角上的眼屎，一面走近到菊香身边了。

菊香给她说得通红着脸，低着头，不做声。

“喂菊香……做什么呀！给我写封回信呀！……”她看见菊香不理她，立刻明白了，扳起了她的头说，“生什么气呵，同你开玩笑的！你姓朱，他姓傅，一个二十，一个二十一，也不坏呀！嘻嘻嘻……”

“该死的聋子！神经病……”菊香在她面前幌了一幌手。随即贴近她的耳朵，大声问着，“写什么话呀？你说来!”

“谢谢你，谢谢你……”她贴着菊香的耳朵，大声回答着，仿佛菊香也是聋子一样。

她从怀里取出来一个折皱的红格的信封和信纸，另又一封来信，放在菊香的面前。

“你给她写吧，华生，我来给你磨墨。”菊香示意地说。

华生这时已跟着阿英聋子走进了店堂，明白菊香的意思，就在账桌前坐了下来，握着笔。菊香搬了一条凳子给阿英聋子，推着她，叫她在旁边坐着，自己就坐在华生的对面给磨起墨来。

“我来磨，我来磨……要你写吗？罪过罪过……”阿英聋子感激地说。

菊香没有把墨交给她，对她摇了一摇头。随后把桌上的来信打开，看了一会，交给了华生：

“钱寄到了，怪不得今天这样喜欢。”接着她提高了喉咙，“二十元，对不对呀？”

“对的，对的，二十元呀……我儿子寄来的……告诉他收到了。”

“他问你身体好不好呢！”

“好的，非常好，告诉他，我很好呀！听见吗？……嘻嘻嘻，真是个好儿子呀……”

“他现在到了大连了，在一个洋行里做事呢！”

“我的天呀！走得好远！两天好到了吗？……洋行里做事体，哈，洋行里一定是好生意呀！”

“那自然，你要是给他读了书，一定做买办呢！”

“那好极了，有买办好做，就好极了。”

“嘻，聋子，只听见一半，想他的儿子做买办了……一个什么样的儿子呵……”菊香喃喃地说着。

“还有别的话吗？”

“没有了，只叫你收到了钱，写回信。”

“过年回来吗？”

“没有说。”

“叫他下次写信，千万提明，……三年没回来了，三年了，好回来总要回来呀，你听见吗？”

“要提上一笔，叫他下个月再寄钱给你吗？”

“不必提了，他有钱就会寄来，他都晓得……告诉他，这三年来怎么连平信也没有，以后多来几封吧，两个月一封总是要来的呀！”

“还有呢？”

“说我很好，叫他冷热当心呀。”

“这么大了，二十四岁了，还要她叮嘱……还有什么话吗？”

“多得很，话多得很，……问他年内能不能回来。”

“给你写上了。”华生搁着笔，仰起头来说。

“叫他多写几封信回来。”

“又来了，这个神经病！——还有什么话吗？”

“冷热要当心呀！”

“哈哈，说来说去是这几句！”

“还有，请你告诉他，我这三年来欠了很多的债，现在都还清了，一共是十二元呀……”

“喂！你真的疯了吗，聋子？”华生突然把笔一拍，站了起来，愤怒地对着她的耳朵大声喊着说。“三年不来信了，你就只欠十二元债吗？”

“不错的！一共十二元！”

“就不能告诉他，欠了一百二十元债吗？”菊香喊着说，“三年不寄一个钱来了呀！”

“嘻嘻嘻，你真不是好人，骗他做什么呀？害他吓煞去！”

“你这傻瓜！一个月五元，一年六十元，三年也要一百八十呀！他不寄一个钱来，叫你吃点什么？吃屎吗？屎也要钱买的！”华生喊着说。

“你就多报一点虚账说欠了五十元债吧，叫他赶快寄来！”菊香扯扯她的耳朵。

“不对，不对，只欠十二元呀！”

“你还要吃苦吗？一个儿子，三年不寄钱来，谁养你这五十八岁的老太婆呀？没有田，没有屋子！”

“我自己会赚的，我会给人家做事情……”

“我不管你！就给你写上欠了五十元债，这已经够少了，叫他赶快寄钱来！”华生大声说着，提起笔，预备写了下去。

但是她立刻扳下面孔，按住了华生的手腕，焦急地叫着说：

“我不要你写！天呀！我只有这一个儿子！我骗他做什么呀？叫他急死吗？……”

她焦急得眼泪快落下来了，眼眶里亮晶晶地闪动着。

华生立刻心软了，点点头。

“不写了，就依你的话，欠了十二元债，现在还有八元，”菊香安慰着她。

“这不是叫他儿子再过两年寄钱来吗？咳，真想不通！”华生一面叹着气，一面准备依她的话写了。

但是她又紧紧地按住了华生的手：

“我不要你写了，你这个人靠不住！菊香给我写吧，你才是好人……”

“刚才说我不是好人，现在说是好人了，”菊香喃喃地说。

“我要写！”华生喊着说，“照你的话就是了。”

“不要你写！不要你写！”她说着把那张信纸抢了过来给菊香。“告诉他，欠十二元债，现在都还清了。对亲生的儿子说谎话是罪过的！我只有这一个儿子，三岁就死了爸爸，我苦守了二十几年，全为的他呵……”她的声音有点哽咽了。

菊香蹙着眉头，给她写了下去，不时红着眼圈，苦恼地对华生低声地说：

“这日子也亏她过得……我八岁搬到傅家桥来，就看见她给人家砻谷，舂米，洗衣，磨粉，……，苦恼地把儿子养大到十八岁出门，满了三年学徒，就应该赚钱来养娘了，那晓得不走正路，这里做上三天走了，那里做上四天走了，只爱嫖赌……这次寄来二十元钱，真是天良发现了……她这几年来老了许多，只会给人家跑跑腿，这个给她几个铜板，那个给她一碗剩饭，一件破衣服，一双旧鞋子……脚上这一双破鞋穿了一年多了，还是男人穿下的，大了许多，脚尖塞着棉花呢……亏的有点神经病，一天到晚嘻嘻哈哈的，叫我们就活不下去……她虽然穷，给人家买东西从来不赚钱，有时拿钱给她，她还不要，除非连一粒米也没有了，这才羞惭地拿着跑了，几天不见面……真是太好了……”

“所以她穷得这样，所以要吃苦，”华生咬着嘴唇，忿忿地说，“这世界，只有坏人才有好的日子过，才有好的福享！越老实，越被人家欺！我阿哥就是这样！他平日要是凶一点，你看吧，昨天傅阿如就决不会对我那样的！”

“写好了，”菊香搁了笔，大声说着。“还有别的话吗？快点说来呀！”

“没有了，只说冷热要当心，过年要回来，钱收到了……呵，说我欠了十二元债，现在还清了，是吗？”

“是的，你放心去吧，不会作弄你的。”

“谢谢你，菊香，你真是个好人，又聪明，又能干——你晓得吗？”她拍拍华生的肩膀，翘起一个拇指，“这样的姑娘，全天下找不到第二个呀……”

于是她又嘻嘻地笑了起来，眼眶里含着黄亮亮的像是眼泪，也像是眼水的东西，收了信，孩子似的跳着走出了店堂。

但是一到街上，她忽然停住了：

“阿呀呀，我的天呀！”她大声叫了起来，蹬着脚，往桥西望着。

菊香首先跑到柜台边往那边望了去。她看见两个人走进了丰泰米店。前面是葛生哥，低着头，手中拿着一捆红纸包的东西，腋下夹着许多红红绿绿的东西，像纸爆。

华生迟到柜台边，没看见葛生哥，只见着中密保长跨进店堂的背影。桥上有几个人在走动。

“什么事情大惊小怪的，这聋子！”华生埋怨似的说，“老是这样！”

“我的天呀！这还了得吗？……”她依然蹬着脚，回过头来，望着柜台内的华生。“那是，做什么呀？……”

“你这傻瓜！”菊香在她面前挥着手，惊慌地站到华生的前面，当住了他的视线，一面惊慌地对着阿英做眼色。

她吃了一惊，了解了，立刻转了语气，喊着说：

“阿呀呀，我的天！我做什么来的呀……把华生要紧事情忘记了，这还了得吗？……”

“什么？”华生偏开身子。

“你阿哥叫你去，有要紧事情呀？……他本来托我来叫你的，我这个神经病，到现在才记起来……”

“真是神经病，大惊小怪的，我道又是什么大事情了。”华生笑着说。“一夜没回去，有什么要紧。”

“真是神经病，”菊香转过脸来对着华生，“你快点回去看看吧，一夜不回家，葛生哥和葛生嫂自然着急得利害呢。”

“喂喂，快走呀……”阿英从外面跑了进来，推着华生。“和我一道走呀！我的天！”

“你走吧，”华生立刻把她推开了，“我不走！我还有事情。”

“你来得太久了，华生，”菊香低低地说，做着眼色，“这里不方便，过一会再来吧……”

华生立刻看见街上有许多人在来往，而且感觉到有些人正睁着惊异的眼对他和菊香望着，便同意了菊香的话，一直走出店堂往东走了。

“快走吧，快走呀！”阿英跟在后面只是催促，不时哈哈地笑着，回头望望街上。

华生低着头走着，心里怪难受的。他在店堂里许久，没和菊香讲什么话，便被迫离开了她。阿英聋子还在后面啰苏着，使他生气。倘是别的女人，他便要对付她，但无奈那是她，连生气也不该。她是一个多么可怜的，又是多么善良的女人，他觉得。

“啊啊，快点走吧，我还有别的事呀！”快要走近华生的家，她忽然转过身，又向着街的那面大踏步跑了，混身摇摆着，慌急地幌着两手，仿佛小孩子跳着走的姿势，不时转过头来望望华生。

“真是个疯婆！”华生喃喃地说着，已经到了屋前的空地。

劈劈拍拍，劈劈拍拍……通……乓！……

鞭炮和炮竹声忽然响了。许多人从屋内跑了出来，惊异地向河边走了去。

“什么事呀？……”有人在问。

华生没有留意，一直往自己的家里走了去。这声音是他听惯了的，喜事，丧事，做寿，请菩萨，全是这样的。

“阿哥！”他叫着。

葛生嫂突然从里面跑出来了。她惊讶地望了一望华生。

“他到城里去了……”

“又到城里去了！不是说在找我吗？”

“找你吗？……昨晚上就冒着雨到处去找你，没一点消息。你那里去了呀？叫人好不放心！”

“就在阿波哥家里，有什么不放心。他叫我做什么事吗？”

“他吗？……啊，他说田沟该去关了，去迟了，水会流完，但他没有工夫，要我去呢，这么烂的田塍……”

“什么话！自己的事情不管，又给别人到城里去了！

怎么要一个女人家到田里去呀，家里又有三个小孩！——我去来!”华生说着从门后取出一把锄头，背着走了。

劈劈拍拍……通……乓……

鞭炮声依然热烈地响着，间歇地夹杂着炮竹声。华生往东南的田野走去，渐渐有点注意了。这不像普通的放法。普通是只放三个爆竹千把个鞭炮的，现在却继续得这么久。他转过头去，看见傅家桥南边的两边河岸站满了人，都朝着桥那边望着。他没有看见那桥，因为给屋子遮住了。但他估计那声音和往上飞迸着的火星与纸花，正在傅家桥桥上。这声音是这样的不安，连他附近树林上的鸟儿也给惊骇得只是在他头上乱飞着。

他渐渐走到自己的田边。附近靠河处有不少农夫站着或蹲着，在用锄头拨泥沟。眼前的田水这时正放流得相当的小了。他也开始用锄头掘起沟边的泥土来，往沟的中间填了去。

“今天的爆仗是顶大的。”忽然有人在附近说着。

“也顶多呀……”另一个人回答着。

华生停了锄头，往前面望了去，却是邻居立辉，一个枯黄脸色的人。隔着一条田塍蹲着瘦子阿方。

“这已经是第十九个爆仗了。”立辉说着一面铲着泥土。

“我早就猜想到有二十个。”阿方回答说。

“六千个鞭炮怕是有的。”

“大约五千个。”

华生的呼吸有点紧张了，他仿佛感觉到一种窒息的空气似的。

“这样，他的气可以消了吧……”

“华生可不……”

“嘘……”立辉忽然瞥见了华生，急忙地对阿方摇着手。

华生的脸色全青了，全身痉挛地战栗着，眼睛里冒出火来。他现在全明白了！

“切！”他举起锄头用着所有的气力往眼前的田沟边劖了下去。整个的锄头全陷没在深土中。

“通……乓”最后的一个炮竹响了。

华生倒竖着眉毛，紧咬着牙齿，战栗了一刻，痉挛地往田边倒了下去……

六

华生突然站起来了，他的手才触着田沟中的混浊的水泥，上身还未完全倒下的时候，他清醒了。一种坚定的意志使他昂起头来：

报复！他需要报复！他不能忍受耻辱！

他握住锄头的柄，从泥土中拔了出来。他有着那末样的大的气力：只是随手的一拉，锄头的柄就格格地响着，倘若底下是坚固的石头啃住了他的锄头，这锄头的柄显然会被猛烈地折成了两截。但现在因为是在相当松散的潮湿的泥土中，它只带着大块的污泥，从他的身边跳跃到了他的背后，纷纷地飞迸着泥土到他的身上。

华生没注意到自己给染成了什么样可怕的怪状，立刻转过身，提着锄头跑了。他忘记了他到这里来是为的什么，他没想到他反而把田沟开得宽了许多，田里的水更加大量地往河里涌着出去了。

他要跑到傅家桥桥头，冲进丰泰米店，一锄头结果了阿如老板！他相信他这时一定在那里，甚至还得意地骄傲地挺着大肚子在桥上站着。

“这样更好！”他想，“一锄头砍开他那大脓包！”

他的脚步非常的迅速，虽然脚下的田塍又狭窄又泥泞，他却像在大路上走着的一样。他的脸色很苍白，这里那里染着黑色的污泥的斑点，正像刚从战壕里爬出来，提着上了刺刀的枪杆往敌人阵线上冲锋的兵士。他什么也没有想，只有一个念头：报复！

谁判定他放爆竹赔罪的呢？谁答应下来，谁代他履行的呢？这些问题，他不想也明白：是乡长傅青山，和自己的哥哥葛生。

他决不愿意放过他们。倘若遇见了傅青山，他会截断他的腿子！就是自己的哥哥，他也会把他打倒在地上。

他忍受不了那耻辱！

“你看，你看！……华生气死了？……”站在后面的立辉露着惊疑的脸色望着华生。

“谁也要气死的！”瘦子阿方在田塍那边站了起来回答说。

附近许多农夫见华生那样的神情，也都停止了工作，露着惊异的目光望着他，随后见他走远了，便开始喃喃地谈论了起来。有些人甚至为好奇心所驱使，远远地从背后跟了去。

但是华生一点没有注意到。他眼前的一切仿佛都没有存在着似的。他的目光寻找着那个肥胖的，大肚子的，骄傲凶狠的阿如老板。

“华生……”忽然对面有了人迎了过来，叫着他的名字。

华生仰起头来，往远处望去，这才注意出来是阿波哥向他这面跑着。他的神情很惊惶，诧异地望着华生的脸色和衣衫。

“你在做什么呀，华生!”

“我吗？……关水沟。”华生简短地回答说，依然向前面跑着。

“站住，华生!”阿波哥拦住了他的路。“我有话对你说!”

华生略略停了一停脚步，冷淡地望了他一眼，一面回答着，一面又走了。

“我有要紧的事情，回头再说吧。”

“我的话更要紧!”阿波哥说着，握住了他的锄头和他的手，坚决地在他面前挡住了路。

华生迟疑了一下，让步了：

“你说吧，我的事情也要紧呢。”

“到这边来，”阿波哥说着牵了华生的手往另一条小路走了去。“你这样气忿，为的什么呢？”

“我要结果傅阿如那条狗命!”华生愤怒地说，“你有什么话，快点说吧！……”

“嘘！……低声些吧……”阿波哥四面望了一望，走到一株大树下，看见没有什么人，站住了。“为的什么，你这样不能够忍耐呢？”

“忍耐？……你看，二十个大炮仗，五六千个鞭炮已经放过了！……这是什么样的耻辱！……”华生依然激昂地说。

“等待着机会吧，华生，不久就来到了……现在这样的举动是没有好结果的……他现在气势正旺着……”

“那要等到什么时候呀？”华生愤怒地截断了他的话，又想走了，“照你的说法，等他气势衰了，那时还用我报复吗？”

“你不知道，华生，现在是惹不得的。他和傅青山勾结得很紧，帮助他的人很多，因为大家相信他有钱……哼！你说他有多少钱呢？”

“谁管他这些！”

“你不知道底细，”阿波哥说着笑了起来。“他从前比我们还穷，是在上海给人家看门的，因为姨太太看上了他，卷了钱一道躲了起来，后来又丢弃了姨太太，把几万元钱全吞吃了，才偷偷地回到家乡，慢慢造起屋子，开起店铺来，不晓得走了什么运，一连几年，年年赚钱……”

“天没有眼睛！”华生恨恨地叫着说：“这样黑心的人，偏偏走狗运！……”

“你不要说得太早，”阿波哥继续着说。“不错，这也已经很久了，大概到现在有十一二年光景。他从前是很瘦的，有了钱，就肥了，不但饭菜吃得好，一年到头只是吃补药。”

“我们天天愁没有米！”华生倒竖着眉毛。

“但这样的日子怕也不久了。他倒下来比谁都快，比谁都穷，那时会远不如我们呢，你看着吧，华生！……前两年传说他有八万家产，但是你晓得他现在有多少吗？……这几年来生意亏本，又加上爱赌爱弄女人，吃好穿得好，——我刚才听见的消息，他负着十二万的债呢！……”

“这是谣言，”华生摇着头说，但他心里却也相当的高兴。“我不相信他有这许多钱，也不相信他负着这许多债。”

“那不是谣言，”阿波哥坚决地说。“不管他有多少钱，生意亏本是可以看得出来的，这傅家桥有多少人到他那里去籴米的呢？有谷子的人家不会到他那里去籴米，籴米吃的人都嫌他升子小，又不肯赊账，宁可多跑一点路到四乡镇去，南货愈加不用说了，四乡镇的和城里的好得多，便宜得多了。吃得好穿得好，爱弄女人，是大家晓得的。说到赌，你才不晓得呢！据说有一次和傅青山一些人打牌九，输了又输，脾气上来了，索性把自己面前放着的一二百元连桌子一齐推翻了。傅青山那东西最奸刁，牌九麻将里的花样最多……你不相信吗？俗语说：‘坐吃山空，’这还是坐着吃吃的。他只有这一点家产，那里经得起这样的浪用呀？”

“那也好，”华生冷淡地说，心里却感到痛快。“要不然，他还要了不起哩。”

“可不是，”阿波哥笑着说，“所以我劝你忍耐些，眼睛睁得大一点望着他倒下去……现在傅青山那些人和他勾得紧紧的，惹了他会牵动许多人的，你只有吃亏……”

“傅青山是什么东西！我怕他吗？”华生又气了。“吃亏不吃亏，我不管！我先砍他一锄头。”

“不是这样说的，你这样办，只能出得眼前的气。尤其是阿如老板，即使你一锄头结果他，反而便宜了他。过了不久，他活着比死了还难受。有一天倒了下来，傅青山那些人就不再理他。你为什么不等待那时来报复呢？你听我的话吧，华生，慢慢的来，我不会叫你失望的。你应该让他慢慢的死，吃尽了苦；那才痛快呀。”阿波哥说着又笑了起来，习惯地摸着两颊的胡髭。

华生沉默了，阿波哥的想法是聪明的，而且是恶毒的，对于他的仇人，这比他自己的想法高明的多了。

“让他慢慢的死！”

华生想到这句话，不觉眉飞色舞起来。他仿佛已经看见了阿如老板像一只关在铁丝笼里的老鼠，尾巴上，脚上，耳朵上，一颗一颗地给钉下了尖利的钉子，还被人用火红的钳子轻轻地在它的毛上，皮上烫着，吱吱地叫着，活不得又死不得，浑身发着抖。

“你的话不错，阿波哥!”华生忽然叫了起来，活泼地欢喜地望着他，随后又丢下了锄头，走过去热烈地握住了他的手。

“是呀，你是一个聪明的人，”阿波哥欢喜地说。“现在时候还没有到，你一定要忍耐。”

“我能够!”华生用确定的声音回答说。

“那就再好没有了，我们现在走吧，到你家里去坐一会，……呵，那边有许多人望着我们呢，”阿波哥说着，往四面望了一望，“你最好装一点笑脸。”

华生从沉思中清醒了过来，才明白自己在什么地方，转过身，往前面望去，果然远远地站着许多背着锄头的人在田间注意地望着他们。

“你要心平气和，”阿波哥在前面走着，低声地说，“最好把刚才的事情忘记了……那原来也不要紧，是你阿哥给你放的，又不是你自己。丢脸的是你阿哥，不关你的事。呵，你看，你们屋前也有许多人望着我们呢。”

华生往那边望了去，看见不少的男人中间夹杂着许多的女人，很惊异地对他望着，有些女人还交头接耳的在谈话。

“记住我的话，华生，”阿波哥像不放心似的重复地说着，“要忍耐，要忘记，要心平气和。有些人是不可靠的，不要把你刚才的念头给人家知道了，会去报告阿如老板呢。”

“这个，我不怕。”华生大声说，又生气了。

“不，你轻声些吧，要做什么事，都得秘密些，不要太坦白了……”阿波哥回转头来，低声地说。“要看得远，站得稳，不是怕不怕，是要行得通……呵，你看……你现在不相信我的话吗？我敢同你打赌，今年雨水一定多的，年成倒不坏……”

阿波哥一面走着，一面摸着自己的胡髭，远远地和路旁的人点点头，故意和华生谈着别的话。

“我们总算透一口气了，”他只是不息地说着，“只要一点钟雨，这地上就不晓得有几万万种田人可以快活两三天，种田人靠的是天，一点也不错，天旱了，真要命，苦死了也没饭吃……第二还要太平，即使年成好，一打仗就完了……像这几年来，天灾人祸接连起来，真是非亡国灭种不可了……”

一路上注意着他们的人，听见他这样说着走了过去，一时摸不着头脑，只是露着惊讶的疑问的眼光。

华生提着锄头，在后面走着，他不大和人家打招呼，只是昂着头像没有看见别人似的，时或无意地哼着“嗯，是呀，”回答着阿波哥。他的脸色也真的微微地露出了一点笑容，因为他想到了不久以后的阿如老板，心里就痛快得很。

不久以后，阿如老板将是什么样子，他是可以想像得到的：店封了，屋子封了，大家对他吐着涎沫，辱骂着，鞭打着，从这里拖到那里，从那里拖到这里，叫他拜，叫他跪，叫他哭，叫他笑，让他睡在阴沟里，让他吃屎和泥，撒尿在他的头，撒灰在他的眼睛里，拿针去刺他，用剪刀去剪他……于是他拿着锄头轻轻地慢慢地在他的鼓似的大肚子上耙着，铲着，刮去了一些毛，一层皮，一些肉，并不一直剐出肠子来，他要让他慢慢的慢慢的死去，就用着这一柄锄头——现在手里拿着的！

这到底痛快得多了，叫他慢慢的死，叫他活不得死不得，喊着天喊着地，叫着爸叫着妈，一天到晚哀求着，呻吟着。

那时他将笑嘻嘻地对他说：

“埠头是你的，你拿去吧！”

而且，他还准备对他赔罪呢：买一千个大炮竹，十万个小鞭炮，劈劈拍拍，劈劈拍拍，通乓通乓的从早响到晚。他走过去讥笑地说：

“恭喜你，恭喜你，阿如老板……”

于是华生笑了。他是这样的欢喜，几乎忘记了脚下狭窄的路，往田中踩了下去。

“哈哈哈……”他忽然听见后面有人笑了起来，接着低声地说：“他好像还不知道呢，放了这许多炮仗和鞭炮……”

“一定还睡在鼓里，所以这样的快乐……”另一个人说。

华生回过头去，看见田里站着两个人，正在交头接耳的说话，一面诧异地望着他，那是永福和长福两兄弟，中年人，一样地生着一副细小的眼睛，他们看见华生转过头去了，故意对他撅一撅嘴，仰起头来，像不屑看到他的面孔似的，斜着自己的眼光往半空中望了去。

华生立刻转过头，继续往前走了。他的脚步无意地加速了起来。

他感觉到很不快活。永福和长福的态度使他很怀疑。他觉得他们的话里含着讥笑，他们像看不起他似的，那神情。

为的什么呢？在他们看起来，这放炮赔罪的事情显然是丢脸的。谁错谁是呢，华生和阿如老板？他们也许知道，也许不知道，但总之，谁赔罪了，就是谁错的，他们一定在这样的想。或者，他们明知道华生是对的，因为他这样容易屈服，就此看不起他了。

华生的心开始不安起来。他感觉到眼前的空气很滞重，呼吸急促而且郁闷。他仿佛听见永福和长福还在后面喃喃地说着：

“你这不中用的青年！……”

他看见一路上的人对他射着尖利的眼光，都像在讥笑他似的。他羞惭地低着头，不敢再仰起头来，急速地移动着脚步，想赶快走进自己的屋内去。

但阿波哥却在前面挡着。只是缓慢地泰然地走着，不时用手摸摸自己的面颊，继续地说着闲话，不理会华生有没有回答：

“你看吧，我们种田的人是最最苦的，要淋雨，要晒太阳，不管怎样冷怎样热都得在外面工作，没有气力是不行的，要挑要背要抬，年成即使好，也还要愁没有饭吃……有钱有田的人真舒服，谷子一割进一晒干，就背着秤来收租了。我们辛辛苦苦地一手种大的谷子，就给他们一袋一袋的挑了走，还要嫌谷子不好，没扇得干净，没晒得燥，秤杆翘得壁直的……有一天，大家都不种田了，看他们吃什么……有钱的人全是吃得胖胖的，养得白嫩嫩的，辛苦不得……你说他们有钱，会到外地去买吗？这是不错的。但倘若外地的人也不种田了又怎样呀？……老实说起来，这世界上的人能够活下去，都是我们种田的功劳呢……”

华生又不安又不耐烦，没有心思去仔细听他的话，他心里只是想着：

现在就报复还是等到将来呢？

他知道阿波哥的劝告是对的，但他同时又怀疑了起来，看见别人对他不满意的态度。不，这简直是耻辱之上又加上了耻辱，放炮赔罪以后还得屈服，还得忍耐，还得忍受大家的讥笑！所谓将来！到底是那一天呢？他这忍耐有个完结的日子吗？在这期间，他将怎样做人呢？

“放过炮赔过罪呢！……”

他仿佛又听见了路旁的人在这样的讪笑他。不错，这样大声地说着的人是很少的，大多数的人都沉默着。但是，他们的沉默的心里又在想些什么呢？他们沉默的眼光里又说着什么呢？无疑的，他们也至少记住了这一件事情：

“放过炮赔过罪……”

他们决不会忘记，除非华生有过报复，或者，华生竟早点死了。

华生这样想着，猛烈的火焰又在他心中燃烧起来了。他两手颤栗地摇着锄头，几乎克服不住自己，又想一直冲到桥西丰泰米店去，倘若不是阿波哥在前面碍着路。

“阿波哥到底是个精明的人，”华生又这样想了。“他的年纪比我大，阅历比我多，他的意见一定是对的，况且他对我又极其真心……”

“你要忍耐，华生，你要忍耐……”

阿波哥刚才三番四次的叮嘱他，他现在似乎又听见他在这样说了。

“那是对的，我得忍耐，一定忍耐，”华生心中回答着，又露着笑脸往前走了。

他们已经到了屋前的空地上。约有十来个人站在那里注意地望着他们。葛生嫂露着非常焦急的神情，迎了上来，高声叫着说：

“华生，快到里面去坐呀，”随后她似乎放了心，露出笑脸来，感激地对阿波哥说：“进去喝一杯茶吧，阿波哥。”

“好的，谢谢你，葛生嫂，”阿波哥说着从人群中泰然走了过去。

华生低着头在后面跟着，他的面孔微微地发红了。他觉得大家的目光都集中在他的身上，似乎很惊讶。他还听见几个女人在背后低声地切切谈着。谈的什么呢？自然是关于他的事情了。他虽然没回过头来，但他感觉得出后面有人在对他做脸色，在用手指指着他。

他们对他怎样批评的呢，这些最贴近的邻居们？华生不相信他们对他会有什么好批评。他们绝对不会想到他存着更恶毒的报复的念头在心底里的，对于阿如老板。他们一定以为他屈服了。虽然他们明白这是阿波哥劝下来的，但总之华生屈服了，是事实，要不然，为什么不跑到桥西去找阿如老板呢？或者至少不大声的骂着，竟这样默默无言的连脸上也没有一点愤怒的表情呢？

“没有血气！”

他仿佛听见人家在这样的批评他。他觉得他的血沸腾了，头昏沉沉的，两脚踉跄地走进了破烂颓圮的弄堂，脚下的瓦砾是那样的不平坦，踏下去叽叽喳喳地响了起来，脚底溜滑着，他的头几乎碰着了那些支撑着墙壁的柱子。

“走好呀，华生!”葛生嫂在他后面叫着说，皱着眉头。他懂得华生的脾气，看见他现在这种面色和神情，知道他心里正苦恼着。她想拿什么话来安慰他，但一时不晓得怎样说起。

华生知道她在后面跟着，但没有理睬她。他想到了她早上慌慌张张的那种神情，他现在才明白了是她的一种计策。她要他到田里去，显然是调开他。葛生哥预备去放炮赔罪，她自然早已知道了的。

“你阿哥到城里去了，”他记得她当时是这样对他说的。

但是阿英聋子怎么说的呢？她说是他哥哥要他回家去，有话要和他说的。这显然连阿英聋子也早已知道了这事情，是在一致哄骗着他的。

哦，他甚至记起了他在菊香店堂里阿英聋子的这种突然改变了口气的神情了，那也是慌慌张张的，在菊香也有一点。她们那时已经知道了吗？

华生记起来了，他那时是亲眼看见保长傅中密往丰泰米店里进去的。不用说，这问题有他夹杂在内。

“哼！傅中密！……”华生一想到他就暗暗地愤怒了起来。

“坐呀，阿波哥，——你怎么了，华生请阿波哥坐呀!”葛生嫂这样叫着，华生从沉思中清醒过来，知道已经进了自己的屋内了。

“阿波哥又不是生客，”他不快活地回答着，放下锄头，首先在床上坐下了。

阿波哥微笑地点了一点头，在华生身边坐下，和气地问葛生嫂说：

“你的几个孩子都好吗?”

“真讨厌死了!”葛生嫂绉着眉头回答说，“这个哭那个闹，一天到晚就只够侍候他们，现在两个大的都出去了，小的也给隔壁阿梅姑抱了去，房子里才觉得太平了许多。”

“你福气真好，两男一女……”阿波哥说着又习惯地摸起面颊上的胡髭来。

“还说福气好，真受罪呢……气也受得够了，一个一个都不听话……”

“我女人想孩子老是想不到，才可怜呢，哈哈……”

“都是这样的，没有孩子想孩子，有了孩子才晓得苦了。这个要穿，那个要吃，阿波哥，像我们这种穷人拿什么来养活孩子呢?”她说着到厨房去了。

“年头也真坏，吃饭真不容易……”阿波哥喃喃地忧郁地说，随后他转过头去对着华生：“你阿哥支撑着这一家颇不容易哩，华生，你得原谅他，有些事情，在他是不得不委曲求全的，……譬如刚才……”

“都是他自讨苦吃，我管他!”华生一提到他阿哥又生了气。“他没用，还要连累我。”

“他是一个好人，华生，刚才的事情也无非为了你着想的……”

“阿波哥说得是，”葛生嫂端着两杯茶走了出来，听见阿波哥的话，插了进来说，“没用也真没用……这事情，依我的脾气也不肯休的……但是，阿波哥，他也一番好心呢。我昨天夜里一听见他要这么办，几乎发疯了，同他吵到十二点……‘为了华生呀！’他这样的说着，眼泪汪汪的。我想了又想，也只好同意了。”葛生嫂说着眼角润湿起来，转过去对着华生：“你要怪他，不如怪我吧，我至少可以早点通知你阻止他的……”

“那里的话，葛生嫂，华生明白的……”

华生低下头沉默了。他心里感觉到一阵凄楚，愤怒的火立刻熄灭了。他想到了他的阿哥。

为了他！那是真的。他阿哥对他够好了，这十年来。倘若不是亲兄弟，他阿哥会对他这样好吗？那是不容犹豫的可以回答说：“是的。”他做人，或者是他的心，几乎全是为的别人，他自己仿佛是并不存在着的。

刚才的事情，华生能够怪他吗？除了怪他太老实以外，是没有什么可怪的，而这太老实，也就是为的华生呀。

华生想到这里，几乎哭出来了。他阿哥虽然太老实，这样的事情，未见得是愿意做的。那是多么的委曲，多么的丢脸，谁也不能忍受的耻辱，而他的阿哥却为了他低头下气的去忍受了。他的心里是怎样的痛苦呢？……

“妈妈!”这时外面忽然有孩子的尖利的声音叫了起来，接着一阵急促的脚步响。葛生嫂的大儿子阿城跑进了，带着一阵火药的气息。

“妈妈——叔叔!”他笑嘻嘻地手中握着一截很大的开花过了的大炮竹，衣袋装满了鞭炮，“你们怎么……”

“过来!”葛生嫂瞥见他手中的炮竹，惊骇地把他拖了过去。“叫波叔叔!”

“波叔叔……”他缓慢地说着，睁着一对惊异的大眼睛。

“阿才呢?”葛生嫂立刻问他，想阻止他说话。

但是他好像没有听见似的，溜了开去，奔到华生的面前，得意地幌着那个大炮竹，叫着说：

“叔叔！你怎么不出去呀？……爸爸放炮仗，真有趣呵！喏，喏，我还检了这许多鞭炮呀！……”他挺着肚子，拍拍自己的口袋。

“该死的东西!”葛生嫂连忙又一把拖住了他，“滚出去!”

“真多呀，看的人！街上挤满了……”

“我揍死你，不把阿弟叫回来！……”葛生嫂立刻把他推到了门外，拍的把门关上了。

华生已经满脸苍白，痉挛地斜靠在阿波哥的身上。刚才平静了的心现在又给他侄儿的话扰乱了。那简直是和针一样的锋利，刺着他的心。

葛生嫂骇住了，一时说不出话来。阿波哥拍拍华生的肩膀，叫着说：

“华生！你忘记我的话了吗？有一天会来到的！忍耐些吧，阿如老板自有倒霉的一天的！”

“是呀，阿波哥说的是呀！”葛生嫂连忙接了上来，“恶人自有恶人磨的，华生，……天有眼睛的呵……”

她说完这话仍低声地喃喃地翕动着嘴唇，像在祈祷像在咒诅似的，焦急得额角上流出汗来，快要落泪了。

“这是小事，华生，”阿波哥喊着说，“忘记了你是个男子汉吗？”

华生突然把头抬起来了。

“不错，阿波哥。”他用着坚决的声音回答说。“我是个男子汉。我依你的话。”

他不觉微笑了。他终于克服了自己，而且感觉到心里很轻松。

葛生嫂的心里像除去了一块沉重的石头，跟着微笑起来。阿波哥得意地摸着自己的胡髭，也露着一点笑意。

“回来了吗？”这时忽然有人推开门走了进来。“真把我气……”

葛生嫂立刻沉下了脸，用着眼光钉住了进来的阿英聋子。阿英聋子瞥见华生坐在床上，连忙把底下的话止住了。

“他知道了吗?”她贴着葛生嫂的耳朵，较轻的问，但那声音却仍很高。

葛生嫂点了点头。阿英聋子转过身来，张大着眼睛，侧着头，疑问地望着华生。

华生看见她那种古怪的神情，又笑了。

“了不起，了不起!”她接连的点着头，伸出一枚大拇指来，向华生走了过去，随后像老学究做文章似的摇摆着头，挺起肚子，用手拍了几拍，大声的说:“度量要大呀，华生，留在心里，做一次发作! ——打蛇打在七寸里，你知道的呀! 嘻，嘻，嘻……”

“这个人，心里不糊涂,”阿波哥高兴地说，“你说是吗，华生?”

“并且是个极其慈爱的人呢。”华生回答说。接着他站起身来，向着她的耳边伸过头去，喊着说，“晓得了! 我依你的话! 谢谢你呵!”

“嘻嘻嘻……”她非常欢喜的笑了，露着一副污黑的牙齿，弯下了腰，两手拍着自己的膝盖。“这有什么可谢吗? 你自己就是个了不起的人，极顶聪明的呀……我是个……人家说我是疯婆子呢! ……”

“不是的，不是的,”大家回答着，一齐笑了起来。

这时沉重的缓慢的脚步响了，葛生哥从外面走了进来，大家立刻中止了笑声，眼光集中在他一个人身上。

他显得非常的可怜: 驼着背，低着头，紧皱着眉头，眼光往地上望着，张着嘴急促地透着气，一路咳呛着，被太阳晒得棕黄的脸色上面露着许多青筋，上面又盖上了一些灰尘，一身火药的气息，背上还粘着许多炮竹的细屑。

他没有和谁打招呼，沉默地走到长方桌子前的板凳旁坐了下去，一手支着前额，一手扳着桌子的边，接连地咳呛了许久。

“你怎么呀？快点喝杯热茶吧！”葛生嫂焦急地跑到厨房去。

阿英聋子苦恼地皱着眉，张着嘴，连连摇着头，用手指指着葛生哥，像不忍再看似的，轻手轻脚地跑出去了。

阿波哥沉默着，摸着胡髭。华生抑制着心中的痛苦，装出冷淡的神情，微皱着眉头望着他的阿哥。

“阿波哥在这里呀，”葛生嫂端进一碗粗饭碗的热茶来，放在桌子上，看见他咳嗽得好了一些，低低地说。

葛生哥勉强止住嗽，抬起头来，望了望阿波哥，转了身，眼光触到华生就低下了。

“你好，阿波弟？……”他说着又咳了一阵。

阿波哥也欠欠身，回答说：

“你好，葛生哥……你这咳嗽病好像很久了。”

“三年了。”

“吃过什么药吗？”

葛生哥摇了摇头，皱着眉头说：

“吃不好的，阿波弟，你知道……我是把苦楚往肚里吞的……”他苦恼地叹了一口气，沉默了。

华生不觉一阵心酸，眼睛里贮满了眼泪，站起身，走进隔壁自己的卧房，倒下床上，低声地抽噎起来。

七

天气突然热了。几天来没有雨也没有一点风。最轻漾的垂柳的叶子沉重地垂着，连轻微的颤动也停止了下来。空气像凝固了似的，使人窒息。太阳非常的逼人，它的细微的尖利的针一直刺进了人的皮肤的深处，毒辣辣地又痛又痒，连心也想挖了出来。天上没有一片云翳。路上的石版火一般的烫。晚上和白天一样的热。

“啊嘘，啊嘘……”

到处有人在这样的叫着和着那一刻不停的像要振破翅膀的蝉儿的叫声。虽然摇着扇子，汗滴仍像沸水壶盖上的水蒸气似的蒸发着。

“是秋热呵，……”大家都这样说，“夏热不算热，秋热热死人呵。”

但是过了几天，一种恐怖来到了人间。大家相信大旱的日子到了。

“天要罚人了！”

不晓得是谁求到了这样的预言，于是立刻传遍了家家户户，到处都恐惧地战栗了起来。

河水渐渐浅了，从檐口接下来贮藏在缸里的雨水一天一天少了下去，大家都舍不得用，到河里去挑了。每天清早或夜晚，河旁埠头上就挤满了水桶。但这究竟是有限的。从河里大最地汲去的是一片平原上的稻田。碧绿的晚稻正在长着，它们像需要空气似的需要水的灌溉。

辘辘的水车声响彻了平原。这里那里前后相接隔河相对的摆满了水车，仿佛是隔着一条战壕，密集地架起了大炮，机关枪和步枪的两个阵线。一路望去，最多的是单人水车，那是黑色的，轻快的，最小的。一头支在里河，一头搁在河岸上。农人用两支五六尺长的杆子钩着轴轳，迅快地一伸一缩的把河水汲了上来。其次是较大的脚踏水车。岸上支着一个铁杠似的架上，两三个农人手扶在横杆上，一上一下地用脚踏着水车上左右斜对着的丁字形木板，这种水车多半是红的颜色，特别的触目。最后是支着圆顶的半截草篷或一无遮拦的牛拖的水车。岸上按置着盖子似的圆形的车盘，机器似的钩着另一个竖立着的小齿轮。牛儿戴着眼罩，拖着大车盘走着。伸在河边的车子多半是红色的，偶而也有些黑色。

各村庄的农夫全部出动了。他们裸着臂膊，穿着短裤，打着赤脚，有些人甚至连笠帽也没戴，在烈日下工作着。一些妇女和小孩也参加了起来。力气较大的坐在凳上独自拉着一部水车，较小的分拉着手车，或蹲在地上扳动着脚踏的板子，或赶着牛儿，或送茶水和饭菜。

工作正是忙碌的时候。一部分的农夫把水汲到田里来，一部分的农夫在田里踩踏着早稻的根株，有的握着丈余长的田耙的杆，已经开始在耙禾边的莠草了。

虽然是辛苦的工作，甚至有时深夜里还可以听见辘辘的车水声，但平原上仍洋溢笑语和歌唱声和那或轻或重或快或慢的有节拍的水车声远近呼应着，成了一个极大的和奏。

岸上淙淙汩汩地落下来混浊的流水，一直涌进稻田的深处，禾杆欣喜地微微摇摆着，迅速地在暗中长大了起来。农夫们慈母似的饲育着它们，爱抚着它们，见着它们长高了一分一寸，便多了一分一寸的欢乐和安慰，忘记了自己的生命的力就在这辛苦的抚育间加倍地迅速地衰退了下去——

而且，他们还暂时忘记了那站在眼前的高举着大刀行将切断他们生命的可怕的巨物。

“不会的，”有时他们记起了，便这样的自己哄骗着自己。“河里的水还有一个月半个月可以维持呢。”

但是河里的水却意外迅速地减少了起来，整个的河塘露出来了。有些浅一点的地方，可以站在岸上清澈地看见那中央的河床以及活泼地成群结队的游鱼。

本来是一到秋天很少有人敢在水中游泳的，现在又给鱼儿引起了愿望。一班年青的人和别种清闲的职业的人倡议要“捉大阵”了。这是每年夏际的惯例，今年因为雨水多河水大，一直搁了下来，大家的网儿是早已预备好了的。

这七八年来，傅家桥自从有了村长，由村长改了乡长，又由乡长设了乡公所增添了书记和事务员以来，地方上一切重大的公众事业和其他盛会都须由乡长为头才能主办。只有这“捉大阵”，因为参加的人都是些卑微的人物，除了快乐一阵捉几条鱼饱饱个人的口福以外，没有经济的条件，所以还保持着过去的习惯，不受乡长的拘束，由一二个善于游泳的人做首领。

傅家桥很有几个捕海鱼为业的人，历来是由他们为头的。他们召集了十个最会游水的人组成了一个团体，随后来公摊他们的获得。

华生在傅家桥是以游泳出名的，他被邀请加入了那团体。而且因为他最年青最有精力，便占了第三名重要的地位。

华生非常高兴的接受了。虽然田里的工作更要紧，他宁可暂时丢弃了，去参加那最有兴趣的捕鱼。葛生哥很不容易独立支撑着田里的工作，但为了这种盛举一年只有一度，前后最多是五天，就同意了华生的参加。

于是一天下午，傅家桥鼎沸了。他们指定的路线是从傅家桥的东北角上，华生的屋前下水，向西北走经过傅家桥的桥下，弯弯曲曲地到了丁字村折向西，和另一个由西北方面来的周家桥的队伍会合在朱家村的面前。从开始到顶点，一共占了五里多的水路。

傅家桥有四五十个人参加这队伍。大家都只穿了一条短裤，背上挂着鱼篓，背着各色各样的大大小小的网走了出来，一些十二岁以内的孩子甚至脱得赤裸裸的也准备下水了。两岸上站满了男女老少看热闹的人。连最忙碌的农夫们也时时停顿着工作，欣羡地往河里望着。

河里的队伍最先是两个沿着两岸走着的不善游泳，却有很大的气力的人。他们并不亲自动手捕鱼，只是静静地缓慢地拖着一条沉重的绳索走着。绳子底下系满了洋钿那么大小的穿孔的光滑的圆石。它们沿着河床滚了过去，河底的鱼惊慌地钻入了河泥中，水面上便浮起了珠子似的细泡。这时静静地在后面游行着的两个重要的人物便辨别着水泡的性质，往河底钻了下去，捉住了那里的鱼儿。他们不拿一顶网，只背着一个鱼篓。他们能在水底里望见一切东西，能在那里停留很久。

他们后面一排是三顶很大的方网，华生占着中间的地位，正当河道最深的所在。他们随时把网放到河底，用脚踏着网，触知是否有鱼在网下。河道较深的地方，华生须把头没入水中踩踏着，随后当他发现了网下有鱼，就一直钻了下去。他们后面也是相同的三顶方网，但比较小些。这十个人是合伙的，成了一个利益均摊的团体。

在他们后面和左右跟着各种大小的网儿，是单独地参加的。

第一二排捉的是清水鱼，鱼儿最大也最活泼不易到手。他们走过后，河水给搅浑了，鱼儿受了过分的恐慌，越到后面越昏呆起来，也就容易到手。它们起初拍拍地在水面上跳跃着，随后受了伤，失了知觉，翻着眼白出现在河滩上，给一些小孩们捉住了。

“啊唷！——一条河鲫鱼！”小孩子们叫着抢着。

“看呀，看呀！我有一条鲤鱼哪！”

“呵呵，呵呵，三斤重呢！”

“哈哈哈哈……”

岸上和水面充满了笑声和叫喊声。水面的队伍往前移动着，岸上的观众也跟着走了去。最引人注目的是前面的两排，一会儿捉到了一个甲鱼，一条鲫鱼，一条大鲤鱼。头一排的两个人忽然从这里不见了，出现在那里，忽然从那里不见了，出现在这里，水獭似的又活泼又迅速，没有一次空手的出来。第二排中间，华生的成绩最好。他生龙活虎似的高举着水淋淋的大网往前游了几步，霍然把它按下水面，用着全力，头往下脚朝天迅速地把它压落到河底，就不再浮起身来，用脚踏着用手摸着网底。

“这是一种新法！”观众叫着说。“这样快，怎样也逃不脱的！”

随后看见他捧着一条大鲤鱼出来，观众又惊异地叫了：

“可不是！好大的鲤鱼！碰到别人，须得两个人杠起来呀！”

但最使人惊异的却是他的网同时浮起来了：他已经用脚钩起了它，毫不费劲地。

“阿全哥的眼光真不坏，派华生当住第二排的中路！”许多人都啧啧称羡着，“没有一条鱼能在他的脚下滑过去！”

“别人下一次网，他已经要下第三次的网了！”有人回答着。

“周家桥就没有这样的人！”另一个人说。

“唔，那个抵得上他！真是以一当百。”

“阿全哥年纪轻时，怕也不过这样吧？”

“他的本领比华生高，因为他是在海里捕鱼的。你看他现在年纪虽然大了，在第一排上还是很老练的。但他从来是按步就班的，可没有华生这样的活泼。”

“哈哈，你这样喜欢他，就给他做个媒吧……”

“可惜我也姓傅，要不然，我老早把我的女儿嫁给他了。”

“哈哈哈哈，说得妙，说得妙……你看，他又捉到一条大鲤鱼了……”

但在这欢乐的观众中，菊香比任何人都欢乐。她的眼光远远地望着华生，没有一刻离开过他。她最先很给华生担心，看见他整个的身体没入了水中，但随后惯了也就放下了心。当她听见岸上的人一致称赞华生的时候，她的心禁不住快乐的突突地跳了起来。她甚至希望他还有更冒险的，更使人吃惊赞叹的技能表演出来。她最喜欢看见华生从水里钻出来的时候：他的红棕的皮肤上这里那里挂满了亮晶晶的水珠，手中捧着闪明的红鲤鱼；他老是远远地对她微笑着，高高地举起了手中的鱼儿，仿佛对她呈献着似的。她喃喃地翕动着嘴唇，很少发出声音来，有时也只是“啊啊”的叫着，惊喜地张着红嫩的小嘴。她的忧郁的神情这时完全消失了。

华生本来是喜欢参加这队伍的，这次占了重要地位，愈加喜欢了。傅家桥这一段河面上全是熟人，又夹着菊香在望着他，更加兴奋了起来。他充满了那么多的精力，正像是入水的蛟龙一样。

“看呀！看呀……”岸上的人又突然叫了起来。

惊奇的神情奔上了每个人的脸上。

华生从很深的水里钻出来了：他的嘴里倒咬着一条红色的三斤重的鲤鱼，右手高举着一条同样大小的鲤鱼：他摆动着身子，壁直的把上身露了出来，水到了他的腰间：他的左胁下紧紧地夹着另一条大小相同的鲤鱼。

水里的和岸上的叫喊声以及击掌声轰天振地的响了。

但他把这三条鱼儿一一地掷到岸边的滩上以后左手

又拖出来了一条大鲤鱼：它是那么样的肥大，像一个四五个月的婴孩。华生的整个的左手插进了鱼腮，它的尾巴猛烈地拍着水面，激起了丈把高的浪花。

“阿呀天呀!”岸上的和水里的人全骇住了。这样喊了以后，就忽然沉默了下来。

许久许久，等到华生把它拖上岸边以后，叫喊和鼓掌声才又突然响了起来，仿佛山崩地塌似的。

“这怎么捉的呀!”

“人都会给它拖了去！我的爷呀!”

阿英聋子简直发疯了。她拍着自己的两膝，叫着跳着，又到处乱窜着。

“这还了得！这还了得!”她大声地叫着说，“金刚投胎的！金刚投胎的……怎么捉的呀！……不会脚夹缝里也吊上一条……”

“嗤！你这疯婆子！说话好粗……”有人提高着喉咙说，在她面前挥了一挥手。

但是她没听见。她走到菊香面前，看见她惊异得出了神，笑嘻嘻地附着她的耳朵说：

“嫁给他吧……这样好的男人那里去找呀……”

“哈哈哈……”两旁的人听到阿英这些话，拍着手笑了起来，都把眼光转到了菊香的脸上。

菊香的脸色通红了。她骂了一声“该死的疯婆，”急忙羞惭地挤出了人群，避到北头的岸上去。

岸上的和水里的队伍很快地往北移动着。将到傅家桥桥头，就有人在那里撒下了许多网，拦住着鱼的去路。于是这里的收获更多了：红鲤鱼，乌鲤鱼，鲫鱼，甲鱼，凤尾鱼，小扁鱼，螃蟹，河虾，鳗，鳝鱼，红的，黄的，白的，黑的，青的，大的小的，长的圆的，生满了苔藓的，带着卵的……一篮一篓的上了岸。

捕鱼的队伍过去的河面，满是泡沫和污泥，发散着刺鼻的臭气，许久许久不能澄清下去。

太阳猛烈地晒着观众的头面，连衣服都像在火上烘着一般，也不能使观众躲了回去。菊香的白嫩的后颈已经给烈日炙得绯红而且发痛了，仍站立在岸上望着。直至他们过了傅家桥的河面许多路，她才跟着大部分的观众走回家里来。

但傅家桥的观众虽然逐渐退了，两岸上又来了别一村的新的观众。叫声笑声拍手声一路响了过去，直至天色将晚，到了指定的路线的终点。

没有比这再快乐了，当华生和许多人肩着杠着挑着抬着许多的鱼儿回来的时候。他在水里又凉快又好玩，而又获得了极大的荣誉。不但是捕鱼的队伍中的老前辈和所有的同伴称赞他，傅家桥的观众对他喊采，连其他村庄的人都对他做出了种种钦佩的表示。

他们的首领阿全哥特别把华生的那条十几斤重的大鲤鱼用绳子串了，叫两个人在队伍面前抬着，给华生的肩膀上挂着一条宽阔的红带在自己面前走着。一路走过许多村庄，引起了人家的注意。

“啊唷，好大的一条鱼，我的妈呀！”见到的人就这样叫了起来。

“是谁捉到的呀？”

“傅家桥人呢！”

“那是谁呀？——那个挂着红带子的！”

阿全哥的黑色的脸上满露笑容，大声回答说：

“我们的华生呀！”

“真了不起……”

“你们没看见他怎么捉的呢……”后面的人接了上来，得意地把华生捕这条鱼的情形讲给他们听。

听的人都惊异地张大了口，骇住了。

当他们回到傅家桥桥西，各自散去的时候，十二个人在阿全哥的屋前草地上坐下了。阿全哥把鱼分摊完了，提议把这十几斤重的大鱼也给了华生。

“今天华生最出力，不但使我们得到了加倍的鱼，也给傅家桥争来了极大的面子……”

华生快乐地接受了。阿全哥仍叫人一直抬到他的家里去，此外还有满满的两篮。

华生向家里走回的时候，一路上就分送了许多鱼儿给他要好的朋友。其中三个人所得的最特别：阿波哥的是一条七八斤重的鲤鱼；阿英聋子的各色各样的鱼都有，菊香的是一对光彩闪明最活泼玲珑的小鲤鱼。那一条最大的鲤鱼他要留到明天晚上请几个朋友到他家里来一道吃。

阿英聋子接到他的礼物以后更疯狂了。她从来不曾有过许多的鱼，她把它们晒了，腌了，醉了，要一点一点的吃过年。每次当她细细地尝着鱼儿的时候，她总是喃喃地自言自语的说：

“大好老……傅家桥出大好老了……”

菊香一接到礼物的时候，满脸又通红了。她心中又喜欢又骄傲。她用玻璃缸子把它们养着，一天到晚望着。

“捉大阵”一连接续着三天，傅家桥上的人儿乎全尝到了鱼的滋味。华生分得最多也送得最多。

天仍没有一点下雨的意思，河水愈加浅了。大家虽然焦急得异常，但一看到一顶一顶的网儿出去，一篮一篓的鱼儿回来，又露出了笑脸，纷纷讲述着华生捕鱼的本领。

华生太兴奋了。他的精力仿佛越用越多起来，每天晚上独自在河边车着水，仰望着天上闪闪的星儿，高兴地歌唱着。

八

快乐的日子是短促的。它像飞鸟的影子掠过地面以后，接着又来了无穷尽的苦恼的时光。白露过去了，中秋就在眼前，再下去是寒露，是霜降，一眨眼就该是冬天了。现在却还没有一点凉意，和在夏天里一模一样。在往年，这时正是雨水最多的季节，不是淅沥淅沥地日夜继续着细雨，就是一阵大雨，一阵太阳。但今年却连露水也是吝啬的，太阳几乎还没出来，沾在草叶上的一点点润湿就已经干了。

河流一天比一天狭窄起来，两边的河滩愈加露出得多了。有些地方几乎有了断流的模样，这里那里露出一点河底来。农人们的工作加倍地艰苦起来，岸上的水车已经汲不到水，不得不再在河滩上按置下另一个水车，堆起一条高沟，然后再从这里汲水到岸上去。

“要造反了，要造反了……”

到处都充满了恐怖的空气。这恐怖，不但威胁着眼前，也威胁着未来，年老的有经验的人都知道。谁造反呢？没有人能预先回答，但总之到了荒年，要太平是不可能的……

现在已经到处闹嚷嚷了。这里那里开始把河道拦了起来。最先是一区一区的各自封锁，随后是一乡一乡的划开，最后连在同一个乡村之间也照着居民分布的疏密拦成了好几段，四通八达的蛛网似的河道现在完全被切成粉碎了。河面的船只成了废物，都在滩上或岸上覆着，表示出这河道已经切断了生命。

傅家桥的河道被分成了三段：第一段由东北角上分流的地方起，经过葛生哥那一带往西北，到平对着河东的一簇树林为止；第二段经过桥下，平对着河东的乡公所楼屋；第三段一直到丁字村的南首。第三段最长，后面是旷野；第二段最深，因为这里靠岸的船只多，住户密，常在水浅时挖掘河道；第一段最阔，但也最浅最短，这里的住户比较的少。

水车的响声渐渐减少了。现在横在大家眼前的是人的饮料了，稻田还是未来的问题，大家只让它不太干燥就算完了事。但这样仍然无济于事。太阳是那样的强烈，即使静静地躺着的河水，没有人去汲他，也看得见它一寸一寸的干了下去。

每天清晨，葛生哥和华生走到河边，沉默地望望河中的水，望望稻田，车了一点水到田里，就忧郁地走了回来。

“不用再来了，这是白费气力的。”华生懊恼地说。“荒年的样子已经摆在眼前，再过几天河水全干了。这晚稻还会有办法吗？”

葛生哥低着头，没回答。但是第二天，他又邀着华生到河边去了。

“你说这几天会落雨吗，阿哥？”华生不耐烦地问着。

葛生哥摇了一摇头。

“那末，收成呢？”华生问。

“靠不住……”

“明天，你自己来吧，白费气力的事情，我不干了！”华生叫着说。“明知道没有用处，还天天车水做什么呀……你老是这样不痛快……”

“说不定老天爷会可怜我们好人的……”葛生哥说着，忧郁地抬起头来，望着天空，喃喃地像在祈祷似的。

“哼！……”华生从鼻子里哼出声音来后，忽然停了口，轻蔑地望了望葛生哥。

“老天爷有眼，我们早就不会弄得这样了！”他暗暗的想。“这是恶人的世界！”

他立刻记起了许多坏人来，尤其是阿如老板和乡长傅青山。他们都是坏人，而他们都有钱有势。老天爷果真有眼吗？为什么好人全穷困着，全受恶人欺侮压迫呢？……荒年到了，饿肚子的是谁呢？阿如老板和傅青山那一类人显然是受不到影响的，过不来日子的是穷人，是阿英聋子，阿波哥，和他们兄弟……

“老天爷果真有眼吗？”他咬着牙齿，暗暗的说。

然而葛生哥却相信着老天爷有眼的。果报不在眼前，就在未来，不在这一世，就在来世，活着不清楚，死后自然分明，谁入地狱，谁上天堂，至少闭上眼会知道的。荒年到了，就是老天爷要罚人。这是一个龌龊的世界，犯罪作恶的人自然太多了，所以要来一场大灾难，一网打尽。但是，好人是会得到庇护的。他从出世到现在，几十年来不曾做过一件亏心事，甚至任何坏的念头也不曾转过。他相信他会得到老天爷的怜悯……

因此河水虽然无法可车了，葛生哥还是每天清晨照例的踱到河边去，望望天，望望稻田，望望河底。他的心在战栗着，当他看见河水一天比一天干涸起来，稻田里的泥土渐渐起了裂痕，壁直的稻杆渐渐低下头来的时候。然而同时他的脑子里却充满了奇怪的思想。他觉得这是可能的，倘若老天爷怜悯他，在白天，不妨在他的田上落下一阵牛背雨来，救活了他的晚稻；在夜晚，他不妨用露水灌足了他的稻根；或者他竟使稻田中央涌出泉水来；或者，他用手一指，使晚稻早早开花结穗起来……无论怎样也可以，他觉得，老天爷的神力是无边的。

葛生哥这样想着，每次失神地在田塍上来去的绕着圈子，许久许久忘记了回家。

“你发了疯了吗?”葛生嫂又埋怨了起来。“田干了就干了，多去看望做什么呀?再过几天，连吃的水也没有了，看你怎么办?”

“河水干了，我有什么办法……”

“你昏了头了!”葛生嫂叫着说。“你白活了这许多年！到现在还不去掘井，吃的水只剩了一缸半了，有几天好用呀?……”

葛生哥忽然给提醒了。

“你说得是，说得是！……”他高兴的说。“我真的糊涂了……我们老早就该动手了……你为什么不早几天说呢?……”

正当阳光最强烈的时候，葛生哥背着锄头，铲子，钉耙，提着水桶，畚箕，到河边去了。华生相信这是最实际的办法，也立刻跟着去工作。他们在河底里看定了几个地方，希望能够找出一个泉源来。

葛生哥的身体近来似乎更坏了，老是流着汗，气喘呼呼的，接着就是一阵咳呛，不能不休息一会。但华生却怎样用力工作着，没有一滴汗。

“你休息吧，让我来。”他看见葛生哥非常吃力的样子，就时时这样说着。

但葛生哥却并不愿意多休息，他待咳呛完了，略略定一定神，又拿起了铲子或锄头。这工作最先是轻松的，起沟，汲水，爬碎石，掘松土，到后来渐渐艰难了，水分少了，泥土一点一点坚硬了起来，人落在狭小的洞中不易回旋了。华生蹲在洞里掘着土，葛生哥站在洞外一畚箕一畚箕的用绳子吊了出来。

“呼吸怎么样？太潮湿了吧？这比不得水田，你出来休息吧，”葛生哥时时在洞口问着。“慢慢的来，不要心急，明天就可以见到水了，家里的也还多着……”

“又是慢慢的来，什么事情都是慢慢的来……”华生喃喃地自语着。但看见葛生哥扯绳索的手在战栗，他也就息了下来，而且决计回家了。

第二天，傅家桥又热闹起来，大家都开始在河底掘井了。女人和小孩也很多来参加这工作。有些地方甚至还有鱼可捕。他们把傅家桥的河道分成了更多的段落，一潭水，一段干的河底，远远望去，仿佛花蛇的鳞节，一段明亮一段阴暗。

华生看见葛生哥疲乏了，又提议停止了工作，循着河滩向桥头那边走去。

他们这一段里的人比较的少，前后约有六七处，一半还是住在河的西北方的人，河东北，和华生贴近住着的有黄脸立辉和瘦子阿方。第二段，靠近桥头的人就多了，每隔一二丈远掘着洞。那里有阿波哥和他的妻子。

华生缓慢地走着，一路和大家打着招呼。

“你们掘到了水源吗，华生?”有人这样问。

“还没有呢。”华生回答说。

“有架机器就好了，一点不费力，我看见过掘井的机器……真快……”

“那怕你怎样聪明，机器造得怎样多，”另一个人插入说，“天不落雨，总是没办法的……”

“那自然，这就只有靠老天爷了……”

华生没做声，微笑地走了过去。到得阿波哥面前，他看见阿波嫂很吃力，便抢了她手中的锄头，帮着阿波哥工作起来。

“你休息一会吧，阿嫂。”

阿波嫂感激地在旁边坐了着。

“我们就是缺少了这样的一个兄弟，”她说，“要不然，多种十亩廿亩田也不会吃力的……”

“多种了一百亩也没用!”阿波哥截断了她的话。“我们种田的人全给人家出力。把一粒谷子种成一颗稻好不辛苦，结果望着东家装在袋里挑了走。收晚稻时候，这一笔账还不晓得怎样算呢，这样的年成……”

“我们的早稻差不多全给东家称足了，”华生叹着气说，“我的阿哥真没用。”

“所以人家叫他做弥陀佛哩!”阿波嫂接着说。

“好人没饭吃的，这世界……”阿波哥也叹着气说。

“但是他说老天爷有眼的哩。”

“等着看吧!”阿波哥说着，恨恨地用锄头掘着洞。

华生没做声，也恨恨地用力掘着泥土。两个人的锄头一上一下，呼呼地，托托地应和着，很快的掘了一个深洞。阿波嫂看得出了神，低声地自言自语着：

“真像两个亲兄弟……”

但过了一会，她固执地要华生休息了。华生想起了菊香，也就停了下来，循着河滩往桥边走了去。随后他挑衅似的走上桥西的埠头，轻蔑地望了一望阿如老板的丰泰米店，才缓慢地过了桥，向街的东头走去。

“哈哈哈哈……”

将近菊香的店门口，忽然出来了一阵笑声。华生抬起头来，看见一个年青的人从豆腐店里走了出来。那是阿珊，阿如老板的第二个儿子。他梳着一副亮晶晶的光滑的头发，穿着整齐的绸褂裤，丝袜。绣花拖鞋，摇摇摆摆地显得风流而又得意。

“哈哈哈哈……是吗？……你真漂亮……”

他走出店门口，又回转身，朝里面做了一个手势，说完这话，轻狂地朝着华生这边走了过来。

华生的眼里冒出火来了。这比他见到阿如老板还难受，他一时昏呆起来，不知怎样对付才好，两脚像被钉住在地上一般。

阿珊用着轻快的脚步就在华生的身边擦了过去，他含着讥笑的眼光从华生的头上一直望到脚上。

“哈！……”他轻蔑地笑了一声。

华生突然转过身，清醒过来，握紧了拳头。但阿珊已经走远了，轻飘飘地被风吹着的飞絮一般。

“妈的！……”华生许久许久才喃喃地骂出了这一句。

那是一个多么坏的人，连傅家桥以外的人都知道。他凭着他父亲有一点钱，什么事情都不做，十八岁起，就专门在外面游荡，不晓得和多少女人发生了关系，又抛弃了多少女人。他是有名的“花蝴蝶”，打扮得妖怪似的，专门诱惑女人。

而现在，他竟去调戏菊香了！……

华生气得失了色，走进宝隆豆腐店，说不出话来，对着菊香望着。

“阿……你……来了……”菊香吃惊地叫着，满脸红了起来。

华生没回答，在账桌边坐下，只是望着菊香的脸。他看见她的脸色渐渐白了，露着非常惊惶恐惧的模样。

“是的，我来了，”华生透了一口气缓慢地说，“刚巧在这个时候……”

菊香的脸色又突然通红了。她看出华生生了气，仿佛是对着她而发的。

“你怎么呀，华生？……”

“那畜生做什么来的？”

“你说的是谁，我不明白……”菊香回答说。

“不明白？……那畜生阿珊！……”

菊香的脸色又变了，她知道华生为什么生了气。

这正是她最恐惧的。她知道华生对阿如老板的气恨未消，现在再加进阿如老板的儿子来，正和火上加油一般，会闯下大祸来。她觉得不能不掩饰一下了。

“哦？他吗？……”菊香假装着笑脸说，“没有什么……来找我父亲的……”

“他对你，说什么呢？”

“没有……”菊香恐惧地说，她怕激起了华生更大的愤怒。“他没有说什么……几句平常的话……”

华生突然站起来，用眼光钉住了她，心中起了怀疑。

“我明明听见他说……阿，平常的话吗？……”

“你多问做什么呀，华生？……那不是平常的话吗？……”菊香假装着微微生气的模样，想止住华生的口，但她的心里是那样的不安，她的声音颤栗了。

华生看出她惊惶的神情，掩饰的语气，怀疑渐渐滋长了。

“这是平常的话吗？”他想，“一个这样的人对她说这样的话：你真漂亮……”

他为什么愤怒呢？他原来是感觉到她受了侮辱的。然而，她却掩掩饰饰的不肯明说，最后忽然说这是平常的话了！而且还对他生着气，怪他不该多问！

华生的心突然下沉了。他沉默了一会，苦笑地说：

“你说得对，菊香，他说的是平常的话……他也真的漂亮呢！”他尖刻地加上这一句话，头也不回，一直往街上走了。

菊香立刻明白华生误会了她的意思，想把华生追回来，但心头一酸，眼泪涌满了眼眶，赶忙走进里面的房子，独自抽噎起来。为了华生，她按捺下了自己心头的苦痛，却不料华生反而对她生了疑心，而且他的态度又是那样的决绝，连给她申辩的机会也没有。她的心里已经饱受了阿珊的侮辱，现在又受了华生的委曲，这苦楚，除了自己，是只有天知道的……

阿珊那东西，早就对她存了坏心的，她知道。他近来来她这里的次数更多了，每次总是假托找她父亲，实际上却是来调戏她。她对他多么厌恶，屡次想避开他，但父亲常常出去打麻将喝酒，店堂里没人照顾，逼得她躲避不开。

“但是，”她流着眼泪，暗地里自言自语的说，“我并没对他露过笑脸，多说过一句话，甚至连头也常常低着的……”

将近中午，宝隆豆腐店的老板朱金章，菊香的父亲，回来了。他昨夜在乡长傅青山那里打牌才息了下来，睡眼蒙眬的，踉踉跄跄进了店。他的脸色很苍白，显然是疲乏过甚了。他的长的头发和胡须表现出了他的失意的神态。

“拿茶来!”他一面喊着，一面躺倒在床上，接着就开始骂人了：“妈的！店堂里冷清清的，那些小鬼呢！唉，唉，真不是东西，我不在家，就天翻地覆了！……怪不得生意不好，怪不得……”

菊香刚才停了眼泪，现在又涌着大颗的泪珠，开始哭泣了。她想到了死去的母亲和自己的将来，更觉得伤心起来。

“妈的！你老是哭哭啼啼!”她父亲愤怒地说，望着她。“你这样子，什么意思呀？……”

菊香没回答，一面倒着茶给他，一面哭得更加利害了。

“啊，啊，我真怕了你……”她父亲不耐烦地说，“为的什么，你说来！……”

“我不管了……这爿店!”菊香哭着说，“你自己老是不在店里，我是个女孩儿，我不会做买卖……”

“你不管，谁管呢?”她父亲冷然的说。“我没有工夫……”

“你没有工夫就关门!”

“胡说！我白把你养大吗？非叫你管店不可!”

“我不管！我不管！妈呀！……”菊香大哭了。“我好苦呀！……我妈要在这里，我会受这苦吗？……你自己什么都不管，通夜打牌，倒把这担子推在我的身上……我是个女孩儿，我不是给你管店的……”

“啊啊，这话也有几分道理，你不管店，你想做什么呢？……”

“我不想做什么……我跟着你受不了苦，我找妈妈去……”

“啊啊，你这女孩儿……哈！我懂得了，你不要怪我，不要怪我，”他说着笑了，觉得自己猜到了她的心思。

“我不怪你，只怪自己命苦……我妈这么早就丢弃了我，你现在越老越糊涂了……”

“哈哈哈，一点没有糊涂，你放心吧。”他讽示着说。

“还说不糊涂，你只管自己打牌喝酒，几时给我想过！……妈呀，我好命苦呵……”

“好了，好了，不要再哭了……打牌喝酒，也无非是一番应酬，也多半为的你设想的……你看吧，菊香，我并没糊涂呢……你年纪大了，我早就给你留心着的，只是一时没有相当的人家……但现在，傅青山和我很要好，他要来做媒了，你说男家是谁？我想你也猜得到的，和傅青山来往的人都是有钱的人家……男孩子只比你大两岁，很漂亮，怕你早就喜欢了的……”

“你说什么呀！……”菊香伏在桌上又哭了。她想不到她父亲又误会了她的意思，而且婚姻的问题正是她最不愿意听的。

“我觉得这头亲事到是门当户对的，”她父亲继续说着。“两边都是做生意开店铺的，并且他比我有钱……我只有你这一个女儿，你阿弟还小，我又年老了，我不能不慎重选择的……现在做人，钱最要紧……”

“我看不起有钱的人！”菊香揩着眼泪回答说。

“你现在年纪轻，那里知道。我是过来人，我不能害你一生。你将来会晓得的，菊香。哈哈，有了钱，做人真舒服……吃得好，穿得好，养得好，名誉也有了，势力也有了，哈哈，真所谓人上人呢……”

“有钱人十个有九个是坏人！……”

“你且先评评看吧，不要这样说。傅家桥有几个有钱的人？”

“我不嫁有钱的人……”

“那是个好人。你不信，我明白的告诉你。乡长最称赞的好人。……那是……”他把菊香扯到身边，低声的说：“阿如老板的第二个少爷呢……哈哈，你现在可喜欢了吧？……”

菊香突然变了脸色，用力把她的父亲一推，自己昏晕地倒在椅子上。

“那是狗东西！……”她蹬着脚，扯着自己的头发，叫着说。“你昏了，你老人家！……我的妈呀！……我跟你一道去！……”

菊香的父亲霍的从床上坐起来了。

“你说什么!”他愤怒地睁着疲乏的通红的眼睛说。“我真的白养了你吗?你竟敢骂起我来!好好的人家,你不愿意,难道你愿意嫁给叫化子?你看见吗,天灾来了,老天爷要饿死的是穷人还是富人?哼!你说穷人好富人坏,为什么老天爷偏偏要和穷人作对,不和富人作对呢……你不听我的话,你就是不孝,你嫁给穷人就会饿死,这年头,灾过了,还晓得有什么大难来临!哼!富人不嫁,嫁穷人,饿死了连棺材也没有着落的!……”

“喂狗喂狼,我甘心!”

“除非你不是我生的!……我辛辛苦苦把你养大,你现在竟敢不听我的话!啊,啊!”他气得透不过气来了。“你,你……塞屙的孩子……你,你妈的……我费了多少心血,给你拣好了上等人家,够你一生受用了,你却……你却……啊,啊……”他说着重又倒在床上。

“你只看见眼钱,”菊香哭着回答说。“你以为别人也和你一样,但是我,不,不!你把我看错了!……”

“住口!”她父亲转过身来,睁着恶狠狠的眼睛说,“不许你做主意,一切由我,你是我生的。”

“别的都由你,这事情不由你!”菊香坚决地说。

她父亲又突然坐起来了。他的凶狠的眼光忽然扫到了门口一个十二岁孩子的身上。那是阿广,菊香的弟弟。他刚从外面玩了回来,一进门看见父亲生了气,就恐惧地贴在门边，缩做了一团，不敢做声。

“过来!”他父亲对他恶狠狠地叫着说。

阿广紧紧地扳着门，颤栗了起来。

“是我生的，死活都由我!”菊香的父亲叫着说，“你看吧！……”

他伸手拿过一只茶杯来，突然对准着阿广的头上摔了去……

阿广立刻倒下了。他的额角上裂了一条缝，鲜红的血跟着茶水和茶叶从头上涌了下来。

“阿呀，妈呀!”姐弟两人同时叫了起来。菊香奔过去抱住了她的弟弟，一齐号哭着。

但是他们的父亲却胜利地微笑了一下，重又倒在床上，合上眼，渐渐睡熟了。

九

华生一连几天没有去看菊香。他把所有的忿恨，厌恶和伤心全迸发在工作上了。从早到晚，他都在河底里掘着洞，几乎忘记了休息。葛生哥当然是吃不消的，但华生却给他想出了方法：他在上面搭了一个架子，用绳索吊着洞内的土箕，自己在洞内拖着另一根绳子，土箕就到了上面。这样，葛生哥就只须把那上来的土箕倾倒出了泥土，再把空箕丢入洞内，就完了。

“哈哈，年青人到底聪明，”葛生哥笑着说，“我不算在工作，像是游戏……但你底下再能想个法子就更好了，你太辛苦……”

“这样可凉快，”华生回答说，“连心也凉了。”

然而事实上华生的心却正在沸滚着。他没有一刻不在想着关于菊香的事情。

“那是什么东西，那阿珊！”他一想到他，心头就冒出火来。“像妖怪，像魔鬼……他害了许多女人还不够，现在竟想来害菊香了……哼!”

他不觉又对菊香忿恨了起来。他明明听见阿珊那鬼东西对着菊香说“你真漂亮,”是想侮辱她的,但菊香竟会高兴听,还说是“平常的话。”她那种掩饰的神气,虚伪的语音,忽红忽白的面色,表示出她心里的惊惧和张惶。这是为的什么呢?华生怀疑她和阿珊在他未来到之前有了什么鬼祟的行动。

“一定的,”他想,“如果行为正当,为什么要那样恐慌呢?……”

但是她为什么会喜欢阿珊呢?那个人的行为是大家都知道的,她决不会不知道。喜欢他漂亮吗?喜欢他有钱吗?华生相信是后面的一个理由。

“女人只要钱买就够了,”他不觉厌恶了起来,“菊香那能例外。……水性杨花,从前的人早就说过,咳,我没眼睛……”

他懊悔了。他懊悔自己对她白用了一番心思,上了她的当。他以前是多么喜欢她,多么相信她,他无时无刻不想着她。她过去也对他多么好,对他说着多么好听的话,连眼角连嘴唇都对他表示出多么甜蜜来。

“谁又晓得都是假的!……”他伤心的说。

她和阿珊什么时候要好起来的呢?他忽然想起了葛生哥放爆竹那一天的事情。

他清清楚楚地记得当阿英聋子走到街上,蹬着脚往桥西望着，惊诧地叫喊出“阿呀呀，我的天呀”以后，菊香就抢先走到柜台边挡住了他的视线，故意不让他看见葛生哥走进丰泰米店的背影，后来仿佛还对阿英做着眼色，阿英这才变了语气，说是葛生哥在家里等他回去。他记得自己当时就觉得诧异的，但因为匆忙，终于听信了她们的话走了。“你来得太久了，”他记得菊香还对他做着眼色的说。“这里不方便……”这简直是强迫他离开了街头。

为的什么呢？华生现在明白了。

“正如做了一场恶梦……”他恍然大悟的说。“原来那时候，菊香就偏坦着阿如老板了……要不是她，那时的爆竹决不会放得成，丰泰米店就会打成粉碎！……”

他想到这里，咬住了牙齿，几乎气生痉挛了。

“好吧，好吧！看她有什么好结果！……”他冷笑着说。

他用力掘着土，仿佛往他的仇人头上掘了下去一般，泥土大块大块的崩下了。

从开始到现在，一共是八天，华生掘成了三个井了。头两个都有二丈许深。浸流出来的水是很少的，只有最后的一个，华生发疯了似的一直掘到了三丈多深，水起着细泡涌了出来，而且非常清澈。这时傅家桥一带的河水已经全干了，许多掘成的井很少有华生那一个的井那么深，水自然是不多的。葛生哥心里空前的欢喜，连连点着头，对华生说：

“你看，我早就说过了，老天爷是有眼睛的，现在果然对我们好人发了慈悲了……要是没有这个井，我们简直会渴死呢！”

“不掘它也会涌出水来吗？”华生不信任地问着。

“那自然。”葛生哥回答说。“有气力不去掘，是自暴自弃，老天爷自然也不管了。”随后他又加上一句说：“可是也全靠了你，你真辛苦……”

这最后的一个井也真的奇怪：别的井每天约莫只能分泌出几担水来，这个井却随汲随满了，它的水老是不会涨上来，也不会退下去，汲了一桶是那样，汲了五桶六桶也是那样。

“这是神水！”葛生哥欢喜地说。“说不定吃了会长生不老的。”

于是这话立刻传遍了傅家桥，许多人都来向葛生哥讨水了。这个提了一桶，那个提了一桶，都说是讨去做药用的，但实际上却是储藏起来怕断了水源。葛生哥是个有名的“弥陀佛”，向来是有求必应的，无论多少都答应了。傅家桥还有不少的寡妇孤老，葛生哥还亲自挑了水去，送到他们门上。

“要你送去做什么呀？”葛生嫂埋怨他了。“他们自己不会来拿吗？”

“女人家，老头子，怎能拿得动……”

“拿不动，他们不会托别人来吗？你真是不中用……”

“他们还不是托我……”

“总有几家不托你的。”

“顺路带了去，有什么要紧，横竖闲着的。”

“自讨苦吃！”

“算了，算了，都是自己人……”

他说着又挑着空水桶到河边去了。

“这一担给谁呀？”

“阿元嫂……”

葛生嫂真有点忍耐不住了。阿元嫂就住在她厨房后面，虽然是寡妇，年纪可不老，很会做事情的，河头又近，为什么要葛生哥挑水给她呢？她们平日就不大来往，面和心不和的。为了她脾气古怪，为了葛生哥脾气太好，葛生嫂受了一生的苦了。那就是厨房的后门老是不准开，害得她烧起饭来，柴烟熏坏了她的眼睛。其实那后门外是一个院子，有什么关系呢？而且那院子正是公用的，葛生嫂一家也有份。

“我不答应！”她说着往外面迎了出去。

但她刚走到破弄堂，华生已经挑着水来了。

“这是给阿元嫂的。”华生大声的说，“我看阿哥有点吃不消了的样子，代他挑了来。”

“好吧，我看你也吃力了，息一息吧。”她望着华生往东边绕了过去，自己也就进了屋子。“她的水缸就在后门外，我让华生走那边回来，总可以吧！……”

她这样喃喃地说着，就走到厨房，搬开一条凳子，把门打开了，仿佛出了一口气似的，心里痛快了起来。

华生已经在院子里倒水了。阿元嫂正站在旁边手里拿着一串念珠，望着。她听见开门的声音，诧异地抬起头，看见是葛生嫂，立刻沉下脸，厌恶地望了她一眼就偏过头往里走了。

葛生嫂看见她那副神情，也就不和她打招呼，骄傲地笑了一笑，说：

“华生，走这里来吧，大热天……”

华生回过头去一望，已经看不见阿元嫂，不快活地挑着空水桶走到自己的后门边，牢骚地说：

“这样不客气，不说一句话就走了，人家送水给她……”

他砰的关上了后门，颇有点生气。但他因为河里正忙碌着，又立刻走了，走到河岸上，他忽然看见他的井边好些人中间，有两个人挑了两担水上岸来。华生觉得很面熟，但一时记不起来是谁。他望望水桶，水桶特别的新，红油油的，外面写着几个黑漆大字：“丰泰米号”。

华生突然发火了，他记起了那两个人就是丰泰的米司务。

“挑到那里去？”他站在岸上，挡住了他们的路。

“丰泰……”他们回答说，惊异地望着华生，站住了脚。

“放下！”华生愤怒地命令着。

“阿如老板叫我们来挑的……”

“放下！”华生重又大声的叫着，睁着眼睛。

他们似乎立刻明白了，恐惧地放下了担子。

“告诉他去吃混水吧！休想吃老子挖出来的神水！”

华生说着，举起腿子，把四只水桶连水踢下了岸。有两只滚到底下裂开了。

“哈哈哈哈……”井边的人都笑了起来。“华生报了仇了！……”

“不干我们的事，华生……”那两人恐惧地说着重又走到河底，检起水桶，赶忙回去了。

“那真是自讨没趣！”井边的人笑着说。“华生辛辛苦苦地掘到了神水，阿如老板居然也想来揩油了。我们早就猜想到华生是不会答应的。”

“华生到底比弥陀佛强，有男子汉的气概，”另一个人大声的说，“弥陀佛要在这里，恐怕又是没事的。”

“说不定还会亲自送上门去哩……”

“请大家给我留心一点吧，”华生叫着说。“我决不能让那狗东西挑这井里的水的！……”

“那自然，那自然，”大家回答说。“你要打，我们帮你打……”

井边洋溢着笑语声。大家都觉得自己出了一口气的那般痛快。

但是第三天清晨，这地方忽然发出喧嚷了。

有人汲水的时候，发现了井中浮着一条死狗。这是一个可怕的恶毒的阴谋。它不但污秽了井水，害得大家吃不得，而且死狗的血正是井神最忌的。

“这还得了！这还得了！我们傅家桥的人都要给害死了！……”

“谁下的这劣手呀？……”

“那还待说吗？……你不想也会明白的……”

“呵，那个鬼东西吗？……我们不能放过他！”

“去呀！……我们一齐去！”

“谁又晓得呢，”另一个慎重的人说。“这不是好玩的，这许多人去，他就什么也完了，我们先得调查确实，没有凭据，慢些动手吧。”

“这话也说得是，但我们且问华生怎么办吧。他要怎样就怎样……”

华生气得几乎说不出话来了。他只是咬着嘴唇，绕着井边走着。

“不能胡来，华生，”葛生哥着急地跟着他绕着圈子，说。“先找凭据是不错的。不要冤枉了人家……这一次，你无论如何要依我，我总算是你的亲兄弟……”

葛生哥用着请求的口气对华生说着，他知道这时如果华生的脾气一爆发，祸事就空前的大了。他见着那汹汹的人众，吓得战栗了起来。

过了许久许久，华生说了：

“好吧，就让他多活几天狗命，我们先找证据。”

葛生哥立刻高兴了，仿佛得到了命令似的，大声地对大家说：

“听见吗？华生说：先找证据！先找证据，不要胡来呀！……”

“又是弥陀佛！”有人叫着说。“什么事情都叫人家忍耐！……”

“算了，算了，做我们自己的事情吧，”葛生哥笑着说。“你们年青人都爱闯祸的……”

大家只得按下气，开始商议了：第一是祭井神，取出狗尸，换井水，放解毒的药，第二是每天夜派人轮流看守，防再有什么恶毒的阴谋。

这些事情立刻照着办到了。现在大家都把华生当做了一个领袖看待，不要他动手，只听他指挥了。

华生指定了每夜四个人带着铁棍在附近看守，他自己也不时在四周巡逻着。一遇到什么意外，他们就吹起警笛来唤起别的人，一齐拦住了要道。

那是谁下的恶毒的阴谋呢？不用说，华生也相信是阿如老板干的。因此他特别注意他，第三夜就一直巡逻到了桥头。

究竟是秋天了，夜里很凉爽。傅家桥人已经恢复了过去的习惯，八九点钟就睡了觉。到处都冷清清的，很少过路的人。中秋后的月光还是分外地明亮，远处的景物都一一清楚地映入了华生的眼帘。

华生细心地四面望着，脚步很轻缓；时时站到屋子的阴影下去。约莫十时光景，他看见有两个人走过了傅家桥的街道，他辨别得出那是丁字村人，急急忙忙地像是报丧的人。过了一会一阵臭气，三个衣衫褴褛的人挑着担子往西走了过去。那是掏缸沙的，华生知道，他们都袒露着一条手臂，专门靠掏取粪缸下的沉淀物过活的。

随后沉寂了许久，街的东头忽然起了开门的声音，低语的声音。华生蹲在一家店铺门口的石凳后倾听着。

“这办法好极了……”一个熟识的人的声音。“我照办，一定照办……”

“费心，费心……”另一个人低声说着，“事情成功了，我们都有好处的。”

随后门关上了，一个往东边走了去。华生远远地望着他的背影，知道是黑麻子温觉元，乡公所的事务员。这边送到门口的是饼店老板阿品哥。

“这两个东西，鬼鬼祟祟的不晓得商议着什么，”华生想。“一定没有好勾当……”

这时街的东头的一家店门又低声地开了。

“不要客气，自己一家人，”一个老人的声音，“明天一早来吧……多来坐坐不妨的……”

“打扰得太多了……”年青人的声音。

华生霍然站起来了。他立刻辨别出了是谁的声音：一个是菊香的父亲，那一个是阿珊。

“鬼东西！”华生咬着牙齿，想。

“我常常不在家，”朱金章又说了，“菊香会陪你的……她很喜欢你哩……”

“哈哈哈……”阿珊笑着往西走了来，摇摇摆摆地仿佛喝醉了酒。

“走好呀！”朱金章说着关上了门。

“哈哈哈哈……”阿珊一路笑着。

华生气得发抖了。

“哈哈哈哈……”这声音仿佛是锋利的螺钉从他的脑壳上旋转着旋转着，钻了进来。

阿珊渐渐向他近来了，踉跄地。

华生突然握紧了拳头，高高地举了起来，霍的跳到了街道的中心，拦住了去路。

阿珊惊骇地发着抖，痉挛地蹲下了。

“不，不……”他吃吃地说，“不是我，华生……饶恕我呀……”

华生没做声，也没动，只是睁着愤怒的眼睛望着他。

“我……我敢发誓，我没做过……我到这里来是看人的，他们把我灌醉了……”阿珊说着跪在地上哭了起来。

华生笑了。

“滚你的!”他厌恶地望了他一眼，走了开去。

阿珊立刻抱着头跑着走了。

“这样东西，居然会有许多女人上他的当!”华生喃喃地自语着。“多么卑劣，无耻！……”

“哈哈哈哈……”笑声又响了，仿佛是从桥西发出来的。

华生愤怒地转过身去，看不见什么，笑声也沉寂了。

“可恶的东西!”他说着往东走去，特别留心菊香的店铺。

但里边没有一线灯光透露出来，也没有一点声音。显然都已安静地睡了。华生忽然记起了自己已经许久没有到这里来，不觉叹了一口气，很有点舍不得立刻离开这里。这店门外的石版，门限，窗口，是他太熟识了，他以前几乎每天在这里的。

菊香是一个多么可爱的女孩，细长的眉毛，细长的眼睛，含情脉脉的，带着忧郁的神情，使人生情也使人生怜。那小小的嘴，白嫩的两颊，纤细的手，他多少次数对着它们按捺不下自己的火一般的热情……

这时倘若是白天，门开着，菊香坐在柜台边，见到他站在门外，菊香将怎样呢？无疑的她又会立刻微笑起来，柔和而甜蜜的说：

“华生，进来呀……”

他于是便不由自主的，如醉如痴的走进了店堂，面对面坐下了。他不说别的话，他只是望着她……黑的柔软的头发，白嫩的面颊，红的嘴唇，细长的眼睛……他的心突突的跳着……

但现在，他的心一样地突突地跳着，门却是关着，菊香安静地睡熟了，不晓得他到了这里，甚至在梦里还和另一个情人谈笑着……

华生苦痛地走了。他不忍再想下去。走完街，他无意地转向北边的小路。

前面矗立着一簇树林，显得比上次更茂密，更清楚了。只是虫声已经比较的低微，没有上次那样的热闹，还带着凄凉的情调。走进去就感觉到了一股寒气。华生摇了摇头，又想到了上次在这里的事情……

树叶沙沙地响了……悉悉率率的轻声的脚步……嘻嘻，女孩子的微笑声……脂粉的馥郁的气息……一根树枝打到了他的肩上……

“哈哈！毛丫头！……”华生叫着。

一阵吃吃的笑声，随后低低地说：

“蟋蟀呀蟋蟀！……”歌唱似的。

华生突然觉得自己仿佛就是一匹蟋蟀，被菊香捉到了，而现在又给她丢弃了。

为的什么呢？

因为别一个有钱。

“哈哈哈哈……”那笑声又像螺钉似的旋转着旋转着，从华生的脑壳上钻了进去……

华生几乎透不过气来。

十

傅家桥又渐渐热闹了。尤其是街上，人来人往的显得格外的忙碌：定货的，募捐的，搬东西的，分配工作的，传达命令的……

大家一面禁屠吃素，一面已经决定了迎神求雨。

但华生却反而消沉了。

这在往年，华生是非常喜欢的。每年春季的迎神赛会，他从十四五岁起没有一次不参加。他最先只会背着灯笼跟着人家走，随后年纪大了一些就敲锣或放爆竹起来，今年春季他却背着罂口庙的大旗在前走了。这真是非常快乐的事情，吃得好，看得饱，人山人海，震天撼地的热闹。

然而这次他却拒绝了邀请，装起病来。他从那一夜在街上碰到阿珊以后，他的心就突然冷了下来，对什么事情都感觉不到趣味，不想去做，只是沉着脸，低着头，躲在屋子里呆坐着，或在树林里徘徊着。

谁在他的井里丢下一条死狗，这是很明白的，要报复也容易，只要他一举手，自有许多人会拥了出来。但他却对他原谅了。

谁在夺他的情人，谁在送他的情人，这也是明白的。要报复也一样地容易，他当不起他一枚指头。但他对他也原谅了。

因为他们原来就是那种卑鄙无耻的人物。

唯有最不能原谅的是菊香。

她，她平日在他的眼中是一个有志气，有知识，有眼光，有感情，有理性的女人。她，她岂止有着美丽的容貌，也有着温和的性格，善良的心肠的女人。她，她和他原是心心相印，谁也听见了谁的心愿的……她，她现在居然转了念头了，居然和阿珊那东西胡调起来了！……

和别人倒也罢了，阿珊是什么东西，她竟会喜欢他起来？除了他老子的一点钱，除了那一身妖怪似的打扮，他还有什么吗？

然而菊香却居然喜欢了他，居然和他勾搭了起来！居然，居然……

华生想着想着，怎样也不能饶恕菊香。他几乎想用激烈的手段报复了。

“看着吧！”随后他苦笑着想，“看你能享到什么清福……”

华生相信，倘若菊香真的嫁给了阿珊，那未来是可想而知的。他觉得这比自己的报复痛快多了，现在也不妨冷眼望着的。于是他的心稍稍平静了。他只是咬定牙龈，不再到街上去。他绝不愿意再见到菊香。

但菊香却开始寻找他起来了。她没有什么事情可以借口，不敢一直到华生家里来，她只是不时的踱到桥头，踱到岸边，假装着观看河底井边的汲水，偷偷地望着华生这边的屋子和道路。她知道华生对她有了误会，她只想有一个机会和他说个明白。她的心中充满了痛苦，她已经许久没有见到华生了。

这几天来她的父亲几乎每天喝得醉汹汹的，一看见她就拍桌大骂，毁东西，想打人。随后酒醒了，就完全变了一个人，比母亲还能体贴她，抚爱她，给她买这样那样，简直把她看成了珍珠一般。她现在真是哭不得笑不得，满肚子的委屈。

而阿珊，却越来越密了。屡次总是嘻皮笑脸的露着丑态，说着一些难入耳的话来引诱她。

“菊妹……”有一次他一见到她就娇滴滴的叫了起来，仿佛戏台上的小丑似的。

“谁认得你这畜生!”菊香扳着面孔，骂他说。

但是他并不动气，却反而挨近来了，一面笑着，一面柔声地说：

“好妹妹……”

菊香不愿意听下去，早就跑进后间，磞的一声关上了门。

阿珊毫不羞惭，当着店堂里外的人哈哈地笑着走了出去，第二天又来了。

整整的三天，菊香没有走到外面的店堂。

“怎么呀，菊香?”她父亲似乎着急了，“难道关店不成吗，你不管?”

“趁早关了也好，这种讨饭店！……”菊香哭着说，“还不是你找来的，那个阿珊鬼东西……”

她父亲这次没有生气，他只皱了一会眉头，随后笑着说：

“以后叫他少来就对了，怕什么。你这么大了，难道把你抢了去！现在是文明世界，据我意思，男女界限用不着分得太清楚的，你说对吗？……哈哈哈……”

他不再提起订婚的事了。阿珊也不再走进店堂来，只在街上徘徊着，仿佛已经给她的父亲骂了一顿似的。但是菊香依然不放心，远远地见到他，就躲进了里面，许久许久不敢走出来。

她想念着华生，只是看不见华生的影踪。一天晚上，她终于伤心地流着眼泪，写了一张字条，约华生来谈话，第二天早晨秘密地交给了阿英，托她送去给华生。

“我老早看出来了，”阿英低声地说，高兴地指指菊香的面孔。

但她并不把这事情泄漏出去，她小心地走到华生那里，丢个眼色，把那张字条往他的袋里一塞，笑着说：

“怪不得你瘦了！嘻嘻嘻……”她连忙跑着走开，一面回过头来对华生做着鬼脸。

华生看了一看字条，立刻把它撕碎了。

“还能抱着两个男人睡觉吗？”他忿恨地说。

他不去看她，也不给她回信。

隔了一天，菊香的信又来了。华生依然不理她。

菊香伤心地在暗中哭泣着不再寻找华生了。她不大走到店堂里来，老是关着房门，在床上躺着。她心里像刀割似的痛苦。

自从她母亲死后，她没有一个亲人。没有一个人了解她，没有一个人安慰她。可怜她怎样过的日子，只有天晓得……又寂寞又孤苦，一分一秒，一天一月的挨着挨着……好长的时光呵！……别的女孩一天到晚嘻嘻哈哈的叫着“爸爸，”叫着“妈妈，”她却只是皱着眉头苦坐着。十五岁时死了母亲，父亲就接着变了样，喝酒打牌，天天不在家，把一个弟弟交给了她，还把一个店交给了她，好重的责任，好苦的担子！然而他还要发脾气，一回来就骂这个打那个，对她瞪眼，对她埋怨。她受过多少的委曲，过的什么样的生活！

“妈呵！”她伤心地叫着，握着拳头敲着自己的心口。

这几年来，倘不是遇到华生，她简直和在地狱里活着一样。她尊敬他，看重他，喜欢他，她这才为他开了一点笑脸，渐渐感觉到了做人的兴味。到得最近，她几乎完全为了他活着了。她无时无刻不想念着他，一天没有见到他，就坐卧不安起来。她没想到嫁给他，但她可也没有想嫁给别人。倘若华生要她，她会害羞，可也十分心愿的。她本来已经把自己的整个的心交给了他的。他要怎样，尽可明白地说出来。

然而，华生却忽然对她误会了，对她决绝了。

“天呵……”她想起来好不伤心，眼泪又纷纷落了下来。

她几时做过对不起他的事情？她并没错。她并没对阿珊说过什么话。他甚至是最厌恶阿珊的。而华生却冤枉了她，竟冤枉她喜欢阿珊了。

而且正在这个时候，正在危机四伏的时候：阿珊竭力的来引诱她，她父亲竭力的想把她嫁给阿珊。她受尽了阿珊的侮辱，受尽了她父亲的威吓，她正像落在油锅里，想对华生诉苦叫喊，请求他的援助的时候，华生却再也不理她了，怎样也找他不来。

“好硬的心肠！”菊香也生气了。“决绝就决绝，各人问自己的良心，看谁对不起谁……”

但她虽然这样想，却愈加伤心起来。她觉得世界全黑了，没有一点光。她的前途什么希望也没有。她仿佛觉得自己冷清清的，活在阴间一样。

于是，她立刻憔悴了。这一个瘦削的身子平日就像独立在田野里的苇芦，禁不起风吹雨打的，现在怎能当得起这重大的磨折。她更加消瘦起来，脸愈长，颧骨愈高，眼皮哭得红肿肿的，颜色愈加苍白了。好不容易看见的忧郁的微笑现在完全绝了迹，给替代上了悲苦的神情。

“你怎么呀，你……”阿英聋子一见到菊香，就惊愕地问着，皱着深刻的眉头。

“没有什么……”菊香回答着转了脸。

“他来过吗？”阿英聋子低声的问，贴着菊香的耳朵。

菊香哽咽地摇了一摇头。

阿英聋子立刻明白了。她皱着眉头，歪着嘴，眼眶里噙着眼泪，呆了一会，静静地转过身走了。

“可怜这孩子……”她低声地叹息着，眼泪几乎滴了下来。

菊香却伏着桌子哭泣了。她瘦了肥了，快乐悲伤，没有人去过问她，只有阿英，被人家当做神经病的人，却对她关心着。倘若她是她母亲，她早就伏到她的膝上去，痛快地号哭了，她也就不会这样的痛苦。但是她不是，她不是她的母亲，不是她的亲房，也不是她的最贴近的邻居。她不能对她哭泣，她不能对她申诉自己的心中的创痛，她更不能在她面前埋怨自己的父亲。她四周没有人。她是孤独的，好像大洋中的一只小船，眼前一片无边无际的波涛，时时听着可怕的风浪声。

但在外面，在整个的傅家桥，却是充满了欢乐的。虽然眼前摆着可怕的旱灾，大家确信迎神赛会以后，一切就有希望了。况且这热闹是一年只有一次的，冷静的，艰苦的生活，也正需要着暂时的欢乐。

日子一到，傅家桥和其他的村庄一样鼎沸了。大家等不及天亮，半夜里就到处闹洋洋的。担任职务的男人，天才微微发白，就出去集合。妇女们煮饭备菜，点香烛供净茶，也格外的忙碌。

这一天主要的庙宇是：白玉庙，长石庙，高林庙，熨斗庙，鲁班庙，罂口庙，风沙庙，上行宫，下行宫，老光庙，新光庙……一共十八庙。长石庙的菩萨是薛仁贵，白袍白脸，他打头；殿后的是傅家桥的罂口庙，红袍红脸的关帝爷。此外还参加着各村庄的蟠桃会，送年会，兰盆会，长寿会，百子会……这些都是只有田产没有神庙的。路程是：从正南的山脚下起，弯弯曲曲绕着北边的各村庄，过了傅家桥，然后向东南又弯弯曲曲的回到原处，一共经过二十五个村庄，全长九十几里，照着过往的经验，早晨七点出发，须到夜间十时才能完毕，因为他们要一路停顿，轮流打斋。

这次傅家桥摊到了六十多桌午斋，是给上行宫和老光庙的人吃的。傅家桥的人家全摊到了，有的两桌，有的一桌，有的两家或四家合办一桌。因此傅家桥的妇女们格外的忙碌。

“这次不必想看会了，”葛生嫂叫起苦来，“三个孩子，这个哭，那个闹，备茶备烟，煮饭炒菜，全要我一个人来！两兄弟都出去了。一个去敲锣的，那一个呢？咳，这几天又不晓得见了什么鬼，饭也吃不下的样子，什么事情都懒得做，荡来荡去……”

幸亏她的大儿子阿城已能帮她一点小忙，给她递这样递那样，否则真把葛生嫂急死了。倘不看菩萨的面，她这次又会骂起葛生哥来：自己穷得不得了，竟会答应人家独办一桌斋给上行宫的人吃。

“早点给华生娶了亲也好，也可以帮帮忙，”她喃喃地自语着。

但她的忙碌不允许她多多注意华生的事。已经十点钟了，外面一片叫喊声，奔跑声。队伍显然快要来到。

桥上街上站着很多的人，在焦急地等待着。店铺的门口摆满了椅凳，一层一层搭着高的架子。这里那里叫卖着零食玩具。孩子们最活跃，跑着跳着，叫着笑着，这里一群那里一群的围在地上丢石子，打铜板。大人们也这里一群那里一群的掷骰子，打牌九。妇女们也渐渐出来了，穿着新衣，搽着粉。老年的人在安闲地谈笑着。他们谈到眼前的旱灾，也谈到各种的琐事。古往今来，仿佛都给他们看破了。

有一天夜里和华生他们斗过嘴的阿浩叔，这时坐在丰泰米店的门口，正和一个六十多岁的白头发老人，叫做阿金叔的，等待着。他们以前都做过罂口庙的柱首，现在儿孙大了，都享起清福来，所以今天来得特别早。

“世上的事，真是无奇不有……”阿金叔叹息着说。

“唔，那自然。”阿浩叔摸着胡须回答。“所以这叫做花花世界呀。”

“譬如旱灾，早稻的年成那末好，忽然来了……”

“要来就没有办法的。所以要做好人。现在坏人太多了，不能怪老天爷降这灾难。”

“真是罪恶，什么样的坏人都有，什么事情都做得出来……”

“所以我说，现在仰神求雨已经迟了。”阿浩叔说。

“真对。立刻下雨怕晚稻也不到一半收成了。”

“单是吃的水，用的水，也已经够苦了。”阿浩叔皱着眉头。

“不过，我说，现在晓得赶快回头，也是好的。”

“那自然，只怕不见得真能回头哩。”

“我看这次人心倒还齐，一心一意的想求雨了，不会再闹什么岔子打架的吧？”阿金叔问。

“哦，那也难说，世上的事真难说，只要一两个人不和，就会闹的。为了一根草，闹得天翻地覆的事情太多了。所以我说，这就是花花世界呀……”

“花花世界，一点不错。”

“其实大家能够平心想想，什么争闹都没有了。譬如迎神赛会，求福免灾，古人给我们定下来的办法再好没有了，你说是不是？菩萨也热闹，我们也热闹的。但是，”阿浩叔摇着头说，“一些年青的小伙子，偏要闹什么岔子……”

“真不懂事……”

“可不是？我们到底多吃了几年饭的，什么事情都看得多了，他们偏不服，骂我们老朽，还说什么亡国都亡在我们的身上的。哈哈，真好笑极了……”阿浩叔的牢骚上来了。

“这倒也罢了，我们原是老朽了的，不晓得还有几年好活，可是对菩萨也不相信起来，这就太荒唐……”

“这是迷信呀——哼！”阿浩叔霍然站了起来，愤怒地说。“我们已经拜菩萨拜了几千百年，现在的小伙子却比我们的祖宗还聪明哪，阿金叔。”

“这时势”阿金叔摇着头说，“真变得古怪。前几年连政府也说这是迷信，禁止我们赛会……”

“还不是一些小伙子干的！”

“现在可又允许了，也祭孔夫子了……”

“所以我说亡国，亡在这些地方。一会儿这样，一会儿那样……”阿浩叔叹息地说。“那一年，我们庙里还出了许多冤枉钱的。”

“听说现在把蟠桃会送年会当做迷信，要把田产充公呢。”

“把我们的屋子搬去了也好!”阿浩叔愤怒地说。“阿金叔，我们这样年纪了，早应该在地下的，看什么热闹!”

“哈哈……”

谈话忽然停止了，大家都朝西转过头去，静静地听着。

远处已有锣声传来了，接着是炮声，模糊的喧哗声。

看会的人愈加多了。桥上，街上，河的两岸，都站满了人。到处有人在奔跑，在叫喊。

“到了！到了!”

“远着呢，忙什么!”

“半里路了!”

“起码三里!”

“你听那声音呀……!”

声音越响越近，越大，越清晰了。有喇叭声，有鼓角声，有鞭炮声，……一切都混和着仿佛远处的雷声似的。

一些孩子已经往西跑了，他们按捺不住好奇心，不耐烦在这里久等。妇女们也大部份出来了，在打午斋以前，她们至少可以看一会热闹的。

突然间，在傅家桥的西边，大炮，鞭炮，锣声一齐响了。满村都骚动起来。那声音是傅家祠堂里发出来迎接大会的。这时祠堂门口已能远远地望见队伍的旗帜和纷飞的爆竹的火花，弯弯曲曲地从西北角上过来，看不见尾，仿佛无穷长的神龙模样。

“来了！来了！……”一些孩子已经跑了回来。

接着就三三两两的来了一些赶热闹的人们，随后长石庙的柱首和几个重要的办事人也到了傅家桥。

现在先头部队真的进了傅家桥的界内了。炮声，锣声，鼓角声，喇叭声，叫喊声……随时增强起来，傅家桥的整个村庄仿佛给震撼得动荡了似的。

人群像潮一般从各方面涌来，挤满了桥的两边的街道，有些人坐在铺板搭成的高架上，有些人站在两边店铺的柜台上，密密层层地前后挤着靠着。万道眼光全往西边射着。

过了不久，队伍终于到了街上。首先是轰天的铜炮一路放了来，接着是一首白底蓝花边的缎旗，比楼房还高，从西边的屋弄里慢慢地移到了桥西的街上。

这真是一首惊人的大旗：丈把长，长方形，亮晶晶地反射着白光，几个尺半大的黑绒剪出的字，挂在一根半尺直径的竹杆上，杆顶上套着一个闪烁的重量的圆铜帽，插着一把两尺长的锋利的钢刀；一个又高又大的汉子，两肩挂着粗厚的皮带，在胸前用尺余长的铁箍的木桶兜住了旗杆的下端，前后四人同样地用四根较短小的竹杆支撑着这旗杆，淌着汗，气喘呼呼的，满脸绽着筋络，后面两个人用绳子牵着旗子。

“哦哦！……真吃力！刮起风来不得了！……”观众惊诧地叫着说。

“那有什么希奇，你忘记了二十年前，有人就背着这旗子把人家打得落花流水吗？……”

“背着旗子怎打人？退着走不成？怕是握着旗杆吧？”

“那自然，是握着的。——你噜嗦什么，不看会？”

接着大旗的是四面极大的铜锣，挂在四根雕刻出龙形的木杠上，四个人挑着敲着。锣声息时，八个皂隶接着吆喊着一阵，后面跟着四对“肃静回避”的木牌。随后是四个十五六岁的清秀的书僮挑着琴棋书画的担子，软翻翻轻松松的走着。接着是香亭，喷着馥郁的香烟。接着是轿子似的鼓阁，十三个人前后左右围绕着，奏着幽扬的音乐：中间一人同时管理着小鼓小锣小笙小铜钹，四个人拉着各样的胡琴，四个人用嘴或鼻子吹着笛，四个人吹着箫。接着是插科打诨的高跷队。接着是分成四五层的高抬阁，坐着十几岁美丽的女孩，打扮得花枝招展的，挥着扇，拉着胡琴，对底下的观众摇着手，丢着眼色。接着是十二个人背着的红布做成的龙，一路滚动着。接着是一排刀枪剑戟，一对大锣，一对大鼓。于是薛仁贵的神像出来了。他坐在一顶靠背椅的八人轿上，头戴王冠，脚着高跟靴子，身穿白袍，两臂平放在横木上，显得端庄而且公正。他的发光的圆大的突出的眼珠不息地跳动着，显得威严而且可怕。随后又是一排刀枪剑戟。前面的锣鼓声停息时，后面的喇叭声便沉郁地响了起来。

队伍到得街上，走得特别慢，大家像在原地上舒缓地移动着脚步似的。许久许久，长石庙的过尽了才来了白玉庙，风沙庙，高林庙的队伍。他们主要部份的行列是相同的，此外便各自别出心裁，有滚狮子的，有用孩子滚风车的，有手铐脚镣的罪人，有用铁钩子钩在手腕下的皮肤里吊着锡灯的，有在额上插着香烛的神的信徒……

整个的傅家桥已经给各种的喧闹震动得像波涛中的小舟似的，但队伍中的每一个人却静静地，严肃地，缓慢地，很有秩序地往东走了过去，好像神附着了身一般。放炮的，敲锣的，奏乐的，抬的，杠的，背的，没有一样不是艰苦的工作，但他们不叫苦，也不叹息，好像负重的骆驼，认定了这是它们的神圣的职务，从来不想摔脱自己身上的重担。

他们中间比较活泼也比较忙碌的是那些夹杂在队伍两旁的指挥和纠察，他们时时吹着哨子调整着队伍的秩序，挥着小旗叫观众让开道路来。

这赛会，除了多了一些彩色的小旗子，写着“早降甘露”，“风调雨顺”，“国泰民安”，“天下太平”等外，几乎一切都和春季的例会一样。

所有的观众每当一尊神像抬过面前，便静默起来，微微地点点头代表了敬礼，喃喃地念了三声“阿弥陀佛”，祈求着说：

“菩萨保佑……”

但当神像一过，他们的欢呼声又爆裂了。他们完全忘却了这次赛会的目的。他们的眼前只是飞扬着极其美丽的景物，耳内只听见奇特的声音；爆竹的气息，充塞了他们的鼻子；热腾腾的蒸气粘着了他们的身体；他们的脑子在旋转着，他们的心在击撞着。他们几乎欢乐得发狂了。

这真是不常有的热闹。

阿英聋子现在可真的成了疯婆了。她这里站站，那里站站，不息地在人群中挤着，在队伍中穿梭似的来往着；拍拍这个的肩膀，扯扯那个的衣服。

“你真漂亮，嘻嘻嘻……看呀，看呀！好大的气力！……哈哈哈哈……我耳朵亮了，全听见，全听见的……天呀！这么大的铜炮，吓死人，吓死人！……”

她的所有的感官没有一分钟休息，尤其是那张嘴，只是不息地叫着，而且愈加响了，只怕别人听不见她的话。

但人家并不理她，轻蔑地瞟了她一眼，骂一声："疯婆"，又注意着眼前的行列了。

阿英聋子虽然没听见人家说的什么，她可猜想得到那是在骂她，微微地起了一点不快的感觉，接着也就忘记了，因为那是常事。

太阳快到头顶，七八个庙会过去了，她渐渐感到了疲乏，静了下来的时候，忽然想起了今天菊香没有在看会。

她立刻从人丛中挤进了宝隆豆腐店，轻轻地在菊香的门缝外望着。

菊香伏着桌子坐着，脊背一起一伏的像在抽噎。

阿英今天所有的快乐全消失了。她扯起衣襟揩了揩眼睛，又偷偷地挤出了店堂，一直往华生的家里跑了去。她知道葛生嫂这时正在忙着斋饭。

"华生背旗子？抬神像？"她一进门看见葛生嫂在摆碗筷，便急促地这样的问。

"快来，快来，"葛生嫂意外高兴地叫着说，"给我把桌子抬到门外去！——天晓得，没一个人帮我……"

"我问你：华生今天抬神像？背旗子？"

"怎么呀……"

"你说来！听见吗？背旗子？抬神像？"

"你真疯了吗？什么事情这么要紧……见了鬼了，阿哥叫他去，他躲在床上假装病，阿哥一出门，也就不晓得往那里跑了……”

“你说什么呀！我没听见！”她把耳朵凑近了葛生嫂嘴边。

“生病了，没有去！——聋子！”葛生嫂提高着喉咙。

“在那里呀？”

“谁晓得，一早就出门的！”

阿英立刻转身走了。

“你这疯婆！你不帮我抬桌子吗？……”葛生嫂大叫着，做着手势叫她回来。

阿英转过头来望了一望，没理她。她换了一条路线，抄近路，急急忙忙地往树林里穿了过去……

忽然，她在一株古柏树下站住了。她无意中发现了华生。

他正躺在左边树木最密的一株槐树下，睁着眼睛望着天，离开她只有十几步远，隔着一些树木，但没有注意到她。

阿英惊诧地望了一会，皱着眉头，轻轻地从别一条小路走出了树林，随后又急急忙忙地挤进宝隆豆腐店，一直冲到菊香的房里。

“走！跟我走！”她命令似的说，扯起了菊香的手臂。

菊香含着眼泪，惊惶地仰起头来，立刻感到了羞惭，侧过脸去，用手帕拭着眼睛。

“去呀……”

“不……”菊香摇着头。

“有事情呀！走……”

“什么事情都不去！……”

“不由你不去！听见吗？”她把她拉了起来。

“做什么呢？……”

“你去了就会晓得的。”

“我不看会……”

“谁叫你看会！”

菊香又想坐下去，但阿英用了那么大的气力，菊香仿佛给提起来了似的，反而踉跄地跟着走了两步。

“你看，你病得什么样了，”她摇着头，随后附着菊香的耳朵低声地说：“听我的话，菊香，跟我去，我不会害你的……”

菊香惊异地望了她一会，让步了，点点头就想跟了走。但阿英却又立刻止住了她。

“你看你的头发，面孔……”她用手指着，埋怨似的神情。

菊香这才像从梦中清醒过来了一般，苍白的脸上浮起了两朵淡淡的红云。她洗过脸，搽上一点粉，修饰了一下头发，对着镜子照了又照，懊恼地又起了踌躇。但阿英又立刻把她拖起来了。

“这就够漂亮了，”她笑着说，“才像个年青的姑娘……”

菊香几天没有看见阳光了，昏昏沉沉的一手遮着眼睛，一手紧握着阿英的手，从人群中挤着走，没注意什么人，也没什么人注意她，踉踉跄跄地像在海船上走着一般，不晓得往那里去，也不晓得去做什么，只由阿英拖着。

不久她停住了，大声叫着说：

“喂！睁开眼睛来，看是谁吧！”她放了菊香的手，轻轻把她一推，立刻逃走了。

华生惊讶地霍的坐起身来。同时菊香也清醒过来，睁大了眼睛。他们只离开三四步远。菊香呆望了华生一会，就踉跄地倒在他身边。

他们没有说话。菊香只是低低地哭泣着，华生苦闷地低着头。许久许久，华生忽然发现菊香比往日憔悴了，心中渐渐生了怜惜的感情，禁不住首先说起话来：

“你怎么呀，菊香？……”

菊香没有回答，呜咽地靠近了华生。华生握住了她的手，他看见她的手愈加瘦小了，露着许多青筋。

“什么事情呀，菊香……”

菊香把头伏到他的胸口，愈加伤心地低泣着，仿佛一个娇弱的小孩到了母亲的怀里一般。

这时华生所有的憎恨全消失了。他轻轻地抚摩着她的头发，让她的眼泪流在自己的衣上，柔声地说：

“不要这样，菊香，爱惜自己的身体呵……”

“我……”菊香突然仰起头来，坚决地说，“我对你发誓，华生……倘若我有一点点意思对那个下贱的‘花蝴蝶’……我……”

华生扪住了她的嘴。

“我不好……错怪了你……”他对她俯下头去，紧紧地抱住了她。

菊香又呜咽的哭了。但她的心中现在已充满了安慰和喜悦，过去的苦恼全忘却了。一会儿止了哭泣，又像清醒过来了似的突然抬起头来四面望了一望，坐到离开华生两三步远的地方去。

“爸爸有这意思的，我反对，他现在不提了……”

“我知道。”华生冷然的回答说，“无非贪他有钱。”

“他这人就是这样……”

“但是我没有钱，你知道的。”

“我不管这些。”菊香坚决地摇着头说。

华生的眼睛发光了。他走过去，蹲在她身边，握住了她的手，望着她的眼睛，说：

“那么你嫁给我……”

菊香满脸通红的低下头去，但又立刻伸手抱住了他的头颈……

十　一

过了三天，黑麻子温觉元，傅家桥乡公所的事务员，拿着一根打狗棍迈步在前，乡公所的书记孟生校长挟着一个乌黑发光的皮包，幌摇着瘦长的身子在后，从这一家走到那一家，从那一家走到这一家，几乎走遍了傅家桥所有的人家。

于是刚从热闹中平静下来的村庄又给搅动了。

“上面命令，募捐掏河！”

温觉元粗暴地叫着，孟生校长翻开了簿子说：

“你这里五元，乡长派定。”

轮到葛生嫂，她直跳起来了。

“天呀！我们那里这许多钱！菩萨刚刚迎过，就要落雨了，掏什么河呀……”

“上面命令，防明后年再有天旱。”孟生校长说着，提起笔蘸着墨。

葛生嫂跳过去扳住了他的笔杆：

“五角也出不起，怎么五元？你看我家里有什么东西呀？全是破破烂烂的！……刚打过斋，募过捐，葛生已经挣断了脚筋！……”

黑麻子走过来一把拖开了葛生嫂，用劲地捻着她的手腕，恶狠狠地瞪着眼说：

“上面命令，听见吗？”

“你……你……”葛生嫂苦痛地扭着身子，流着泪，说不出话来。

正当这时，华生忽然出现在门口了。他愤怒地睁着眼睛，咬着牙齿，嘴唇在不自主地颤栗着。

“华生！……”孟生校长警告似的叫着说。

温觉元缩回手，失了色，但又立即假装出笑脸劝解似的说：

“不要抢……让他写，这数目并不多呢……”接着他转过身来对着华生说，“你来得好，华生，劝劝你的阿嫂吧……”

华生没做声，仍然睁着眼望着他和葛生嫂。

“华生，你看吧，”孟生校长说了，“上面命令，募捐掏河，大家都有好处，大家都得出钱的……”

葛生嫂一听到钱，忘记了刚才的侮辱，立刻又叫了起来：

“五元钱！我们这样的人家要出五元钱！要我们的命吗？……迎过神了，就要落雨了，掏什么河？……”

“刚才对你说过，防明年后年再有旱天，”黑麻子说。

“今年还管不着，管明年后年！你不看见晚稻枯了吗？我们这半年吃什么呀？……五角也不捐！”

“那怕不能吧，”孟生校长冷笑地说。“阿英聋子也出了八角大洋的。”

“什么？”华生愤怒地问。“阿英聋子也该出钱？”

“那是上面的命令。”黑麻子回答说。

但是孟生校长立刻截断了他的话：

“也是她自己愿意的。”

“命令？……”华生愤怒地自言自语说。“也是她自己愿意？……”

“我看我们走吧，”孟生校长见机地对温觉元说。“弥陀佛既然不在家，下次再说，横直现在没到收款的时候……”他说着收起皮包，往外走了。

“不出钱！”葛生嫂叫着。

“我们自己去掏！”华生说，“告诉乡长没有钱捐，穷人用气力。”

“这怕不行吧，”孟生校长走出了门外，回答说，“那是包工制，早已有人承办了。”

“那是些山东侉子，顶没出息的……”黑麻子在前面回过头来冷笑地回答着华生。

“畜生……”华生气忿地骂着。

黑麻子又转过头来，狰狞地哼了一声，便转了弯，不再看见了。

“什么东西……什么东西……”华生捻着拳头，蹬着脚。

“你去找阿哥来，华生！这次再不要让他答应了！什么上面命令！都是上面命令！我知道有些人家不捐的，他们都比我们有钱，从前什么捐都这样！我们顶多捐上一元，现在只说不捐！只有你那阿哥，一点不中用，快点阻止他……”

“嗳，提起阿哥，就没办法。他一定会答应的，任你怎样阻止他吧，我不管。这种人，倘使不是我亲阿哥，我……”华生不再说下去了，他终于觉得他阿哥是个好人。“不错，他是个好人，可是太好了，在这世上没有一点用处……”

“我一生就是吃了他的亏！”葛生嫂诉苦说。

“所以人家对我也欺侮……”

“这么穷，生下许多孩子，要穿要吃，苦得我什么样……你看，你看，”他忽然指着床上的小女孩，“没睡得一刻钟就已醒来了，我一天到晚不要休息！”

华生往床上望去，他的小侄女正伏在那里竖着头，睁着一对小眼睛，静静地望着他们，倾听着。

“叔叔抱吧，好宝宝，”他伸着两手走了过去。

但是她忽然叫了一声“妈，”伤心地哭了。

“没有睡得够，没醒得清，”葛生嫂说。

“好宝宝，不要哭，叔叔抱你买糖去，”华生一面拍着她的背，一面吻着她的额角，“你闭了嘴，我抱你买糖去，红红的，甜甜的，好吗？这许多，这许多……”

孩子的脸上挂着晶莹的泪珠，笑了起来。华生高兴地一把抱起她，伸手从衣袋内取出一条手帕给她拭着泪。

葛生嫂呆住了。华生拿的是一条红边的丝巾，绣着五色的花的。

“华生！……”她惊讶地叫着，眼光钉住了那手帕。

华生望了她一眼，立刻注意出自己的疏忽，把那手帕塞进了自己的袋内。

“给我看，那是谁的手帕……”

“自己的……”华生得意地抱着孩子走了。

“自己的！”葛生嫂喃喃地自言自语的说。“现在可给我找到证据了……”

她高兴地在门口望了一会，又忽然忧郁地坐到桌边，想起葛生哥的负担和未来的弟媳妇对她的好坏。

“孩子呢？”忽然有人问。

葛生嫂仰起头来，见是葛生哥，便回答说：

“小的，华生抱去了，大的怕在外面吧。”

“真是野马一样，一天到晚不在家，”葛生哥绉着眉头说，“过了年，送他们进学堂。”

“你做梦！”葛生嫂叫着说，“连饭也快没有吃了，还想送他们进学堂!”

“生出来了总要教的。”

“钱呢……?”

“缓缓想办法。”

“好呀，你去想办法！你去想办法！这里扯，那里借，将来连饭也没有吃，背着一身的债，叫儿子去还，叫孙子去还！哪，哪，那是爹，那是爷!”

“又来了，你总是这样的性急，空急什么，船到桥门自会直……”

“你摆得平直……”

“摆不平直，也要摆它平直……”

“好呀好！你去摆！我看你摆！刚刚打过斋，写过捐，掏河捐又来了，你去付，我们不要吃饭了！……”

“掏河大家都有好处，自然要付的……”

“要付的，要你十元五十元也付？……”

“他们只要我们五元。”

“只要五元？……阿，你已经知道了，你已经答应了?”

“上面命令。”

“阿，阿，你这没用的男子!”葛生嫂直跳起来了。“我看你怎样过日子！华生这么年纪了，你不管，我看你现在怎样办，他已经……”

“自然也得我给他想办法。”葛生哥不待她说完，就插了进来，“至于现在这个女人，不会成功。”

葛生嫂呆住了。

“什么？你已经知道了？……”她问。

“老早就知道。”

“那是谁呀？”

“朱金章的女儿。”

“阿！”葛生嫂惊喜地叫着说，“菊香吗？那倒是个好女孩！你怎么知道的呀？”

“谁都知道了。”

“偏有我不知道，嗳，真是枉为嫂子。就给他早点娶了来吧。”

“你才是作梦，”葛生哥忧郁地说，“我们有什么家当，想给华生娶朱金章的女儿……”

“朱金章有什么家当！一爿豆腐店，极小的豆腐店呀！谁又晓得华生将来不发财！”

“空的，不用说了。”

“又是你不中用！你这样看得起人家，看不起自己！难道华生不该娶一个女人吗？二十一岁就满了，你知道吗？豆腐店老板的女儿娶不起，该娶一个叫化婆吗？……”

“又来了，同你总是说不清，”葛生哥说着往门外走去。

“你得做主！你是阿哥！”

“你那里晓得……”葛生哥说着转了弯，一直到田边去了。

他心里异常的苦。华生的亲事并非他不留心，实在是这笔费用没有准备好，所以一直延迟到了现在。阿弟的亲事原是分内的责任。但现在，他却不能不忧愁焦急了。华生已经有了情人，外面的论调对他很不好，这以后再要给他定亲就很困难。其次是现在不能成功，还不晓得华生的痛苦得变到什么情形。华生是个年青人，他是当不起一点磨折的。倘有差池，不能不归罪于他不早点给他定亲。早点定了亲，是不会闹出岔子来的，然而现在，已经迟了。

“迟了迟了，……”葛生哥懊恼地自语着，他感觉到了未来的恐慌。

河底已经起了很大很深的裂痕，田里的裂痕多得像蛛网一般。稻根已吸受不到水分，单靠着夜间的露水苟延着。稻秆的头愈加往下垂了，许多绿叶起了黄色的斑点，甚至全黄了。不久以前，它们几乎全浸没在水里，碧绿绿地，蓬蓬勃勃地活泼而且欣悦，现在却憔悴得没有一点生气了。

“唉，正要开花结穗，正要开花结穗……”葛生哥伤心地叹息着，一面抚弄着身边的稻叶。

他费了多少的心思，多少的时间，多少的气力，多少的汗血呵，在它们上面。从早到晚，从春到秋，没一刻不把自己的生命消耗在它们上面。狂风怒吼的时候，他在它们中间；暴雨袭击的时候，他在它们中间；烈日当空的时候，他在它们中间；甚至疲乏地睡熟了，也还做着梦在它们中间。他耕呀犁呀，给它们预备好一片细软的土；他耘呀耙呀，给它们三番四次删除莠草；他不息地供给它们滋养的肥料，足够的水量。他看看它们萌芽，抽叶，长茎。他天天焦急地等待着它们开花结穗，如同等待亲生的孩子长成起来了一般。

而现在，似乎什么都空了。他徒然耗费了自己的生命，把它们培植到了正要成熟的时期，忽然要眼看着它们夭折了。

唉，希望在那里呵，希望？迎过神求过雨，三天了，眼巴巴地等待着老天爷降下甘露来，甘露在那里呢？……

突然间葛生哥觉得眼花头晕了——像是一条蚯蚓，一条蜈蚣，一条蛇，在他的心上拨动着尾巴似的，随后慢慢地动着动着钻到了他的肚子里，猛烈地旋转着，旋转着，想从那里钻了出来。

“啊呵……啊呵……”

葛生哥用力压着疼痛的地方，像失了重心似的踉跄地走回了家里。

“你怎么呀？……”葛生嫂惊骇地叫了起来。“你，你的脸色……天呵，什么样的运气……你看看这小的呀！……”

葛生哥睁着模糊失神的眼，往她指着的床上望去，看见他的第二个儿子一脸惨白，吐着沫，痉挛地蜷曲着身子，咳着喉咙，咕咕地哼着。

“老……天爷……”葛生哥仰起头，一手按着肚子，一手朝上伸着，绝望地叫了一声，同时痉挛地蹲下地去。

葛生嫂面如白纸，发着抖，跟着跪倒地上，叫着说：

“老天爷……老天爷保佑呵……”

她滴着大颗的泪珠，磕着头。

但是老天爷并没有听见他们的呼号，他不肯怜悯世上最好的人，葛生哥终于和他的第二个儿子一起病倒了。

那是怎样可怕的病：呕吐，下痢，烦渴，昏睡，不一刻就四肢厥冷，眼窝下陷，颧骨和鼻梁都凸了出来，皮肤苍白而且干燥，好像起了裂痕。

虎疫！可怕的虎疫！

同时，恐怖占据了每个人的心，整个的村庄发抖了。患着同样的症候的并不只是葛生哥父子两人，傅家桥已经病倒许多人了。平时最见神效的神曲，午时茶，济众水，十滴水，现在失了效力。第二天早晨，和葛生哥的儿子同时抬出门的还有好几个棺材。凄凉的丧锣断断续续地从屋弄里响到了田野上的坟地，仿佛哀鸣着大难的来到。

三天内，傅家桥已经死去了五个小孩，六个老人，五个女人，四个中年人，这里面除了葛生哥的儿子还有菊香的弟弟阿广，阿波嫂，中密保长，长石婶，吉祥哥，灵生公，华生的邻居立辉和阿方……

一些健康的人开始逃走了。街上的店铺全关了门。路上除了抬棺材的人来往以外，几乎绝了迹，谁也不敢在什么地方久停，或观望这里那里，除了凄惨的呼号和悲鸣的声音以外，整个的村庄便死了一般的沉寂。谁要想起或听到什么声音，就失了色，觉得自己仿佛也要作起怪来，下起痢来，立刻要倒了下去似的。

掏河的工人已经到了傅家桥，督工的是阿如老板，阿生哥，阿品哥，孟生校长，黑麻子温觉元。但现在只剩了阿品哥和温觉元偶然跑到岸上去望望，其余的人都已先后逃出了傅家桥。那些高大的勇敢的经历过无数次的天灾人祸和兵役的北方工人也禁不住起了恐惧。他们只是躲在河床上工作着，不敢跑到岸上去和村中的人接触。他们工作得非常迅速，一段又一段，恨不得立刻离开了这个可怕的地方。

华生的心里一样地充满了恐惧和悲伤，他亲眼看着他的侄儿死去，他又亲手把他埋葬。他亲自侍候他的阿哥，小心地照顾着他的嫂子和侄儿女，又不时的去安慰阿波哥，去探望菊香。他晚上几乎合不上眼睛，一会儿葛生哥要起床了，一会儿葛生嫂低低地哭泣了起来，一会侄儿女醒来了。等到大家稍稍安静了一点，他才合上眼睛，就忽然清醒过来，记起了菊香。

“我……我这次逃不脱了……”菊香曾经呜咽地对他说过，她也已经患了这可怕的病。“我好命苦呵，华生……”

她几乎只剩着几根骨头了。华生的心像刀割似的痛，想不出什么话来安慰她，只是忙碌地给她找医生，送方药。她的父亲到现在仍然很不关心她。他死了儿子，简直疯狂了，天天喝得醉熏熏的。

“完了，完了……”葛生哥清醒的时候，叹息着说，随后又很快的昏昏睡去了。他瘦得那样的可怕，仿佛饿了一两个月似的。

葛生嫂几乎认不出来了。蓬乱地披着头发，穿着一身满是尿迹的衣服，拖着鞋带，用眼泪代替了她平时唧唧哝哝的话。

傅家桥的消息很快的传到了城里，第四天便来了一个医生和两个看护，要给村里的人治病，但大家都不大相信西医，尤其是打针开刀。

“那靠不住，靠不住，”他们这样说，“动不动打针剖肚皮。从前有人死过……”

但华生却有点相信西医，他眼见着中医和单方全失了效力，也就劝人家听西医医治。年青的人多和华生一致，首先给医生打了防疫针。阿波哥因为恨了中医医不活自己的妻子，也就给西医宣传起来，其中宣传得最用力的，却是阿波哥隔壁的秋琴。她几乎是第一个人请医生打防疫针，她又说服了她的七十五岁的祖母。随后她穿着一件消毒的衣服，戴着口罩，陪着医生和看护，家家户户的去劝说。她是很能说话的。

“听我的话，阿婶，阿嫂，”她劝这个劝那个，“让这位医生打针，吃这位医生的药。我敢担保你们没有病的不会生病，生了病的很快好起来。我看过许多书报，只有西医才能医好这种病的。我没有病，但是我首先请他打了针了，你们不信，把手臂你们看，”她说着很快的卷起了袖子，“你们看，这贴着橡皮膏的地方就是打过针的，一点点也不痛，很像是蚊子咬了一口那样，但还没有蚊子那样咬过后又痛又痒，他给我用火酒摸了一会就好了。现在这里有点肿，那是一两天就会退的。这比神药还灵，所以我敢跑到你们这里来。我的祖母也给打过针了，你们不信，可以去问她……”

她说的那样清楚仔细，又比医生还婉转，于是村里人陆续地依从了。

同时，华生也已说服了她的阿哥和嫂嫂，连他的侄儿女也打了针。菊香是不用说的，最相信华生的话。随后他又带着几个年青人和秋琴一起去到各处宣传劝解。

过了两天，疫势果然渐渐减杀了，患病的人渐渐轻松起来，新的病人也少了，傅家桥又渐渐趋向安静。

“华生救了我的命了，”葛生哥觉得自己得了救，便不时感激地说。“我总以为没办法的，唉，唉……这真是天灾，真是天灾……可见老天爷是有眼的，他饶恕了好人……”

“孩子呢？孩子犯了什么罪呀？……”葛生嫂听着不服了，她一面流着泪，一面看着葛生哥好了起来，也就心安了一点，又恢复了她平日的脾气。“这么一点点大的孩子，懂得什么好事坏事，也把他收拾了去……”

“那是气数呵，”葛生哥叹息着说，“命里注定了的，自然逃不脱……你也不要太难过了……”

但他虽然这样劝慰着葛生嫂，也就禁不住伤了心，眼泪汪汪起来。

华生心里有话想说，但见到葛生哥这种情形，也就默然走了开去。随后他到街上看了一次菊香，心中宽舒下来，就站在桥头上站了一会。

桥的北边，河东住屋尽头的高坡上，那块坟地，现在摆满了棺材了，草夹的，砖盖的，也有裸露的，横一个，直一个，大一个，小一个，每一个棺材旁插着一支绿色的连枝叶的竹子，上面挂着零乱的白纸的旗幡，表示出都是新近死去的。

华生不觉起了一阵恐怖又起了一阵凄凉。

在那边，在那些棺材里躺着的尽是他的熟人。无论是男的女的，老的小的，他都清清楚楚地记得他们的名字，相貌，行动，声音和历史。几天前，他们都是好好的，各人做着各人的事业，各人都为自己的未来，子孙的未来打算着，争着气，忍着苦。但现在却都默默无声的躺下了。过去的欢乐，悲苦，志气，目的，也全跟着消失得无影无踪，到现在只留下了一口薄薄的棺材。大的灾难一来，他们好像秋天的树叶，纷纷落下了。而过了不久，他们的名字，相貌，行动，声音，甚至连那一堆的棺材也都将被人忘却，被岁月所消灭，正如落到地下后的树叶不久就埋没了一样……

华生不觉凄凉地缩回了眼光，望着近边的河道和两岸。过去几天里，他不相信他的眼光没有注意过河道河岸，但他却一点也记不起来它们的情状。现在，他可第一次看清楚了它们变得什么样子：

河已掏过了。工人们好像离开傅家桥已有两三天。看不出河道掏深了好多，只看见河底的土换了一种新的，颇为光滑，仿佛有谁用刨刨过一样。两岸上堆着一些松散的泥土，而且靠近着岸边，甚至有些已经崩塌到了河滩上。

华生转过身来望着桥南的河道和两岸，一切都和桥北的一样。他走下河底，朝南走回家去。

现在他又开始注意到了河底井边的吸水的人。虽然没有以前那样的忙碌，拥挤，但也还前前后后一担一担的连络着。许多人许多人穿着白鞋，手腕上套着麻绳或棉纱的圈子，那显然是死了长辈的亲人。有些人憔悴而且苍白，不是生过轻度的病，就是有过过度的悲伤或恐怖的。

他们没有一点笑脸，看见华生只是静默地点点头。华生慢慢的走着；也不和他们说什么。他感觉到了无限的凄凉。几天不到这河道来，仿佛隔了十年五年似的，全变了样了。几天以前，这里主宰着笑声话声，现在静寂了。几天以前，在这里走着许多人，现在躺在棺材里了。而河道，它也变了样。它在他不知不觉中已经经人家掏起了一点土，一条条的裂缝给填塞了，变得很光滑。

但越往东南走，河道的底却越多旧的痕迹起来，岸上的土也少了起来。

“这一定是连那些工人也吃了惊，马马虎虎完了工的，”他想，倒也并不十分在意。

但同时他忽然听见了汲水的人的切切的语声：

“嘘！闭嘴……他来了……”

“唉，唉……”

华生惊讶地呆住了。他看见他们的脸上露着惊惧的神情，仿佛有着什么不幸的事情对他保守着秘密似的。他禁不住突突地心跳起来。

“什么事情呀？……”过了一会，他问。

大家摇一摇头说：

“你好，华生……”

他看出他们像在抑制着一种情感，愈加疑惑起来，用眼光钉住了他们说：

“我明明听见你们在讲什么，看见我来了，停了下来的。”

“我们在讲掏河的事情呢，华生。”一个中年的人说。

“掏得怎么样？大家满意吗？”

“唉，还说它做什么，我们没死掉总算好运气了……”

“那自然，”华生说。“我想掏河的人一定也怕起来，所以马马虎虎的混过去了。”

“一点也不错，他们简直没有上过岸，就从这河底走过去的。这种年头，我们还是原谅人家一些吧。坏人总会天罚的，华生，我们且把度量放大些……”

“你的话也不错，”华生说着走了。

但是走不到几步，他忽然觉察出了一种异样：后面的人又围在一起谈话了，声音很轻，听不见什么；前面汲水的人也在咕噜着什么；他们都在别几个井边，没在他的井边汲水。

他好奇地往他的井边走了去。

“不得了……不得了……”他听见有人在这样说。

“阿呀……”他突然惊诧地叫着站住了。

他那个最深的井已经给谁填满了土，高高的，和河道一样平。

华生的眉毛渐渐倒竖了起来，愤怒压住了他的心口。他急促地喘了几口气，回转头来，他的身边站满了惊慌的汲水的人。

“华生!”有人叫着。

“什么?”他窒息地问。

“等上三天……”

“什么?……”

“我们这些井里还有水可汲……”别一个插入说。

“唔……”

“我们相信就要下雨了……”另一个人说。

“哦……”

“你看，你看，太阳的光已经淡了，那里有了晕，明后天就要下雨了……大家忍耐一些时候吧……”

“谁把那井填塞的?……”

“三天不下雨，我们把那个坏蛋吊起来。”

“谁填的?你们说来!”

“你不要生气，不要问了，暂时放过他，那坏蛋，天诛地灭，他不会好死的……你现在放大度量……”

“不错，华生，他不会好死的，”别一个劝着说。“现在这里元气未复，多一事不如少一事，好在别的井里还有水……”

“三天不下雨，我们把他吊起来!”

“我们现在咬着牙齿等待着将来报复……”

“将来报复……”

“记在心里……”

“等待着……”

“等待着……”

华生看大家都是这种主张，也就依从了。

“好，就耐心等待着!”他说着苦笑了一下，回家了。

但他的心里依然是那样的愤怒，恨不得立刻把那个填井的人捉来，一斧头砍死了他。

“我费了多少工夫！我费了多少工夫！……”他蹬着脚叫着说。“再不下雨，井水一个一个都要干了……”

他吃不下饭，也睡不熟。他推想着那个填井的人一定就是上次丢死狗的人，也一定和他有仇恨的人。

“但这井水是大家都可以汲的害大家做什么呀？……”

“他管什么大家不大家!”葛生嫂叫着说。“他管自己就够了！现在谁不是这样！只有你们两兄弟这样傻，自己管不了还去管人家！……”

“好人自有好报，恶人自有恶报的……”葛生哥劝慰着他们说。

当天夜里，华生正在床上气愤地躺着的时候，他听见外面起了风了。

胡……胡……胡……

它吹得那样猛烈，连窗纸也嘘嘘地叫了起来。

随后像飞沙走石似的大滴的雨点淅沥淅沥地响了。

“雨！……雨！……”他叫着。

“雨！……雨！……”葛生嫂在隔壁应着。

“老天爷开了眼了……”葛生哥欢喜得提高了声音。

随后风声渐渐小了，雨声仍继续不断的响着。

整个的村庄都从睡梦中苏醒了过来。到处都听见开门声，欢呼声：

“雨！……雨！……”

到处有人应和着：

“雨！……雨！……”

十 二

雨接连下了三天。河水满了。稻田里的早已太多，淙淙泊泊地从岸上涌下了河里。整个的傅家桥又复活起来，没有一个人的心里不充满了欢乐。许久没有看见的船只又纷纷出现在河面。稻田里三三两两的来往着农人。

葛生哥已经起了床。他仿佛老了一二十年，瘦得可怕，苍白得可怕，眼窝深深地陷在眉棱下，望过去只看见凸出的颧骨和鼻子和尖削的下巴，倘使揭去了面上的皱折的皮，底下露出来的怕就是一个完全的骷髅了。他没有一点气力，走起路来踉跄的利害。他看看天晴了，便默然走到门边，勉强地背了一个锄头，要走出门外去。葛生嫂立刻着了急，拖住了他。

“你做什么呀?”她叫着说，“这样的身体!”

“去关沟,”葛生哥无力地回答着。

“阿弟老早去了。”

“去看看关得好不好。”

“你糊涂了，你阿弟连关沟也不晓得了吗？”

“就让我看看稻，会活不会活……”

“会活不会活，看不看都是一样的！”

“看过才放心，”他说着推开葛生嫂，走了。

“路滑呀！你这样的身体！”葛生嫂皱着眉头，说。

“走惯了的，你放心……看会活不会活……”

葛生嫂知道固执不过他，只得叹了一口气，跟到屋前空地上望着。

“快点回来呀，湿气重哩！”

她看见葛生哥点点头，缓慢地踉跄地走上了小路。随后他又像失了重心似的幌摇着身子，稍稍停了一停脚步，把肩上的锄头放下来当做了手杖，一步一按地向田边走了去。她看见华生正在那边和人谈话，便大声地叫了起来：

“华生！华生！”

华生没听见，仍指手划脚地说着话。

她焦急地望了一会，直至葛生哥走近了华生那边，看见华生走过去扶住了他，她才放了心，走回到自己的屋里。

“我看你再休养几天吧，阿哥。这样的身体……”华生忧郁地说。

“不要紧，”葛生哥回答说，喘着气，额上流着汗。

“你真关心呵，弥陀佛！”说话的是阿曼叔，瘦子阿方的父亲，六十几岁了，比阿方还瘦。

“那里的话，阿曼叔，”葛生哥支着锄头，说。“我们的心血全在这田里，怎能不关心。你看你这样老了，也还要出来呢，何况我这样年纪……”

“你说得是，弥陀佛，我们的心血全在这田里，唉……”阿曼叔说着摇起头来，战栗着两唇，显得很颓唐的模样。“阿方的心血也全在这田里，可是，他年纪轻轻，比我先走了，无兄无弟，弄得我今天不得不出来……”

“但愿你加寿了，曼叔……”

“加什么寿呵，弥陀佛，我这样年纪早该走了，愈活愈苦的。老天爷真不公平，我儿子犯了什么罪呵……”

“可不是犯了什么罪呵，连我那第二个儿子也收了去……唉，什么也不懂，什么也懂得，真好玩……”葛生哥说着，眼眶里有点润湿起来了。

“过去了，还想他做什么！”华生插了进来。“你看，稻活了！”

葛生哥这才把他的注意力集中在眼前的稻田里。

稻果然活了，抬起了头，挺直了茎叶，湿漉漉的像在流着眼泪，像在回忆着几天前陷入在奄奄一息的绝望中的情景。

“怕不到一半呵……你们看，这些没有希望了。”葛生哥说着，指着许多完全枯萎了的稻。

“有几成也算够了，弥陀佛，”阿曼叔劝慰着葛生哥也像劝慰着自己似的说。

“可不是，譬如一成也没有，譬如我们也遭了……”葛生哥忽然把话停住了，他想竭力推开那袭来的阴影。“看呵，这些活着的稻不晓得多么喜欢呵，只可惜不会说话……华生，你把水沟全关紧了吧？”

“全关紧了。”

“看看有没有漏洞？”

“没有。”

“再看一遍也好，小心为是。”葛生哥对阿曼叔点了点头，往岸边巡视了去。华生在后面跟着。

“这样很好，华生。正是一点也不能让它有漏洞。你原来是很聪明的。做人和这水沟一样，不能有一个漏洞。倘使这水沟没关得好，只要有一枚指头大的漏洞，过了一夜这块田里的水就都干了。所以大事要当心，小事也要当心。我们的父亲是最谨慎小心的，他常常对我说：‘差之毫厘，失之千里，’做人要是有了一个小漏洞，也就会闯下大祸，一生吃苦的……”葛生哥停住脚，休息了一会，随后又转过身来对着华生叹息似的说：“我这次总算逃脱了，华生，但是我精力太不济，还不晓得能拖延多少时候……你很能干，又年轻，只有希望你了，我已经不中用……唉，我心里很不安，到现在没有给你成大事，不是我不关心，实在是负的债拔不清，但是我现在打定主意，不再拖延了，我要赶快给你成了大事……迟早在明年二月月底初。我们家里的帮手太少了，以后怕要你独自支撑起来，你阿嫂也不大能干，弟媳妇应该是个又能干又有德性的。哎，你那时真快活！……”

葛生哥忽然微笑了一下，同时额角上挂着汗珠，筋络绽了起来，显得非常疲乏的样子，紧紧地靠着锄头的柄。

华生扶住他的手臂，感动得眼眶润湿起来。他心中又凄凉又羞惭又感激，低着头说不出一句话。过了许久，他才回答说：

“你还要多休息几天，阿哥，田里的事情，我会管的……”

随后他就扶着葛生哥慢慢走回了家里。葛生哥的身体真的太差了，华生从来没看见过他这样的乏。他扶着他的手臂，两脚还是放不平稳，把整个的重量落在阿弟的手臂上，仿佛就要倒了下去似的。华生很明白他的脾气，只要他有一分精神，一分气力，他也要挣扎的，无论什么时候都不肯依靠别人。现在明明是他觉得自己没有希望了，所以说出那样的一场话来，好像还在恐惧着活不到明年二月里的模样。华生不觉起了一阵恐怖。

一直到现在，他可以说是快活的。虽然从小就失了父母，他却有一个和父母一样的阿哥。他虽然历来就帮着阿哥工作，然而他是无忧无虑，一切责任都由阿哥负担，一切计划都由阿哥做主的。有时他不高兴，或者反对他阿哥的意见，他甚至可以逍遥自在的旁观着，不负一点责任。但是以后呢？倘使他的阿哥真的……

他反对他阿哥做人的态度，他常常埋怨他，不理他，有时甚至看不起他。他相信倘若什么事情都由他做主，阿哥依他的话去行，他们就不会处处吃亏，处处受人欺侮，或许还不至于穷到这样。他阿哥的行为几乎是太和人家的相反了。人家都是损人利己的，他只是损己利人。人家是得寸进尺的，他只是步步退让。人家作威作福，他低声下气。给人家骂也罢打也罢，他决不还手，也不记在心里。无论他对谁怎样好，没有谁把他放在眼里，只换得一个满含着讥笑的名字：弥陀佛！他上次为什么和他争吵呢？也就是为的这个。倘若他是阿哥，而阿哥变成了他的阿弟，他和阿如老板的事情就决不肯如此休场。只要有一次，他相信，打出手，占了势，谁也不敢再来欺侮他们。然而他阿哥不，只是受委屈，自愿受委屈。他老早就恨不得比他大上几岁，一切来自己做主了。但是，倘若他阿哥真的永久撒了手，把一切放在他手里呢？……

现在他觉得害怕了。他到底没负过什么责任，一切都茫然的。虽然是一个小小的乡村，可是知人知面不知心，什么的人都有，什么事情都会发生，他将怎样去应付呢？做人不可有一个漏洞，一点小事会闯下大祸，这是他的阿哥刚才所说的。他怎样知道这个那个就会闯下大祸呢？照着他阿哥那样的事事忍耐，样样让步吗？他不能。照着他自己的脾气，一拳还一拳，直截了当吗？这显然是要闯祸的。倘若只有他一个人活着倒也罢了，然而他的责任却又那样重。他还得负起一家的责任……

阿哥说他应该有个能干的帮手，他也觉得这是必需的。不但在做事上，就是在心境上，生理上，他现在也很需要了。结了婚，也许他那时会更加老成，精明，有勇气的吧？但是阿哥将给他一个什么样的女人呢？他已经知道了他想和谁结婚吗？有什么人对他阿哥说过他和菊香要好吗？他显然还不知道，这事情除了他和菊香以外，怕只有阿英聋子知道的。现在，他阿哥准备要给他娶亲了，他要不要让他知道？谁对他去说呢？他会不会答应？他觉得很少希望。他阿哥是个安分的人，他决不想和比他家境更好的人配亲。即使赞成，他也不会提出去。在人家不可能的事情，他是不肯做的。菊香的父亲不会答应，谁都看得明明白白。他从来就看不起无钱无势的人，从来就只和乡长老板们来往。和他一样家境的人家，他尚且不肯把女儿相许，他怎会配给比他更不如的呢？不用说，即使他阿哥有勇气向朱金章提起亲事，那也是没有希望的……

华生心里非常的苦恼，他把葛生哥扶到家里，把他按倒床上叫他躺下后，便独自往外面走了去，一面默想着。但他的思想很紊乱，一会儿想到菊香和她的父亲，一会儿想到阿如老板和阿珊，一会儿又想到傅青山和黑麻子……葛生哥病前病后的印象和他的话又时时出现在他的脑子里。他恍恍惚惚地信步走着，忽然发现自己到了街的东头，将近菊香的店铺门口了。这使他自己也觉得惊讶，他想不起来刚才是从那条路上来的。

但是他现在虽然走到了菊香的店铺门口，他的心在突突地跳着，他的脚步却没有停留，一直走了过去。

以前当他和菊香并没有发生特殊感情的时候，他几乎是天天在她的店堂里的，只要他有空闲。他那时很坦白，当着众人有说有笑，完全和在自己的家里一样。这原是傅家桥的习惯，街上有消息可听，有来往的人可看，无论男女老少没有事做的时候都到街上来，随便那一家店堂都可以进去坐着。华生从来没有想到避嫌疑，也从来没想到人家会对他起疑心。但自从他和菊香要好以后，他们俩都不知不觉的忌惮起来了，常常总觉得像有人看出了他们的破绽似的，像有人在特别注意他们似的。因此他们愈要好愈相思却愈加疏远了。只有当虎疫盛行的时候，菊香和她的弟弟染着这可怕的病的时候，他来看她的次数最密，一则是勇气和忧愁鼓动着他，二则那时街上的行人也绝了迹。但现在可不同了，菊香的病已好，而街上又热闹起来了。

不，今天甚至要比往日热闹的多，本来是市日，靠桥头的两边街上是拥挤得很的，同时傅家桥人今天夜里又预备要超度亡魂。

像最近那样，人死了就立刻抬出去，在傅家桥可以说是几十年来空前的潦草。傅家桥人从来就重视丧事的。他们宁可活着受苦受难，死后却想升天自在。照向来的习惯，一个人断气以后，便得择时辰合生肖，移尸到祖堂里去，在那里热闹地念佛诵经，超度亡魂，打发盘费，然后入木收殓，停灵几天，再择日出丧殡厝。七七四十九天之内也少不得念佛诵经做道场。过了这些日子，灵魂才走遍了十八层地狱，自由自在，升天的升天，投胎的等候着投胎。但是这次却什么也管不着了。这个没入木，那个又死了，祖堂里容纳不下，大家也知道这病传染得利害，和尚道士和帮忙人没处寻找，只得慌慌张张放入棺材，赶忙抬出去了。现在瘟疫和旱灾都已过去，大家要补做佛事。其中不少穷鬼和外来的冤魂，还有很多人家因着那二重灾难穷了下来，单独做不起佛事，也就统统凑在一起共同举行了。有钱的人家自然是另外借庵堂寺院大做一番的。

这一天街上人来人往的办斋菜，买香烛，忙得异常，华生感觉到这时大家的眼光好像都射在他的身上，因此不敢朝菊香的里堂里窥望，就匆忙地在人群中挤了过去。等到过了桥，人渐渐少了，他才想起了自己究竟要往那里去。

他原是没有目的的。现在既然过了桥，也就记起了阿波哥，一直向他家里走去。

“或者和他商量一下，看他怎样说”，华生想，“我还没告诉他我和菊香的事情，现在阿哥既有意思要给我订亲，要不要请阿波哥对阿哥去说明我的意思呢？”

阿波哥是个精明能干的人，和他又要好，倘若需要他，他自然是一定帮他的，华生本来早就想告诉他，但这事情说出口总觉得有点羞答答的，所以他一直对阿波哥也保守着秘密。现在华生觉得有和他商量的必要了。

他走进门，就看见阿波哥捧着头靠着桌子坐着，显得很悲伤的样子，他的胡髭和头发蓄得长长的，许久没有剃了。桌上摆着一些新买来的香烛和纸箔，当然他也预备今晚上要供拜阿波嫂的。华生想起阿波嫂过去的亲切，忽然成了另一世界的人，也禁不住一阵心酸。

“你好，阿波哥，终于下雨了……”华生像想安慰他似的说。

阿波哥点了点头，指着一条凳子，请他坐下，随后没气力的说：

“下雨不下雨都是一样的。”

“到底稻有些活了，阿波哥。”

“活了也是人家的。”阿波哥冷然回答说。

华生静默了一会，随后又把话转到别的问题上去，想使他高兴：

“我阿哥今天到田里去了，这是第一次呢。”

阿波哥痛苦地闭了一会眼睛，回答说：

“那很好……”他的声音很凄凉，“我可是完了……”

华生又静默了下来。他想不出用什么话来转换阿波哥的思想。过了一会，他又突然做出极喜欢的样子叫着说：

“我要结婚了，阿波哥！”

阿波哥这才惊讶地抬起头来，望着他说：

“结婚吗？”

“是的。”

“同谁呢？”

“阿哥有这意思，他刚才对我说的，”华生又转变了口气。

“好吧，你迟早要结婚的。”

“我可不愿意。”

“为的什么呢？做人都是这样的，”阿波哥感慨地说，“做儿女，做夫妻，做父母，然后……”

“这样说来，结婚是没意思的。”华生觉得懂得了阿波哥的意思，虽然他没说下去。

但是阿波哥像醒悟了过来似的，赶忙改变了语气：

“不是这样说，华生，我是说人人都要经过的。你阿哥要你结婚，我很赞成，只不晓得他想给你配一个什么样的人？”

“谁晓得!”

“由他去办，想必不会错的。他是个老成人。”

“错不错，谁晓得，我不想要。”

阿波哥微微笑了一下，懂得了华生的意思:

“想是你已有了意中人了。”

华生没做声，红着脸，低下了头。

阿波哥立刻摇了摇头，接下去说:

“我看那个人做不到的，华生，还是打消了主意吧。”

“谁呀，你说的?”华生惊讶地抬起头来。

“我早就知道了。朱金章的女儿。”

华生的脸色忽然青了起来，又忽然红了起来。他一直没想到阿波哥竟已知道了这事。

“你怎么知道呢?”

“谁都知道。许多人说，你已经和她……但我相信那是谣言，只恐怕要好是真的。”

华生突然站了起来，一脸的苍白。

“这又是谁造谣言，说我和她有过不正当的行为，我们要好是真的，阿波哥……但是，那事情，我发誓……我们没有做过……”

“我相信。”

“谁造谣言，你能告诉我吗，阿波哥?我要他的命!”华生气忿地捏着拳头说，“我不怕那谣言，但叫她怎样做人呀！我不能放过那个人！”

华生不安地在房中来去走着，恨不得一脚踏死了那个造谣言的人。他的眼睛里冒着火，面色由青变了紫。

“我猜得出，那是谁！”华生继续着说，“一定是那最卑鄙无耻的人！他想勾引菊香，而菊香没有上他的当，所以他要造我们谣言！”

“这事情大家也知道，”阿波哥回答说，“看起来你输了，华生，朱金章爱着那样的人做女婿呢……她父亲有钱有势……”

“就是看中意了这个，你话一点也不错，阿波哥……”

“朱金章是个糊涂人，他不知底细。人家已经只剩一个空架子了，谁都知道，只有他一个人不明白。你看着吧，华生，女孩儿多的是，何必单要他的女儿？……老婆无非是管家生小孩，你该娶一个身体更加结实的。”

华生低下头静默了。他明白阿波哥的意思，那事情在他看起来是枉费心血的，所以劝他另外娶一个。华生向来相信阿波哥的见解是正确的，这次他也一样地相信和菊香的事是绝望了。但是劝他另外娶一个女人，他决不能接受。他觉得这样太对不起菊香，也太对不住自己的良心。他觉得阿波哥这一点是错误的。

“那末我一生不结婚！”过了一会，华生痛苦地说。

“不要这样想，华生，”阿波哥摇了摇头。摸着自己的须髭，“我是过来人。我从前也有过这种故事，也是这样想的。但是后来女的终于嫁了别人，我也另外娶了一个女人。都是父母做的主，没见过面，完全是旧式的。我们起初不愿意，可是结了婚都成了两对恩爱的夫妻。你看我的女人麻脸小脚，不能再难看了，我从前的情人比她漂亮到几万倍，我会喜欢她吗？可是你不会晓得，华生，她有一颗什么样的好心，我后来是怎样的喜欢她呵……”

阿波哥说到这里，眼眶有点润湿了。他遏制着自己的情感，静默了一会又继续说了下去：

“那时我的父母都在世，这女人是他们给我娶的，但他们也不知道她生得这样难看，他们上了媒人的当，说是她生得很漂亮。结婚后一个月我简直没有和她说话，也没有和她同床。我父母看了那样子也偏袒我起来，给她许多难堪，我于是也就更加看不起她，故意虐待她，一面什么事情都不愿做，只是野马似的日夜游荡，弄得家里一天比一天穷了。但是她却没有一句怨恨的话，煮饭洗衣，叠被铺床，家里的事情全是她一个人做的。她出身本来还好，没有做过什么粗事，到得我家里，种菜弄田头都来了。不到一年半，她的嫁装都给我变卖完了，慢慢盖破棉絮起来，她仍然没有一句怨恨的话……有一次我母亲病了，叫她到半里外文光庙去求药，她下午三点钟出去，一直到夜里九点钟没回来。我们以为她并不把母亲的病放在心里，到那里去闲谈了；正在生她的气，她却回来了。一身是泥，衣服破了好几处，前额又肿又红，像和谁打过架。父亲气冲冲地骂她说：‘你这不争气的女人，你还见得人吗?’但是她却拿出来一包药，一张千秋山庙的签，说：‘婆婆一两天会好的。’你知道，千秋山庙离开这里有二十多里路，要过好几条溪沟，好几个刺树林，她是一双小脚，又不认得路，她却到那里求药去了。她到得那里天已经快黑了，怎样回来的，连她自己也不知道。那是个最有灵验的神庙，自然比文光庙灵了几千倍，她又在那里磕肿了头，母亲吃了药，果然三天就好了。‘我们看错了，’父亲和母亲懊悔地说，从此对她特别好起来……对我呢，她更有许多使我不忍回想的事情，两年后我慢慢喜欢她起来，也晓得好好做人了。但家产已经给我败光，什么都已来不及补救，我非常懊恼。但是她却安慰着我说：‘只要你回头了，都会有办法的。’这十年来，我们的生活能够稍稍安定，也全靠她的鼓励和帮助，那晓得她现在……”

阿波哥说到这里低低地抽噎起来，华生也感动地满噙着泪。

静默了许久，他们突然听到隔壁房里有人在发气的说：

“这数目，怎么好意思，你们比不得别人家，你们出这一点，别人家就不要出了!”

华生听那声音是阿品哥。接着他听见了秋琴的回答：

“这数目也不少了，簿子上明明写着随缘乐助。我们并不是有钱的人家。”

“还说没有钱，你家里有着几十亩田，两口子吃饭，难道留着全做嫁装吗？”阿品哥的声音。

“你说什么话，阿品哥！”秋琴显然生气了。“我们没开店做生意，没有人赚钱进来，吃的穿的全靠这些田，每年要完粮纳税，像今年这样年成，我们就没有多少收入。不是为了你的面子，老实说，我们连这数目也不想出的。我根本就不相信这一套，这是迷信。好处全是和尚道士得的。还有一些人呢，”她特别提高声音讥刺地说：“浑水捉鱼饱私囊！”

“什么话！你说什么话！”阿品哥拍着桌子。

“走！到乡公所去，这是乡公所的命令！”黑麻子温觉元的声音。

“这不关乡公所的事，你只能吓别人，我可知道！”秋琴回答说。“这是迷信，这是乡公所应该禁止的，政府老早下过命令！”

“我是乡公所的事务员！”

“一个当差，一个走狗！”

“走！你这婊子！我看你长得漂亮，原谅了你，你倒这样骂我！……我捉你到乡公所去！”

华生听见黑麻子跑到秋琴身边去了。

“滚开，你这走狗的走狗！滚开！放手！……”

“不去吗？不去就亲个嘴，我饶你……”

华生和阿波哥同时跳出了门外，抢着跑进了秋琴的房里。

黑麻子正双手捧着秋琴的面孔，想凑过嘴去，秋琴一手扯着他的耳朵，一手撑着他的下巴，抵拒着，满脸青白。阿品哥站在旁边微笑着。

华生和阿波哥猛虎似的扑了过去，一个从背后拖住黑麻子的脸，一个就是拍拍的几个耳光，接着把他按在地上，拳脚交加的痛打了一顿。

阿品哥发着抖，不晓得怎样才好，呆了一会，忽然拿着捐簿奔跑了出去。但阿波哥早已追上去，拖着他的手臂拉了转来。

“我们不为难你，只请你做个证人……”阿波哥说着，关上了房门。“秋琴去拿纸笔，叫他写服状！青天白日，调戏良家妇女！……”

秋琴立刻跑进里面，丢出来一根绳子，说：

“你先把他绑起来，华生！”

“他敢逃吗？老子要他狗命！”华生叫着说，又在黑麻子的背上拍了一拳。

黑麻子嗯的一声哼着，口中吐出白沫来，低声叫着：

“饶命，华生！……我再也不敢了……”

“就写一个服状，饶了你！”阿波哥叫着说。“阿，秋琴不要你的纸笔，就用他们带来的，扯一页捐簿下来。”他恶狠狠地抢去了阿品哥手中的捐簿和纸笔。“我说，你写，秋琴……立服状人温觉元绰号瘟神黑麻子，傅家桥乡公所的事务员——说他调戏良家妇女，被人撞见，自知罪重，特立服状悔过自新，准不再犯……底下写证人阿品，叫他们亲手画押盖指印……写明今天日子……”随后他转过身去对着他们：“你们答应吗？不答应休想出去！”

“是，是，是，我答应……”黑麻子伏在地上恳求说。

“也不怕你不答应，你这狗东西！”华生扬着拳头，又把黑麻子吓得闭上眼睛，不敢动弹。

“我答应，我做证人，”阿品哥缩瑟地说。“这原是他自己不好，我们本来是写捐的，今晚上要做佛事。”

“现在捐五角大洋够了吗？”秋琴一面写着字，一面讥笑地问阿品哥说，“再要多，等我祖母回来再收吧。”

“你既然说这是迷信，不捐也可以，不捐也可以，本是随便的。”阿品哥回答说。

“不是命令吗？”

“那是他的话，不要信他的……”

“到底是自己人呵，都姓傅，都是傅家桥人。”

“是呀，是呀，请看自己人的面孔吧……”

“看自己人的面孔，捐钱就写上十元五元吗？”

“不，不，一角也不要了，收了一样……”

“现在要强迫你们收去了，”阿波哥插入说。“捐条不能不再要一张，将来好拿你们的押画来对。还有，我这里的是一角小洋，华生是十个铜板，一并写了收条，画了押，也不劳你们再跑了。”阿波哥说着把钱摸出来。

华生笑着，也摸出十个铜板，丢在地上：

“你检去做本钱吧！”

阿品哥战栗地望着，不敢动。

“我命令你，检去！听见吗？”华生凶狠地睁着眼睛，扬了一扬拳头。

阿品哥立刻伏到地上爬了过去。

“这就像样了——呸！”华生吐了他一口唾沫。

阿品哥半晌不敢动，检了钱，在地上伏着。

“起来吧，来画押！”秋琴叫着说。

“是，是，是，我先画押，”阿品哥这才起了身。

“你们听着，我先读一遍，”秋琴微笑地说。“立服状人温觉元，绰号瘟神黑麻子，柴岙人，现任滨海县第二区第三乡乡公所事务员，为乡长傅青山之走狗，平日横暴恣肆无恶不作，或则敲诈勒索，或则调戏妇女，自知罪恶深重，立誓悔过自新，特立此服状为凭，如敢再犯，任凭发落处死，并将保人傅阿品一律治罪，此据……立服状人温觉元，保人傅阿品具……底下是日子……这样好吗？……”

“好的很，秋琴，你真有学问，”阿波哥叫着说。

“比我说的清楚多了。——你以为怎样呢?”他转过头去问阿品哥。

“好的，好的……”阿品哥战战兢兢地说，走过去画押，打手印，又写了三张收条。

“黑麻子呢?”阿波哥问。

“好的，好的……我真的悔过自新了……但恳你们饶恕我……”他说着爬了起来，去画押打手印。

“本想打你几个耳光，”秋琴笑着说，“怕污了我的手，也就饶了你吧。”

“是，是，是，恳你大量……”

他们两人依然呆着，不敢动。

“可以滚了！站着做什么!”华生收了条子，对准着黑麻子狠狠地一脚踢去。

黑麻子踉踉跄跄地给踢到门边，赶忙开了门，拐着腿子逃走了。阿品哥发着抖，在后面跟着。

十 三

“哈哈哈……”华生高兴得手舞足蹈起来，看见黑麻子温觉元和阿品哥狼狈地逃了出去。“也有今天，也有今天！……刚刚碰到了我们……看他们怎样做人，怎样见人……去钻地洞还是去上吊呢？……”

“不会钻地洞，也不会上吊的，”阿波哥冷淡地回答说，用手摸着胡髭。“要能这样想，他们就是好人，就不会做坏事了。”

“阿波哥的话不错，”秋琴插入说，“他们没有面皮，也没有良心，什么事情都做得出来。”

“我们以后要时刻留心他们，”阿波哥继续着说，“他们今天吃了亏，决不肯干休的。黑麻子那东西所以敢横行无忌，靠的是乡长傅青山……”

“我不怕傅青山！”华生大声叫了起来，“今天如果不是黑麻子，是傅青山，我一定把他打死了！那害人的东西！……”

“阿品哥也靠的傅青山，阿如老板也靠的傅青山……他是乡长，有权有势，他手下都是些坏人，我们不能不防备。”

“阿品哥也好，阿如老板也好，傅青山也好，来一个，打一个。我不怕，我要他们的命！”华生叫着。

“防备是应该的，”秋琴插入说，“他们有地位，有势力，有金钱，有走狗。”

“随便他们有什么，我有拳头！”华生愤怒地回答。

阿波哥摇了摇头。

“他们肯明来相打，也就不在乎了。但是，华生，他们决不这样的，他们有的是阴谋毒计，这正是我们应该防备的。”

“那末，照你意见，我们应该怎样防备呢？”华生问，口气有点软了。

“我现在还不能够晓得他们将来怎样，但他们要报复我们，会用阴谋，是敢相信的。我们只能随时留心，不要上他们的当。尤其是你，华生，我觉得你太直爽了，你什么事情都不大能忍耐。这是你的好处，也是你的缺点。你以后凡事要多多忍耐，要细细考虑他们有没有阴谋。”

“阿波哥说的是，”秋琴应声说。“我最喜欢直爽坦白的人，但我也明白在这种恶劣的社会里，是不能太直爽坦白的。因为人家都狡诈，你坦白，是一定会吃亏的。”

“我生成是这样的脾气呀!”华生叫苦说。“我不会说谎话，不会假做作，快乐就笑，有气就发。我管不了许多，让他们来阴谋我吧!”

“你只要多忍耐，多静默，华生,”阿波哥说，“有些事情，你当做没有听见，没有看见，当做不晓得，尤其是少发气。”

“你的好意我知道。但是，装聋作哑，我不能。那种人正是我最看不起，最讨厌的，我为什么要学呢？至于忍耐，你看我阿哥吧，世上应该没有谁再比他能忍耐了，但是他有什么好处呢？他越忍耐，人家越看他不起越玩弄他，越欺侮他。我不能忍耐，那是真的，但你看呀，谁敢动我一根汗毛！阿波哥，我以为做人是应该凶一点的，只要不欺侮别个就是了。”

“你的话很对，华生,”阿波哥回答说。“像葛生哥那样的忍耐到底，我也不赞成。我说你应该忍耐，那是暂时的忍耐，在小处忍耐，并不是忍耐到底。因为你太直爽容易发气，最怕上人家的当，所以我劝你凡事细细考虑，小的地方且放过人家，眼前的事情且放过人家，留待将来总报复。”

“大丈夫要能屈能伸，华生,”秋琴接着说，“阿波哥就是这意思了。他说的忍耐并不是像葛生哥似的永不反抗，永不报复的。打蛇要打在七寸里，倘若打在别的地方，不但打不死，反而给它咬一口，这是犯不着的。我们以后对付那些坏人，应该找最好的机会动手，使他们永久抬不起头来。今天这服状写得是好的，但也还不是最利害的办法，他们不会从此就低下头去，他们一定会想出种种方法来报复我们，尤其是你，华生，他们对你本来有着许多仇恨的。他们那边是傅青山，阿如老板，阿品哥，黑麻子，以及别的有钱的人，我们这边是些穷人；他们年纪大，经验多，我们这边年纪轻，缺少经验。所以我们更应十二分小心。这两边形势已经摆成了，用现在报章杂志上的新名词来说，这叫做斗争……”

“唔，”华生笑着说，“应该是争斗吧！……”

“不，叫做斗争……叫做阶级斗争，”秋琴笑着回答。“这名字已经很普遍了，我在书上常常见到的，你有工夫看，我可以借一本给你……是两个阶级：穷人和富人，好人和坏人，青年和老人……他们永久是合不起来的……”

“秋琴平日真用功，”阿波哥称赞说，“一天到晚总是看报读书。现在新名词真多，你说的话我们从来没有听见过。”

“我倒懂得一点的，”华生应声说。“不过阶级两字这样解说，我不大同意。我以为穷人不见得个个都是好的，富人也不见得个个都是坏的。你说是吗……？”

“你最好多看一点书，慢慢会明白的。”

“我现在不大有工夫，”华生回答说，“你不晓得我现在正为了一件事情苦恼得利害呢。”

“我晓得，老早就晓得了，”秋琴笑着说。“但愿你早点成功呀，华生，我们等着那日子喝杯……”

“什么？你也晓得了？你晓得的是什么呢？”华生惊诧地问。

“不必问，也不必说了。就是那事情……但你得努力，并且小心，这也是一种争斗……”

“好，”华生笑着回答，“就算是一种争斗——一种斗争吧，你们且看我的胜利……”

他说着走了。一种强烈的热情在他的心里击撞着，他需要立刻见到菊香。

菊香已经完全是他的。他们两个人的心紧紧地连成一个了。她的父亲的反对，他的阿哥的不同意，阿波哥认为不能成功，以及其他的人所造的恶劣谣言，——这种种能够使他和菊香分离吗？不，决不，他相信。他甚至得意地微笑着，想对大家说出一句这样的话来：

“我们的姻缘是前生注定的！”

葛生哥不同意，不照着他的意思请媒人去说合，同时想给他另外做媒了，他回去将怎样对他说呢？自然，他不照着他的意思是可以谅解的，但可不能让他请媒人往别家去做媒。他觉得他现在就该老早阻止他了。那不是好玩的事情，媒人说来说去，两边家长同意了，当事人却出来反对。他和菊香的事情且留待慢慢解决，他决定先对阿哥坚决地说出“不要别的女人”的意思来。

“只要菊香！不然就一生不结婚！”他早已打定主意了。

“哈哈哈哈……”

一阵尖利的笑声忽然冲进了华生的耳内，他惊诧地仰起头来，迎面摇摇摆摆地来了一个风流的人物。

阿珊！阿如老板的第二个儿子！……

华生这时才注意出自己已经走到了傅家桥的桥上，而阿珊仿佛正是从街的东头，菊香的店铺里出来的。

“唔你在这里，华生！”阿珊略略停了一下脚步，骄傲地讥笑似的说，“你们成功了……”

“什么？……”华生站住脚，愤怒地问，捏紧了拳头。

“哈哈哈哈……没有什么，”阿珊笑着，飘洒地从他身边挨了过去，“你好，你们好……好到老……”

华生愤怒地转过身去，阿珊已经过了桥，立刻走进丰泰米店了。一股可厌的酒气刺着他的鼻子。

“这小鬼！……”华生喃喃地骂着，望了一会丰泰米店；又复转过身，朝街的东头望了去。

原来市集已经散了，街上很清静，一个长头发的人站在宝隆豆腐店的门口，后面立着瘦削的女孩，他们正朝着桥上望着。华生一眼望去就知道是菊香父女两人。

他不由自主地往街的东头走了去。

“哈哈……你好，华生，刚才你阿嫂还到这里找你呢，说有极其要紧的事情，你赶快回去吧……”朱金章露着假笑，带着一股熏熏的酒气，就在店门口挡住了华生。

华生惊诧地望了一望他的面色，望了一望店堂。他没有看见菊香。

“好，我就回去……”华生回答着，“菊香好了吗?”

“很好，很好，谢谢你，生病的时候全靠你帮忙，”朱金章非常客气的说。“她一早到亲戚家里去了，怕有几天担搁呢。”

“唔? ……”华生疑惑地走了，重又往店堂内望了一望。

店堂内没有一个人。方桌子上摆著一些吃过了的碗碟，菜蔬似乎是好的，有鱼肉海味。三双筷子，三个酒杯。

华生匆忙地走着，一面起了很大的疑惑。

朱金章酒气熏熏，他的店里又摆着酒菜，显然是在这里喝的。阿珊也带着一股酒气，在那里喝的酒呢? 他刚才没有十分看清楚，但仿佛是从宝隆豆腐店出去的。难道他也在这里喝的酒吗? 三双筷子，三个酒杯，另一个是谁呢? 店里的伙计是没有这资格的，这不是便饭，况且有阿如老板的儿子在内。有资格的只有菊香一个人。

“她一早到亲戚家里去了，”朱金章是这样说的。

然而他刚才站在桥上却明明看见朱金章后背站着一个女人，瘦削的身材，极像是菊香。

那真的是她吗？为什么他到得店门口就不见了呢？不是她吗？刚才他看见的又是那个？而且又为什么要躲避他呢？

菊香到亲戚家里去了？这很难相信。她似乎没有亲戚的，而且病刚刚好，正需要休养，怎会出去呢？

是朱金章骗了他吗？但他对他的态度是很好的。他为了菊香的病向他道谢。他以前也很感激他尽力帮助他女儿。他愿意把菊香嫁给阿珊，但他对华生也不坏，虽然看不起他的穷。菊香会给他管店算账做买卖，是靠的华生的帮助，朱金章很明白。这次菊香的病能够死里逃生，是靠的华生，朱金章也明白的。结婚是另一件事。通常他和菊香见面，朱金章从来不会反对或阻碍过。

“今天自然也不会的，”华生想。“也许我站在桥上心里生着气，看错了。说不定菊香真的出了门，店堂里的酒席是别家店铺里的人和朱金章吃的，没有阿珊在内……”

他已经到了家。他忽然记起了朱金章的话，说阿嫂在找他，有很紧要的事，他的心不觉忽然跳起来。他想起了葛生哥早晨从头田回来那种过分的疲乏，他怕他身体有了意外的变化。

“阿哥”他一进外间的门就不安地叫了起来。

但葛生哥却正睡熟了。葛生嫂抱着一个小的孩子，一面在补衣服，显得很安静，没有什么事情似的。

“阿哥好吗？”华生问。

“好的，”葛生嫂回答说。“你该饿了吧，华生？时候不早了，该吃中饭。”

“你找我有什么要紧事吗？”

“我？……”葛生嫂惊讶地问。“我没有找你呀！”

“没有找我？……你没出去吗？……”

“没出去。”

“叫谁带信吗？”

“没叫谁带信。”

“阿！……”华生叫了起来，“果然受骗了……哼！……我知道！……”

“谁说我找你呀，华生？”

“你不用管……阿，我问你，有谁来过吗？”

“黑麻子……”

“什么！……还有阿品哥？”

“是的，”葛生嫂点了点头。

“捐了多少钱去？……”

“他们说在秋琴家里看见了你，你答应捐两元？”

“我？答应用捐两元？……”华生直跳了起来，“真不要脸的东西？……阿嫂，他们干的好事呀！……真是便宜了他们！”

“你阿哥立刻答应了，但我们没有现钱……”

“我已经捐了现钱了！十个铜板，一顿……哼！真不要脸，还敢到我家里来，说我答应捐两元……”

“是呀，我当时就不相信的，但你阿哥立刻答应了，还答应过几天送去……”

“好，让我送去，我看他们敢收不敢收！……”

“华生！”葛生哥突然在床上坐了起来，叫着说，忧郁地抹着自己的额角。“你静下来吧……我请你……”

华生惊异地静默了下来，望着葛生哥的苍白的面孔。

“这是我愿意出的，华生，”葛生哥继续着说。“为了死去的儿子呵。我不相信黑麻子的话，我也知道你不会答应捐那么多的，我知道你不相信这事情。但我是相信的。为了我的儿子……这两元，在我是少的……我愿意再多捐一点，倘若我有钱……你晓得他是多么伤了我的心呵……这样小，这样好玩……但是老天爷……”

葛生哥说着，一时呼吸迫促起来，重又躺倒了床上。葛生嫂流着大颗的泪珠，伤心地哭泣了。

华生也不觉一阵心酸，阑珊地走进了自己的房来。

但不久他又愤怒了起来，一想到捐钱的事情：

“这样卑鄙，连做梦也不会想到！我以为他们会钻地洞，会上吊，那晓得在那里被我打了，立刻就跑到我家里来捐钱……阿波哥说他们不会钻地洞或上吊，但他可决不会想到这样……他把他们也估计的太高了。他竭力说要防备他们，又怎样防备呢？……”

然而葛生哥居然又一口答应了捐钱；这使他更气愤。他既然知道这两个人不可靠，为什么不想一想他捐了钱去做什么呢！做佛事——这很明显的是借口，他们为的饱私囊！……倘不是他的侄儿子刚刚死掉，他可忍耐不住，又得和葛生哥大吵一场的。

“忍耐忍耐，退让退让，”他会这样的对葛生哥说，“世上的坏人就是你养出来的！你养着坏人害自己，还养着坏人害大家！……”

突然，华生咬住了嘴唇。

“朱金章骗了我！……骗了我！……”

他说葛生嫂在找华生，葛生嫂可没有上过街，也没托谁找过他，家里也并没什么极其要紧的事情。

朱金章为什么骗他呢？华生现在明白了，那是不让他和菊香见面。菊香明明是在店里的，或许刚才还陪着阿珊吃过饭，阿珊走时还送到店门口，见到华生到了桥上，朱金章就叫她进去了……不，或许那正是菊香自愿的，不然，她为什么送阿珊到门口呢？华生到了门口在和她父亲说话，她当然听见的；为什么不出来呢？……她父亲强迫她，那是一定的，但她就屈服了吗？她不是说不愿意见到阿珊吗？她又为什么要陪他吃饭，送他到门口呢？……

华生想着想着，非常苦恼起来，等到葛生嫂要他过去吃饭时，他只胡乱地吃了半碗，再也吃不下去了。

葛生哥也不大吃得下，酒也不喝，不时皱着眉头望着华生。

“你怎么呀，华生?”他缓慢地说，“大清早起来，到这时还吃不下饭。年青人比不得我又老又病，一口气吃上三碗也不算多。咳，菜也的确太坏了，老是这几样东西……但你得好好保养呵……希望全在你身上呀……”

“我有什么希望……”华生不快活地说，“我根本和你是两个人，什么事情都看法不同，做法不同……”

“我们可是亲兄弟，一个母亲生下的，”葛生哥忧郁地回答说，“这叫做同胞，譬如一个人；这叫做手足，是分不开的……尽管我的脑子比你顽固，做人比你没用，你的脾气和行为有该痛改的地方，但我没有看你不起……你有你的好处，你年青，你比我有用，我自己没有什么希望了，老是这样潦倒，受苦一生。但我可希望你将来什么都比我好的……你应该爱惜你自己，首先是保养身体……我看你近来瘦了，我真心里着急呵……”

“因为我看不见一样快活的事情。”

“嗳，快活的事情多着呢，你凡事想得开些就好了……养心第一要紧……”

“眼前就有许多事情叫人不快活……”

“你不管它就好了。”

“不管它，它可会碰到身上来的。”

“你就当做没有看见，没有听见，多想些将来的事情吧……阿，我忘记告诉你了，丁家村和周家桥都有人来说过媒，你说答应那里的好呢？一家是……”

“一家也不要！”华生站起身，截断了葛生哥的话。“我，不结婚！”

他走进了自己的房里。

华生哥刚刚露出一点笑脸来，又突然消散了。

“我叫你不要提起，你说什么呀！”葛生嫂低声地埋怨着。

“我不提，谁提！你只晓得说风凉话。你是嫂子，也得劝劝他。”

“劝劝他？你去劝吧！……我根本就不赞成你的意思！……糊里糊涂！……你给他细细想过吗？……”

“我怎么没有细细想过！……”

“想过了，就这样吗？亏你这个阿哥，说什么同胞手足！……他要往东，你要往西！他要这个，你答应他那个！他要……”

“你又来了，唉，”葛生哥叹了一口气，“你那里晓得……”

“我不晓得，倒是你晓得！……”

“你那里看得清楚，我不同你说了。”葛生哥说着重又躺倒在床上。

“好了吗，弥陀佛?”阿英聋子忽然出现在门槛内，满脸笑容。

“好了，”葛生嫂代他回答着。

“天保佑，天保佑，老天爷到底有眼睛，把好人留下了……”她大声的说。

“你这一晌到那里去了呀，老是不看见你的影子?”葛华嫂大声问。“你真忙呵，这里那里……”

“住在这里等死吗? 哈哈……多么可怕，那虎疫……不逃走做什么呢，不逃走? 我家里没有什么人，又没有金子和银子……”

“你真是好福气，要走就走，要来就来，我们却是拖泥带水的没办法……”

“你们才是好福气，热热闹闹的有说有笑，死活都在一道。像我，孤零零的，没有一个着落的地方，这才苦呀，活也不好，死也不好，有儿子像没有的儿子……”阿英说着眼睛润湿了。“喂，华生呢?”

葛生嫂指了一指房边的房间。阿英立刻跑进去了。

“我道你那里去了，却躲在这里！来，来，来。给我看看这封信写错了字没有。我怕她不够程度。家信宝贵，不是好玩的！”她从袋内抽出一封信来，放在桌子上。那是菊香的笔迹，代她写给儿子的，墨迹才干。

华生瞪着眼望着。

“你看！”她把信纸抽了出来。

“什么时候写的呢?”

“刚才。”

“刚才? ……”

“是呀，我刚刚从她店里来的。”

华生静默了。他的心强烈地跳着，变了脸色。他把那信封和信纸翻来覆去看着，想从这里找到一点什么，但始终看不见。

“收到了他的信，是吗?”

华生点了点头。

“要他过年一定回来，对吗?”

华生又点了点头。

“呀，还有什么呢，你说，华生?”

华生失神地瞪着那信没理她。

“喂，她写着什么呀?”她愈加提高喉咙叫着。“你也聋了耳朵吗? 怎么不说呀?”

“还不是说来说去是老调子。”

“什么? 你重一点!”

“老调子，我说!”华生提高了声音，显出不耐烦的神色“过年回来，一定要回来! 对吗? 还有，叫他冷热当心，多穿衣服，早起早睡! 对吗?”

“对呀，对呀，”

“拿到城里去印几张吧，说来说去老是这几句话!”

“没有写错吗?”

“一笔不多，一笔不少，拿去寄了吧，你这神经病!”

华生把信向她一推，瞪了她一眼。她立刻高兴地笑了起来，收下信，叫着说：

“我又不是她，你做恶相做什么呀？嘻嘻嘻……我可不怕你的，一会对我好，一会对我不好……随你桥东也好，桥西也好……”

“什么？你说什么？”华生惊愕地扯住了她的手臂。

“桥东也好……桥西也好，嘻嘻嘻……主意拿得稳一点呀……”

她笑着溜走了。

华生呆着许久没有动。他不明白她说的什么，但她的话却像晴天霹雳似的使他吃惊。

十　四

菊香好几天没见到华生了。她的身体已经渐渐恢复了以前的健康，但却不见得怎样肥起来，比病前清瘦了许多。她想念着见到华生，而华生却老是不到她店里来。她常常走到柜台内望着街上，也不见华生走过。

她的父亲近来突然变了态度了，仿佛从梦中觉醒了过来似的。他不常出门，一天到晚守在店堂里。

"是我不好，菊香，"他懊悔地说，"我把这重担交给了你，你年轻，身体本来不大结实，经不起这重担，所以你病了……幸亏天保佑，把你留了下来，不然，我怎样活下去呀……你现在且多多休养，店里的事仍归我来管，不要你操心了……"

"我惯了，不要紧的，吃了饭总要做点事才有意思，"菊香感动地回答说，仍时常走到店堂里来。

但他父亲立刻推着她进去了：

"外面有风，外面有风，你还得小心保养……"

有时他这样说：

“你看你颜色多么不好，你没睡得够，你赶快多去休息吧……”

有时他又微微生着气，说：

“你怎么呀，菊香，老是不听我的话，我要你身体早些好起来，你偏不让它好吗？……”

“我不是已经好好的吗？”菊香回答说。

“远着呢，你自己那里晓得。进去，进去，这店里的事不要你管了。”

菊香固执不过他，只得走进里面的房子去。但他像怕她不耐寂寞似的，也就立刻跟了进来。

他说着这样，说着那样，懊悔着自己过去的行径。

“酒和赌最伤神，我发誓戒绝了！我给它误了半生……咳，真对不起你阿弟，我对他太坏了。要是我对他关心些，应该不会死的……现在懊悔不及了……你太好了，菊香，你应该忘记了我过去的糊涂，让我从新做一个人……你倘若不忘记我对你的养育之恩，你应该体贴我的意思，你第一要保养自己的身体……我的生命现在全在你一人身上了……”

菊香听着感动得呜咽地哭了起来，这是她母亲死后第一次得到的父爱，也第一次给了她无穷尽的做人的希望。

他天天买了好的菜来给她吃，也买了许多补品零食来。

“你爱吃什么，想吃什么，尽管说吧，我会给你办来的。”

他不大离开店堂，但他常常带来了许好看的贵重的东西：衣料，首饰，化装品。

“我托人到城里买来的，”他说。

“你那有这许多钱?”菊香惊异地问。

“我少赌一次就够了，我本有一点积蓄的……只要你欢喜，我什么都做得到……女孩子本应该穿得好一点，打扮得好一点的，比不得男人家。你平日太朴素了，做几件新衣服吧……”

他立刻叫了裁缝来，给她做新的衣服。菊香怎样反对，也没用。

“为了我，叫我安心，你就答应了吧。”

菊香终于答应了，但她可不愿意穿，一件一件收在箱子里。

她父亲对华生似乎也很喜欢。他知道菊香喜欢他，想念他，他也不时的提到他：

“几天不看见华生来了，这几天想必忙着田里的工作。今年年成真坏，晚稻怕没有一半收成。但愿他的稻子多结一点谷子……华生真是个好人，和他阿哥一样……我有一个这样的儿子就好了，又能干又聪明，唉……”他感慨地说。

“你以前不喜欢他的!”菊香钉了他一句。

“以前是以前,”他笑着回答说。“现在我非常喜欢他了。你的病全靠了他,没有他,唉,真是不堪设想呀……等他农忙过后,我们应该好好的请他吃一顿饭,还该送他一点礼物。”

“良心发现了,”菊香暗暗地想,“他从来没这样清醒过。”

同时她的心里充满了快活和希望。她假装着冷然的说:

“不要病了才好,这许多天不见出来,我倒想去看看他呢。”

“不会生病的,这样好的身体……你不妨去看看他,但等你再休养得够一点吧,”他毫无成见似的回答。

过一天,他父亲就首先提起了华生:

“你怕他生病,我也给你说得担心起来,几乎自己想跑到他家里去了……但现在你放心吧,我刚才看见他从桥东回到家里去了,好好的。”

“好好的,”菊香想,“为什么不来呀?”

但他父亲不久就给他解答了,不待她再问:

“这几天种田的人真忙碌,一天到晚在田里。他们在起沟了,就要种紫云英下去。葛生哥的身体好像还不大好,华生自然更加忙了。晚稻再有十几天就要收割,听说只有三成可收……”

一天一天过去，华生总不见来，菊香到店堂里去的时候，渐渐多了，仍然不见华生的影子。她不相信华生是为的农忙，她知道倘若华生想念她，无论怎样是会偷空来看她的。

但是他为什么不来呢？

菊香想不出原因来。她对他是真心的，她相信他对她也真心。过去他们中间曾经有过一点小误会，但那时他们还没有现在这样了解和要好，而且这误会不久也就冰消了的。现在是没有一点原因可以再引起他们的误会了。而且谁也不愿意再让误会来分隔他们自己。

阿珊久已不到她店里来了。她有时看见他在店门口走过，也并不和她打招呼，甚至连微笑也不大有，他现在似乎也变了一个人了。态度显得庄重沉着，走起路来不再飘飘洒洒的有轻佻的模样。手中老是捧着一两本书。看见她父亲就远远地行着礼，像一个学生。

“再不上进来不及了，老伯，”有一次她听见阿珊对她的父亲说，“年纪一天比一天大了，眼睛一霎就要过年。我很懊悔我以前的游荡，现在决心痛改了。我每天要写一千个小字，二百个大字，请一个先生教我读书呢。”

他说着就匆匆忙忙的回到家里去，仿佛记到了功课还没读熟。

“一个人最怕不能改过，能改过就立地成佛！……”

菊香听见他父亲这样自言自语着。她假装没有听见，但她不能不暗地里赞成这句话。她不喜欢阿珊，但她相信阿珊比华生聪明。她听到阿珊在用工，她非常希望华生也能再读一二年书，使阿珊追不上他，她很想把这意思告诉华生，却想不到华生老是不来。

“一定是病了，”菊香非常焦急地想。她决计自己去看他。但忽然下雨了，一连几天。

“下起雨来，他该不到田里去，到这边来了，”菊香想，眼巴巴的望着他。

但是他仍不来。

“我派一个人去问一下吧，”她父亲知道她在想念华生，就自动提议说。

不久去的人回来说：

“没在家，到桥西去了。”

“桥西去了”她父亲重复着说。“你知道是谁的家里吗，菊香?”

“想是阿波哥家里吧。”菊香回答说。

但那个人却应着说：

“是的，不在阿波哥家里就在秋琴家里呀。”

这话第二天就证明了。

菊香亲眼看见华生走过桥去，也亲眼看见华生从桥西走过来。但他来去不走街上，只走河东的河岸。他一路低着头，没朝街道这面望过一次，像怕谁注意他似的。

“这就奇怪了，”菊香诧异地想，“不走我门口，也不朝这边望……”

过一天，她又看见他往桥西去，由桥西回，一样地走着那一条路，一样地低着头。

又过两天，又是那样。而且去的时间很久：上午去，天黑时回。

菊香终于生气了。

“不管怎样，你就少来几次也好，”她暗地里愤怒的想，“居然这许多天不来！……难道真的又有什么误会了？上次是我写了信找你，这次可不屈服了！……你不理我，我也就不理你，看你怎样……桥西有什么东西好吃吗，去得这样勤，这样久？我这里却许久不来一次！我就这样不值钱？真是个丑丫头不成？……”

“你现在可以放心了，”她父亲忽然在旁边说了起来，“华生并没生病。他常常到阿波哥和秋琴那里去的。想必有什么事情吧。”

菊香没做声。随后她躲在房子里暗暗哭泣起来了。

她又想念他，又恨他。怎样也想不出他为的什么不理她。

“有什么事情呢，他常到阿波哥秋琴那里去？闲谈罢了，这是想得到的，”她想。

然而闲谈可以这么久，而且几乎是天天去闲谈，这又使她不能不怀疑了。

“一定有什么特别的事情，”她想。

她很想调查清楚。但她虽然认得阿波哥和秋琴，平常却没有来往，不能亲自到那边去。她相信阿英聋子会知道，只是等待她来到，但她近来也许久没到她店里来了。

他父亲像完全知道她心事似的，自言自语着：

“一定是什么事情怪了我们了，所以华生不理我们……唉，做人真难，我们不是对他一片真心吗？……他倒容易忘记我们……年青人老是这样，热起来像一阵火，冷起来像一块冰……他现在明明变了心了……”

菊香听见这话像刀割似的难受。“变了心了？”——真的变了心了，华生对她！他完全忘记了她，而且和路人一样了！

“一个人变好变坏，真是料想不到，”她父亲感慨似的说，“可以升天，可以入地。现在世风愈加坏了，今天是最要好的朋友，明天就是最痛恨的仇人……”

菊香静默着不做声。她不相信这话。但不认要好的朋友。她是相信的，华生对她就是这样。

不，她和华生岂止是要好的朋友，她已经是把自己的一生应许了他的。她已经算是完全是他的人。她的心，她的思想和精神全在他身上。他们虽然没订婚没结婚，已经是一对不可分离的未婚夫妻。

而现在——

她的眼泪纷纷落下来了。

“做人要心宽，”她父亲劝慰她说，“眼光要放得远大，菊香，你年轻，什么事情但知其一不知其二。像我，看人看得多了，事情做得多了，所以凡事都比你看得清楚。譬如钱吧，你是看不起的，你说过穷人比富人好。我也知道有许多人因为有了钱变坏了，害自己害人家，横行无忌。世上倘若没有钱，就不晓得会清静太平了多少。可是你就一笔抹煞说富人都是坏的就错了。富人中也有很多是好的。他们修桥铺路造凉亭施棉衣，常常做好事。穷人呢，当然也有好的，可是坏的也不少。做贼做强盗，杀人谋命，全是穷人干的。你现在看不起钱，那是因为你现在有饭吃，有我在这里。倘若你将来做了母亲，生下了三男四女，自己当起家来，这个要穿，那个要吃，你就知道有钱没钱的甜苦了。你应该明白，我对你的关心是比无论什么人都切的，因为你是我亲生的女儿。我想给你找一份比我们更有钱的人家，就是给你想得远，想到了你的一生和你的后代……”

“你这样说，仍想把我嫁给阿珊吗？……”菊香睁着眼睛，问。

“阿珊不阿珊，现在全由你决定了，我不做主……现在是一个文明的世界，你不同意也是空的。不过我看阿珊近来倒也难得，肯求上进，肯学好……他是很喜欢你的，他的爹娘也喜欢你……乡长同我说了几次了，要做媒……昨天还对我提起……”

“叫他们不要做梦吧……”菊香气忿地说。

“我不做主，全由你，我现在完全明白了……不过女孩子大了，总是要嫁人的……照我的看法——这在你看起来是顽固的，不过也不妨对你说说……照我的看法，文明结婚和我们旧式结婚差不多的。女人无非管家生小孩，男人无非赚钱养家人。说是那种好，那种坏，也不见得。我们以前全是由爹娘做主的，几千万年了，这样下来……我和你娘在结婚前就全不相识，结了婚真是夫唱妇随，好得很……所以，唉，”他深长地叹了一口气，停顿了一会又继续说了下去，“自从她过世后，我简直失了魂似的疯，……你不要怪我这几年来糊涂……没有她，我过不得日子呀……”

他转过背，偷偷地揩着眼泪，哽咽了。

菊香一听见提到她母亲，又伤心起来，呜咽地哭着。

她父亲这几年来的糊涂为的什么，她以前的确不明白，她甚至还以为他没有心肝，自从母亲一死，他就对她和阿弟那样坏，现在她听了父亲说出原因来，不由得心酸了。她完全谅解了他，而且看出他是一个好人。对于结婚，她以前也是很怪他的，但现在也原谅他了。因为她知道父亲太爱她了，所以有这样主张。

“他的脑子是顽固的，他的心是好的，”菊香想。

第二天下午，当她和她父亲坐在柜台内的时候，她只是仰着头往桥上望着。她相信可以望见华生。

华生果然又往朝西去了，没回过头往街上望。

“看呀，看呀！”菊香忽然听见她的店铺旁边有人这样说了起来。“又到那边去了……”

是阿品哥和黑麻子温觉元。

“天下反了。所以闹出这种笑话，”阿品哥说。

“你说这是笑话吗，阿品哥？”黑麻子说。“这是丑事，怎么是笑话！你们傅家桥的人倒尽了霉了！”

“谁也料想不到的……”阿品哥回答说，“都是傅家桥人呀……”

“那天我放过了他们，口口声声说再不干了，不到几天又忘记了。”

“这时正弄得如火如荼，难舍难分，怎样能忘记！”

“我说，阿品哥，还是让我发作了吧，”黑麻子愤怒地说。“你这人真是太好了，可是也太没用，全不想给傅家桥人争点面子……”

“不，不，事务员，我请求，放过他们吧，”阿品哥说。“家丑不可外扬。你在这里也够久了，不也就等于傅家桥人吗？……”

“我？我是柴岙人！这名字是叮叮当当会响的，你们送一千一万，我也不要做傅家桥人！……唉，唉，好羞呵……”

“算了吧，黑麻子，你们柴岙人也不见得干净得和天堂一样的！”

“嘘！柴岙地方就连一根草一块砖也干净的，比不得你们傅家桥！……我这事务员实在不想做了，我来发作，和你们傅家桥人拼一拼吧！……”

“你放过他们吧。”

“不是已经放过一次了吗？我以为他们会改过，那晓得仍然这样！……”

“有一天总会改的……”

“有一天？那一天呢？等他们生下私生子来吗？”

“你做好人做到底吧……”

“嘘！你不羞吗？怪不得傅家桥出阿波狗养的，给人家拉皮条！……我不答应！我把他们双双绑了来给你们看！……我是乡公所的事务员，我有公事上的责任！我把他们绑在桥上，赤裸裸的，给你们傅家桥人看……我不要这饭碗了，你们不答应，我同你们拼一拼！”

“你不要逞强吧，我们这里单是华生一个人就够把你按在地上了。”

“哈，哈，哈……”黑麻子笑着，“等他醒来，我早已把他和秋琴绑在一条绳子上了，赤裸裸的。随他有多大的气力……”

菊香觉得屋子旋转了起来，柜台升得很高，又立刻翻了转来落到了地上。她再也支持不下去，附着桌椅，走进了自己的卧室，失了知觉，躺倒在床上。

许久许久，她才清醒了过来，看见她的父亲用冷水抹着她的额角。

“你怎么呀，菊香？你清醒，你清醒！……”他哭丧着声音说。

“我？……我……”她哽咽地回答不出话来。

“你喝一点水吧，唉唉，真想不到……”他提给她一杯开水。“你得保重自己身体呵，菊香，为了我，为了我这个可怜的父亲……”

“是吗？……”她喃喃地说，“我……我……”

随后她紧紧地牵着父亲的手，伤心地哭了。

“是的，我……我还有一个父亲……一个可怜的父亲……一个最疼我的父亲……”

“可不是？我最疼你……”

“我受了骗了……我……”

“我可没有骗过你呀……”

“是的。华生可骗了我……”

“那是人家人，你伤心做什么呀……我早就看出来了，不是个好东西……但我可没想到他会坏到这步田地……”

“谁能想到呵……”

“真是知人知面不知心呀，菊香，尤其是年轻的男子……”

“看我对他报复！”菊香突然坐起身，忿怒地扯着自己的头发。“看我对他报复……”

“放过他吧，以后再不要理他就是了。他是他，你是你……”

“不，决不！……”

“我去把华生叫来，当面骂他一场，从此分手也好……”

“我不再见他的面了！”

“我来骂！”

“不！”她站起来，走到桌子边，拿了纸笔。她的手气得发抖了。

“你做什么呀，菊香？好好休息一会吧。”

菊香仿佛没有听见她父亲的话，立刻颤栗地写下了一张条子：

华生，你干的好勾当！我把你当做人看待，那晓得的你狼心狗肺！你以为我会想你吗？我其实恨你已极。我和你从此绝交，且看我对你报复！

“呵呵，这些话不必说的，”她父亲笑着说，“你孩子气，太孩子气了。”

“你不必管我，叫人把它送去！”

“好，好，你去休息吧。我叫人给你送去。”

他叫人把这信送到了华生家里。但是华生天黑才回家。他一见到这信，立刻疯狂地把它撕成粉碎了。

“你才是干的好勾当呀！……”他叫着说。“一次两次去看你，不见我，叫人挡住了门。等我走了，你出来了，等我来了，你进去了。阿珊来了，你陪他，有说有笑……你以为我不知道吗？……人家都是这样说的，谁不知道你们的事！……现在，你收了人家的戒指，收了人家的聘礼，怕我来责问你，却来一封这样的信，其实我早已不把你放在眼内了……”

他提起笔，写了一封回信，第二天一早走到阿英聋子那里去。

“给我送给那丫头！”他冷然的说。

“什么？”阿英聋子惊讶地问。“那丫头？”

“是的，那丫头，豆腐店的！”

“你自己不去，倒叫我送去？我不去呀！”

“你不去就丢在你这里，”华生说着走了。

阿英聋子呆了半天，望见他走远了，才把那信揣在自己的怀里，叹息着说：

“唉，年轻人真没办法，不晓得又闹什么了……没结婚也是这样，结了婚也是这样……只有两个人抱在一起又什么都忘记了……”

她一路向街上走，一路喃喃地自言自语的说：

“这一对年轻人，也真的太叫人喜欢呀，都是那样的聪明，那样的好看，那样的能干，并且都是好人……唉好人呀好人……现在好人可做不得，不晓得他们得罪了什么人，两边都起了谣言了，说是一个和阿珊要好，一个和秋琴要好……天呀，他们自己还睡在鼓里哪！……”

她没有理睬坐在店堂内的朱金章，一直走进菊香的卧室。

菊香躺在床上，醒着，眼睛非常的红肿。

“天呀！”阿英聋子叫着说，“什么时候了，还不起来？……怎么，又哭过了！唉，年轻人真没办法……”随后她抽出信来，低低的说：“现在该笑了，该欢喜了，毛丫头！……真把我烦死了，扭扭怩怩的……”

菊香突然坐起身，开开了信：

豆腐店丫头，你才是干的好勾当！你才是狼心狗肺！我其实恨你已久已极，从此绝交，欢迎之至！且看你报复！

菊香气得变了脸色，半晌说不出话来，随后用力把那条子撕成了粉碎。

“这……这……”阿英聋子惊骇得发着抖，“你们玩什么把戏呀？……”

菊香没回答。过了一会，她的脸上露出了苦笑，叫着说，“爸！……你来！……”

她父亲立刻进来了。

“我听你主意了，无论和谁订婚……”

“真的吗？……好孩子，……”她父亲满脸笑容的说。“那末，就是……阿珊怎么样呢？”

菊香低下了头。

“你终于自己清醒了，好孩子……这原是你一生的福呵……不瞒你说，人家的……订婚戒指早就送来了……单等你答应一个‘是’字呢！……”

他说着从箱子里取出一枚金戒指，交给了菊香。

菊香没仔细看，便把它套在自己的手指上举起来给阿英聋子看：

“告诉他，我已经和别人订婚了！……是傅阿珊，听见吗。……”

随后她倒在床上，又伤心地哭了起来。

“这……这……”阿英聋子目瞪口呆了半晌，接着伸伸舌头，做着哭脸，两腿发着抖，缓慢地退出了菊香的房子。

走出店门口，她叫着说：

“完了，完了！……天呀！……”

十　五

傅家桥又忙碌起来。一则是阿如老板和朱金章正式给他们的儿女订婚了，村里的人有不少知道其中屈折的，纷纷议论不休，一传十，十传百，立刻成为闲谈的好资料；二则是这时已到十月初旬，霜降早过，正是立冬节边，格外地迟熟的晚稻终于到了收割的时候。

每天天才发亮，农人们已经吃过早饭，赶到田头去，随后便陆续地把潮谷一担一担的挑到自己屋前的晒场上，草坪上，空地上。女人们预备好了茶饭，便去筛簸那夹杂在潮谷中间的稻草和秕谷，接着又忙碌地把谷子摊开在篾簟上晒着。孩子们送茶送饭，赶鸡犬管谷子，也都没有一些闲空。

这在农人们是一个极其辛苦的时期，但在往年也是极其愉快的时期：那一粒粒金色的成熟的谷粒是他们将近半年来的心血的结晶，所以一到收获，田野上总是洋溢着活泼的歌声和叫喊。

但是这一次，虽然一样地忙碌，却是可怕的沉郁。田野上只听见一片低低的绝望的叹息声，只看见农人们的忧愁地摇着头。以前是，谷粒已经成熟了，又肥又嫩的稻茎还在暗地里长着，镰刀割下去，发出清脆的嗖嗖的响声；现在却是干瘪瘪的，又韧又老，但听见诉苦似的唏咕唏咕叫着。以前是，一把把的满结着谷粒的稻秆击着连枷，发出嘭嘭的结实的响声，被击落的谷粒像雨点似的沙沙地洒下了稻桶里；现在却只听见嘶哑的哺哺地响着，而且三次四次重复地敲击着，很少谷粒落到稻桶里。

“都是秕子……都是秕子……”农人们皱着眉头，望着那满结着秕谷的稻秆，不息地叹息着。

但在许多农人中，却有三个人没发出叹息声。那是阿曼叔——瘦子阿方的父亲——葛生哥和华生。

阿曼叔近来愈加瘦了，面上没有一点血色，灰白的头发已经秃了顶。不知怎的，他那长着稀疏的黄胡须的下巴，这几天里常常自己抖颤了起来。每次当这毛病发作时，他总是用力咬着那脱完了牙齿的下唇，咽着气，于是那抖颤才渐渐地停止了。但这也只是暂时的。过了不久，它又会发作，仿佛那下巴已经脱离了他的身躯，独立起来似的。

“日子不久了，”阿曼叔想，全身起着冷战。

他已经活上六十几岁，可以说也够长寿了。倘若阿方活着，他是决不会留恋，决不会这样怕死的。他以前也曾生过几次病，心里便很和平，觉得虽然穷，有着阿方那样的儿子，又谨慎又勤苦，万事都可放心了，况且底下有两个孙子，两个孙女，福气也不坏。

“告老也好，”他说，“迟早要走的。”

但现在，自从阿方死后，阿曼叔一想到“死”，就恐怖得发起抖来。媳妇是个女人家，孙子还小，倘若他再死了，以后怎样过日子呢？……

他要活下去，工作下去，一直到孙子大起来。

“返老还童……”他常常祈求似的说，不息地工作着。

但是他精力究竟越来越差了：重工做不得，轻工也继续得不久就疲乏了下来。一身筋骨好像并不是他的一般，怎样也不能听从他的意思。尤其是背脊骨，不但弯不下去，而且重得像负着几百斤东西似的。每次当他向田里检取他所雇的短工割下的稻秆，他总是楞着腿子，慢慢像孩子似的蹲下去，然后慢慢挺起身子，靠着稻桶休息了一刻，才用力举起稻秆，向连枷上击着。

“哼！……哼！……哼！……”他不息地低声叫着。

他倒并不叹息今年年成坏，收获少；相反的，他觉得这一粒粒的，无论是谷粒或秕子，都像珍珠似的宝贵，甚至那些干瘪的枯萎了的稻秆，在他也像稀世的宝物一般，只是用手轻轻捻着，抚摸着。

这并不像是田野上的谷粒和稻秆，这像是他的儿子阿方。他在这里看到了他的微笑，听见了他的亲切的语声，摸到了他的瘦削的四肢，闻到了他的落在泥土上的滴汗的气息……

“他在这里……在这里……”阿曼叔暗暗地自言自语着，心中像是得到了无限的安慰，忘记了工作。但过了一会，他便像失了知觉似的，连眼前的田野也看不见了，不知道自己在做什么，只是幌摇着身子，机械地举着一把稻秆在连枷上打了又打。

阿曼叔的这种神情和感觉，只有隔着一条田塍工作着的葛生哥注意到，也只有他最能了解。葛生哥自从大病后，身体还未完全恢复康健，也正是勉强挣扎着在那里打稻。而他的第二个儿子的影子也不时在他的眼前忽隐忽现着。

但葛生哥是向来不肯长嘘短叹的，他总是有苦往肚里吞。而同时，他又常常这样想着，来安慰自己：

“注定了的……命运注定了的……”

于是他便像什么都忘记了一般，一面咳喘着，一面举起稻秆向连枷上敲了下去。

华生很少注意他，也不和他说闲话，只是弯着腰，迅速地一把把的割下稻秆，整齐地摆在田上。有时觉察出阿哥离开那一排排的躺着稻秆太远了，便走过去帮他把稻桶推了近去。

“你也该歇歇了，”他说着没注意葛生哥的回答，已经走到原处割稻去，因为他知道，无论怎样说，阿哥是劝不转来的。

此外，他的全部的思想正被憎恨，愤怒和痛苦占据着，没有一刻安静。

菊香那丫头，他知道，已和阿珊那厮正式订婚了，而且是自愿的，大家传说，所以叫做文明订婚。乡长傅青山是媒人，这又是体面极了——哼！……

华生简直不愿意想到这些事情，这些事情太卑鄙可耻了。但是不知怎的，他的脑子总是被这些事情紧缠着：一会儿菊香，一会儿阿珊，一会儿阿如老板，一会儿乡长傅青山，接着便是黑麻子温觉元，阿品哥……

“有一天……”华生紧咬着牙齿说，把一切愤怒全拼发在镰刀上，一气就割倒了长长的一排稻秆。

随后他看看割下的稻秆积得多了，便走过去帮着葛生哥打了一会稻；待稻桶里满了谷子，他又把它装在箩里，挑到屋前去，交给了葛生嫂。

“全是秕子！三成还不到！”葛生嫂不息地叫苦说。“你们辛辛苦苦割下来做什么呀！让它烂在田里还好些！这种秕子，连鸡也不要吃的！”

华生没回答，挑着空箩走了。他不注意这些。他做工是为的要度过苦恼的时光。

但时光是绵延不尽的，而他的苦恼也像永不会完结的模样。不但他一个人，他觉得几乎所有的穷人都一样。眼前的例子太多了；他的阿哥，阿波哥，阿曼叔……他们的一生都清楚地横在他眼前了，全是透不过气来似的过着日子……

“这样活着，不如早点了结！……”他绝望地想，“要不然，就去背枪杆，痛快地杀人放火，跟敌人拼个你死我活……种田不是人干的！……永生永死出不得头，受辱受耻出不得气……”

他这样想着，挑着空箩往田头走去，忽然望见田野上起了纷乱……

像发生了什么意外似的，附近的农人们都纷纷背着扁担，镰刀和一些零碎的农具向家里跑了。没有一声叫喊，也没有言语，只是互相用手摇着打招呼，轻手轻脚的在四面溜着。

有好几个人一脸苍白，慌慌张张的从华生身边擦了过去，华生才站住脚想问他们，他们只挥一挥手，表示叫他回家，便已跑远了。

“奇怪！奇怪！……”他喃喃地自语着。往四处望去。

四处并没有什么不同，只见农人们四散跑着。他看见他的阿哥和阿曼叔也远远地背着一些农具向这边跑来了。

“天崩了吗?”他忽然看见永福和长福两兄弟迎面跑

来，他便用空担子挡住了路，这样问着。

但是他们没有回答，对他撅一撅嘴，哭丧地皱了一皱细小的眼睛，就想从扁担下窜了过去。

华生立刻把永福的手臂捉住了，用后面的一只空箩挡住了长福。

“什么事情呀，这样大惊小怪？快说！”

“嗳！走吧！……”永福低声地回答说，竭力挣扎着想溜了走。

华生紧紧地握着他的手，不肯放松。

“说吧！说了放你！”

永福慌了，发着抖，东西望了一望，贴着华生的耳朵。

“共！……”

“什么？……”

“共！……来了呀！……”

“来了？”华生重复着说，不觉笑了起来，“我们有什么好共吗？真见鬼呀！——回去，回去！跟我到田头去！”

“天呀！……”永福叫了起来，“别开玩笑了！……”

“来了，我给你们担保！……哈，哈，哈！……”华生愈加大声地笑了起来，故意不肯放手。

长福急得发气了，握紧了拳头。但永福一面对他兄弟摇着手，一面哭泣似的说：

“饶命吧，华生，我求你……”他屈下膝，想跪了下去。

华生松手了，露着可怜的神情，说：

“想不到这样胆小……”

随后他看见他们没命似的跑去，又不觉哈哈大笑起来，喃喃地说：

“我道什么大祸来了，原来是这样一回事……”

他挑着空箩，重又向前面走去。他看见他的阿哥和阿曼叔也慌慌张张地来了。他们老远的就对他挥着手，要他回家。华生笑嘻嘻地摇着头迎了上去。

“走吧，华生，”葛生哥终于惊骇地把他挡住了。“消息不好，避过风头再来收稻吧……”

“你怎么知道？”

“不看见大家都散了吗？……东洋人打来了……”

华生不觉诧异起来：

“一个说是共，一个说是东，到底是什么呀？……”

“我们也不清楚，”阿曼叔插入说，“人家但做着手势。不管怎样，风势紧得利害了，华生，我们走吧，避过再说……”

“你们回去吧，”华生回答说，“让我去打听个清楚。”

“你疯了吗，华生？”葛生哥惊骇地握住他的手臂。“人家都回家了，你要出去！……”

"我又不是三岁小孩！脚生在我的腿上，自然也晓得跑的！……"

他用力挣脱手，一直向街的那边跑了去，头也不回。他一点不觉得恐慌，他不怕死。因为他根本就不爱活下去了。

一路上，他看见人家全把门窗关起来了，轻手轻脚的像怕谁听见了声音。屋外零乱地丢弃着农具，稻谷和衣物。接着就到处沉寂得死一般。

走近桥边，他首先注意到阿如老板的丰泰米店早已关了门，门口贴着红纸条，写着四个大字："关店大吉"。

桥头保卫队的牌子取下了，在桥边的水上浮着。屋子里没有一个兵士，门大开着。

街上静悄悄的断了人迹。

宝隆豆腐店门口贴着"空屋出租"，是菊香的笔迹。阿品哥的饼店门口是"迁延通告"，倒填着一个月前的时日，阿生哥的顺茂酒店是"渐停营业，宣告破产，"写着别字。

"真是儿戏！……"华生忍不住笑了起来。"怎么贴这些不吉利的条子呀！……"

他觉得这样的痛快，简直是有生以来第一次。他的所有的气忿和苦恼全消失了。住在这条街上的，几乎都是些坏人，又都是些自以为了不起的人物，平日作威作福犹如皇帝，现在却都像老鼠似的躲得无影无踪了。

“且看他怎样!”

华生忽然想到傅青山，便走完街道，转了个弯，远远地朝那所楼屋望去。

他不看见门前的党国旗和乡公所的牌子。门关得紧紧的，也贴着一张纸条，不晓得写的什么字。

“好不丢脸!”华生喃喃地说，“从前的威风那里去了呀？狐群狗党，现在全倒了！……”

他由原路回到街上，慢慢地往西走着。他已经许久没到这街上来了。

他厌恶这条街，因为它给过他许多耻辱，无限的耻辱。但是现在，——看吧！这边那边贴着什么样的条子呀！那些有钱的人，有势的人，风流的男子和漂亮的女人那里去了呀？这条街，甚至整个的傅家桥，现在是谁的呢？……他几乎不想离开这条街，他要在这里走着，站着，坐着，甚至大声地笑着，唱着，看他们怎样度过这日子……

他忽然想起阿波哥来，便过了桥，向西走去。

这边的屋子也全关上了门窗，静寂得连鸡犬的声音也没有。

“这些本领倒不坏!”华生暗暗惊讶说。“小孩子和畜生最难清静，也给他们堵住口了。现在傅家桥真是全死了——哈！……”

他走到阿波哥门口，门也关着。敲了几下，没人来开门。

“这就奇怪了，”他想，“连阿波也会害怕起来吗？”

他静静地细听了一会，仿佛里面有什么东西在响。他止不住大声叫了起来：

“开门呀，阿波哥！我来了，听见吗？——是华生呀！”

里面没有回答。但过了一会，门忽然呀的开了。

华生惊讶地望着：站在门内的不是阿波哥，却是一个二十几岁的青年。

“啊，是你吗，明生！许久不见了。自从那晚在街头听唱新闻后，你这一晌到那里去了呀？”

“我吗，华生？”明生嗫嚅地回答说，红着脸，像有余悸似的。“我到城里做买卖去了……刚才回来的……进来吧……我们细细谈……”

他说着连忙又把门拴上了。

“阿波哥呢？”华生问。

“他就来……打听消息去了……你听见什么消息吗？……”

“什么消息也没有，店铺全关门了，招租的招租，召盘的召盘，好不有趣——你从城里来，听见什么消息吗？”

“把我吓死了，”明生皱着眉头，摸着心口说。“城里好好的，不晓得怎么一过岭来，到处的人都躲起来了，一路上只看见关门闭户。我要躲没处躲，只好硬着头皮，三步做一步跑，一口气到了这里……幸亏阿波哥的门开着，我就冲了进来……”

“到底什么事情呢？”

“听说东洋人来了……唉……真糟……做亡国奴的时候来到了……”

“谁说的东洋人来了呢？”

“大家都这样说的……”

“怎么知道呢？”

“一路上只见人家做着手势，比无线电还快，什么人都躲逃起来……说不定马上就……”明生的声音战栗了起来，失了色。

外面有人敲门了。

“明生，开门！”

明生听出是阿波哥的声音，又立刻红了脸，赶忙走过去开了门。

“怎么样呀，阿波哥？你听到什么消息？”

阿波哥没回答，一眼看见华生在这里，便对着华生笑了起来。

“你真大胆，华生！怎么这时还出来呀？”

“有什么好怕的，”华生回答说，“你又到那里去了呢？”

“这个这样说，那个那样说，问问秋琴，说是报纸上没一点消息，跑到街上去，店铺全关了。”

“可不是!”

“从来没看见过这样可怕，傅家桥比在夜里还冷静——夜里还叫得开门，现在却没一点办法。”

“那怎么办呢，阿波哥?”明生焦急地问。“立刻会来吗?……”

“谁晓得。你且在我这里过一夜再说。要来总是夜里来的，明天早晨就见分晓了。急也没用，不如安心下来吧。”

“嗯，”明生应声说，但是心里仍辘辘的不安。

“好，且看明天，”华生接着说。“看起来今晚上有人要挖地洞了，把乡公所的屋子搬到地下去，把丰泰米店开到地下去，然后——嗳，阿波哥，你说我们那时候出多少捐钱呀?”

阿波哥笑了笑，没回答。

“那时捐钱才多呢，”华生继续了下去。“地洞捐，马路捐，掏河捐，埠头捐，保卫捐，住户捐，这样捐，那样捐……吃得肥肥的，胖胖的。我们呢?填炮眼，塞枪洞，做肉酱，熬阿膏……”

华生停止了话，外面有人在轻轻的敲门，接着听见带呛带说的声音：

“阿波哥……”

华生辨得出是他阿哥，立刻开了门。

葛生哥喘着气，惊惶地跑进来，叫着说：

“果然在这里！……你把我们急死了……”

阿波哥立刻走近去，扯着葛生哥，说：

“坐一会吧；葛生哥。脸色怎么这样坏……不要着急……”

“风声多么紧，华生还要跑出来……你说我们放心得下吗，阿波弟？”

“此刻外面怎么样了呢？”

“街上在搬家了，说是明天才能到这里，今晚还来得及逃……”

“逃了就完了吗？”华生问。

“不逃怎么办呀？快走吧。”

“暂时躲开吧，华生，”明生渐渐活泼了起来，“三十六计走为上着！——大家都逃了，不走做什么！”

“我要看！”华生愤怒地叫着说。

“看什么呀？”葛生哥蹬着脚也叫了起来了，“是东洋人，飞机大炮快来了！”

“拼！”华生握紧了拳头。

“算了，算了，华生，”明生推着他说，“我们一道走吧，换一个地方再来想法对付……现在走开再说……这里不是好玩的，后面就是海口呀……”

“明生的话不错，”葛生哥接着说，“先走……”

“我不走!”

“我看你们回家商议吧,”阿波插入说,“走也好,不走也好,从长计较。我是不走的,单身汉,祖坟在这里。”

“可不是,阿波弟,”葛生哥感动地说,“就是为的这个,我也不想走呢……华生,快点回家吧,你不走,就大家不走,谅你阿嫂也舍不得丢弃那破屋的……她是女人家,这时留在家里,你该晓得她在怎样着急……”葛生哥说着满脸都是皱纹,额上湿漉漉地出了汗。

华生终于苦恼地跟在后面走了。

“明天一早再来看你,”他回头对阿波哥说。

“我去看你吧,”阿波哥在门口回答着。

葛生哥摇了一摇头,喃喃地自语说:

“年青人真没办法……一点小事,怪我不着急,这样紧急,却说明天……”随后他提高声音说:“走得快一点吧!华生……”

但是华生只是缓慢地走着,一路上这里望望,那里看看。

他看见靠近街头起,真的有些人家在搬了:挑箱子的,背被包的,挟包裹的,抱孩子的,搀女人的……慌慌张张连头也不敢抬起来,全向桥西溜了走,一点声音也没有。

从前连一根草也不愿舍弃的人,现在把许多宝贵的东西丢着逃走了；从前穿得好，吃得好，现在故意扮得蓬头跣足的穷人模样，不以为耻了；从前横暴恣肆作威作福，现在低声下气，乞助求援了……

华生不觉感到了一阵凄凉。

“可怜呵可怜……”他暗暗叹息着，拖了沉重的脚走向家里。

十　六

时光在恐怖和纷扰中一天天艰苦地挨了过去。直到第六天，傅家桥人已经走了一大半，还不见有什么意外发生。村庄，田野，房屋，道路，以及蜿蜒的河水，起伏的山岳都安静地躺着。甚至那些被丢在田野上，草坪上的稻谷和一切东西，也都原样的摆着，没有看管的人也没有偷盗的人。大家今天怕明天，早晨怕夜晚，好像大祸不旋踵就来似的，几乎连气也不敢透。

但是第七天下午，傅家桥忽然苏醒了。

从前不晓得逃到那里躲在那里的人出来了很多，而且欢天喜地的到处跑着。

“乡长出来了！……乡长出来了！……”一路上有人叫着。“开门！开门！天下太平！……”

乡长傅青山果然到了街上。前后簇拥着许多人。他似比以前瘦削了许多，但满脸露着得意的微笑，从黑眼镜的玳瑁边外望着人，不时微微点着头。他一手支着黑漆的手杖，一手频频摸着八字胡须。他走得很慢，这里停一停，那里息一息。

在他周围的是一些保长，年老的阿金叔和阿浩叔，孟生校长，黑麻子温觉元，阿如老板，朱金章，阿品哥，阿生哥，阿珊，都穿着整齐的长袍马褂，严肃的面色中带着一点喜悦，仿佛是去参加什么庄严的宴会模样。

前后走着四个保卫队丁，全副武装，精神抖擞。

他们静默地走完桥东的大街，便过桥往西循着大路兜了一个小圈子，然后又沿着桥东的河岸朝葛生哥的屋外走了去。

傅家桥立刻显得热闹了。家家户户开了门。几天来像地鼠似的躲藏着的男女老少全从屋子里溜了出来。

“怎么样呀？……”许多人低声的问。“不要紧了吗？……”

“不看见乡长在笑吗？”有人低声的回答。

“呵，呵……菩萨保佑……”

乡长走过后，大家便赶忙开始工作了：田野上，草坪上，埠头上，立刻忙碌了起来。

葛生哥一家人正在家里闷坐着，忽然听得外面闹洋洋，同时看见邻居们全跑出去，也就一齐跟了出去。

葛生嫂一手抱着小女儿，一手牵着大儿子，一路叫着：

“天呀！现在见到天日了！……七天来，比坐地牢还难受呀！……天晓得我们怎么过的！……天晓得……”

葛生哥沉默着，加了许多皱纹的脸上也露着喜悦的神情，直至乡长的队伍走近来时，他低声的说：

“我老早说过，老天爷会保佑的——不要做声，乡长来了！……”

华生一直从人群中挤了过去，站在一块贴近大路的石头上望着。他知道来的是些什么人。他讨厌他们，但他想知道他们做些什么。

他远远地望见那一群人穿着整齐的衣服和严肃的面孔，就不禁暗暗发笑起来。过去的狼狈情形，现在可还深刻在他的脑子里。尤其是那渐渐走近来的雄纠纠的保卫队丁，使他记起了那块浮在水面的牌子。

“我们年年出了不少捐钱，谣言一来，他们先跑了，这时却耀武扬威的保护着那班人！……”

华生不觉愤怒起来，睁大了眼睛，正朝着在下面走过的保卫队丁的脸上射着厌恶的目光。

但他们没有留心，在他们后面的人们却注意到了。华生看见那一群可恶的人，本来露着喜悦而庄严的神情的，走近他的时候，都故意做出了种种的丑态。

第一个是阿如老板。到得华生身边，他故意仰起头来，翻着眼珠朝着天，露着不屑看他的神情，而同时却又挺着大肚子，缓慢地用手抚摩着，表示出他的骄傲。

第二个是黑麻子温觉元，偏着头，朝着华生这边，不时射出狡滑的眼光到华生的脸上，又不时撅着嘴，蹙着鼻子，现出凶恶的神情，用大拇指缓缓地点着其他的食指，仿佛在计算什么刻毒的计策似的。

后面是阿浩叔，一路摇着头，像在对华生叹息着。

再后面特别缓慢地走着乡长傅青山，左手捻着须尖，低着头，从眼镜边上射出往上翻着的眼珠的光来，微微蹙着眉毛，显得十分严厉的神情，像对华生一点不肯放松的模样。

傅青山的后面是阿珊，梳着光滑的头发，露着得意的微笑，两只眼珠滴溜溜地，忽然往右转，忽然往左转，伸着嘴唇，咂咂地动着，好像在和谁接吻一般……

华生气得一脸苍白，觉得眼前的天地渐渐旋转了。他的腿发着抖，已经无力站着，便不由自主地溜倒在那石头下。

直至那快乐的观众渐渐散尽的时候，他才有了控制自己的能力，勉强挣扎着回到了自己的屋里。

“一网打尽，狐群狗党！……”他咬着牙齿，恶狠狠的发誓说。

他一夜没睡得熟，头里有火在燃烧，耳内轰轰地响着，眼前一阵阵地映现着各色各样的可恨的人物。天色渐渐发亮，他才软瘫瘫的睡熟去。

但是不到一点钟，他忽然被争吵的声音惊醒了。他首先听见的是葛生嫂的叫喊：

“我们不要做人了吗？我们那里来这许多钱！天灾人祸接二连三的来，我们自己连饭也没有吃了，还有什么钱！傅家桥有钱的人多着，却动不动问我们穷人要钱！我不出！杀了我也不答应！”

“不答应也要你答应！不出也要你出！哼！看看外面站着什么人吧！”

华生突然坐起来了。他辨别出那说话的声音——又是黑麻子温觉元！

他愤怒得火往头顶冲，一手扯起衣服往身上一披，冲到了外面的一间房子，睁着火一般红的眼睛凶狠地钉着黑麻子温觉元。

“又做什么？”他捏紧了拳头。

“要——钱呀！”温觉元玩笑似的说。

“要什么钱？”

“捐钱。”

“什么捐钱？”华生前进了一步，声音越来越大了。

葛生嫂立刻攀住了他的手臂，叫着说：

“华生！我们真活不下去了！又是断命的捐钱！听见吗？要我们出五元！千刀万剐的瘟麻子！不答应！不答应！不答应！……”

“不止五元呢，”黑麻子微笑地说。“还要备一桌酒席，还要……”

“还要什么?”华生又前进了一步，准备举起拳头来。

黑麻子倒退了一步，说：

“还要你一道去——来!”他回头对着门外叫着。

门外一阵枪柄声，冲进来了两个保卫队丁，用上着刺刀的枪尖对准着华生。

“带他走!”黑麻子叫着说。

华生正待抵抗，一个队丁举着枪尖，往前走进几步逼着他，另一个队丁已经握住他的两臂，接着用绳索把他捆上了。

“先给你尝点滋味!”黑麻子说着，走近去就是拍拍的几个耳光。

葛生嫂发疯了。她跳过去扯住了黑麻子的衣襟，一手拖着他的手腕，蹬着脚大叫起来：

“救命呀！救命！……人到那里去了呀！阿曼叔!”她看见邻居们奔了出来。“救命呀，阿曼叔！救命呀！……”

阿曼叔踉跄地从许多人中奔到了黑麻子面前也攀住了他的手臂。

“看我面子吧，放了他，有话慢慢商量呵……”

“放了他？好不容易呀!”黑麻子回答说。“乡长命令，他们捐五元开欢迎会，一桌酒席，派他背旗子去欢迎唐连长——官兵就到了，晓得吗?”他回过头去对着华生的脸，“是官兵呀！捉贼捉强盗的!”

华生被紧紧地绑着，动弹不得，脸色苍白的可怕，左颊连耳朵被打得红肿肿的，睁着火烧似的眼睛，恶狠狠地回答说：

“狗养的，老子不答应！……”

阿曼叔用手扪住华生的嘴，劝着说：

“华生，委屈一点吧，不要动气，你是明白人呀……看我面孔吧，阿觉哥，”他又转过头去对黑麻子求情说，“他到底年青，况且当家的不是他，那是葛生，他一定会答应的……”

“答应的?”葛生嫂又直跳起来了，“那是我！当家的是我！决不答应！打了人，还能答应吗?我们一年到头只够出捐钱，数目又比人家多，他们眼睛瞎了吗?把我们穷得波罗诘谛的人家当做了肥肉，今天这样捐，明天那样捐……”

“当心点吧，”黑麻子恫吓说，“要不是丑婊子，就把你一道带去……”

“你就是丑婊子生的，才一脸黑麻子！你放不放人?你这疯虫！你们大家评评看吧!”她对着越来越多的人众说，“我们是穷人，他要我们出这样那样捐钱！全是他和乡公所干的！我们要乡公所做什么的呀！……还要捉人，还要打人……”

围在门口的人渐渐有点兴奋了，脸上多露着不平的神色，喃喃地私相评论起来，勉强抑制着愤怒，仿佛在等待时机准备爆发似的。有几个农人已经握紧了拳头。大家把门口围得水泄不通，并且一步步向前挤拥着，形成了一个包围的形势。

黑麻子是个聪明人，他虽然带着两个武装的队丁，但看见形势严重，知道无法冲出这围困，心里也起了恐慌，正想让步，忽然看见面前的人群让开一条路，葛生哥来到了。

“怎么呀，阿觉哥？”他颤声叫着，十分的恐慌。“他年纪轻，总是闯祸的……什么事情归我担保吧……”

“你看吧，弥陀佛，”黑麻子沉着脸说，“你的阿弟要打人，你的女人在骂人。我是奉了乡长命令来的，打我就是打乡长，骂我就是骂乡长呀！……”

“什么乡长！狗养的乡长！”华生骂着说，“你是狗养的子孙！”

“哈，哈，哈……”群众大声地笑了，笑声中带着示威的意味。

“华生！”葛生哥叫着说。“你这么大了，又不是女人，学你阿嫂吗？——走开，走开！”他回头对着葛生嫂说，“你懂得什么！你是女人家！闭嘴！不要你管闲事！……阿方弟妇，立辉弟妇，”他又转过头去对着旁边的女人们说，“请你们先把她拉开吧，——唉，什么事情搀进她来就糟了！……真没办法……”

“这就对了，”黑麻子笑着说，“弥陀佛出来了，就什么事情都好商量……我原来是来找你说话的，那晓得碰到了这两个不讲理的东西！”

“是呵，阿觉哥，万事看我面上……”

“那自然，莫说是我，乡长也要给你面子的！谁不知道弥陀佛是个好人……唉，傅家桥人都学学弥陀佛就天下太平了……”

“乡长命令，我都依，阿觉哥，……他们得罪了你，是我不是……还请看我面上……”

“好了，好了，阿觉哥，”阿曼叔也接着说，“弥陀佛是家长，他的话为凭……就放了华生吧……”

“就看你们两位面孔了，”黑麻子说着转过头去，对着队丁，“我们回去！”

队丁立刻把绳松了。华生愤怒地一直向黑麻子扑过去，却被葛生哥和阿曼叔抱住了腰和背。

“打！……打！……打！……”群众中有些人在叫着，挡住了黑麻子的去路。

“做什么呀，华生！”葛生哥叫着，“你让我多活几天吧！——走开！走开！”他对着群众叫着，“大家让我多活几天——听见了吗？那是我的事，不关你们！天灾人祸，还不够吗？掀风作浪做什么！你们要打，就先打我——可怜我呵，老天爷，我犯了什么罪呀！……”

群众静默了，华生静默了。叹息在空气中呻吟着，眼泪涌上了一些人的眼里。大家低下头，分开一条路来，让黑麻子和队丁通过去，随后摇着头，一一分散了。

十　七

一连四五天，华生的脸上没显露过一点笑容。他只是低着头，很少说话，没有心思做事情。但为着葛生哥的身体不好，咳嗽又变利害了，他只得每天在田头工作着，把那未割完的稻全收了进来。

他受了黑麻子的那样大侮辱，竟不能反抗，不能报复，他一想到这事情，他的心就像被乱刀砍着似的痛苦。尤其使他哭笑不得的，是他的阿哥竟和他这样相反，他被黑麻子捆了打了，他阿哥却不问皂白，首先就对黑麻子说好话，答应了捐钱，答应了酒席，还跟着一些恶绅，土棍，流氓，奸商和冒充农人的乞丐背着旗子，放着鞭炮，到十里外去欢迎官兵来到！

而那些官兵呢，自从到得傅家桥，就占据了祠堂庙宇，学校民房，耀武扬威的这里开枪那里开枪：忽而赶走了田头工作的农人们，推翻稻桶，踏平稻田，平地演习起来，忽而占据了埠头，夺去了船只，隔河假袭起来；

忽而拦住街道，断绝交通，忽而鸣号放哨，检查行人……几乎把整个的傅家桥闹得天翻地覆了。这一家失了东西，那一家寻不到鸡鸭；女人和小孩子常常躲在家里不敢走出去，男人们常常静默着，含着愤怒在心里。

从前很多人想，官兵来了，天下会太平的，所以当时看见华生不肯纳捐，给黑麻子打了一场，虽然有点不平，暗中也还觉得华生有点过火。但几天过后，大家看明白了，并且懊恼着自己不该缴付捐钱。

"不如喂狗！……"他们暗暗愤恨地说，"狗倒会管家守夜的！"

他们渐渐不约而同的来看华生了，一则是想给他一点安慰，二则也可申诉申诉自己胸中的郁积。

"都是那些坏种弄出来的！我们已经知道是谣言了，他们却去迎了官兵来！……现在才做不得人了……有一天，"他们咬着牙齿说，"时机一到，决不能放过他们！"

这些话使华生又渐渐振作精神起来了。他看出了凡是穷人，凡是好人都是同情于他，憎恨那些有势有钱的坏人的。大家都已经有了一种决心：铲除那些坏人！

"铲除那些坏人！"华生喃喃地自语说，"是的，铲除那些坏人！……我应该给傅家桥人铲除坏人！……"

然而，什么时候才能达到这目的呢？阿波哥最先的意见是等待他们自己动摇了再下手。例如当他从前为了轧米的事情，阿波哥说过阿如老板已经亏空得很多，不久就要破产了，劝他暂时忍耐着。但是，这几个月来，虽然外面传说，他破产的话愈加多了起来，他却是有傅青山作为靠山，愈加威风了。而傅青山和黑麻子呢，也只看见一天比一天威风起来……

华生觉得非先下手不可了。一直等下去，是只有傅家桥人吃亏的：这样捐那样税，这样欺侮那样压迫，永不会完结。

阿波哥现在也有点不能忍耐了。他赞成华生的意见，先发制人；他还希望在十一月里赶走那些人，因为阿珊和菊香的婚期在十二月里。

"我相信菊香终喜欢你的，"他对华生说，"因为有人在造谣，有人在哄骗，所以她入了圈套。我们的计划成功了，不怕她不明白过来。那时，她仍是你的。"

怎样下手呢？秋琴看得很清楚：只要把乡长傅青山推倒，其他的人就跟着倒了。而这并不是难事，傅家桥人全站在这一边。只要有人大声一喊，说不要傅青山做乡长，无论文来武来都会一齐拥出去的。

"听说官兵就要开走了，"阿波哥说，"我们且再等几天，等他们孤单的时候动手。不要让他们溜走，我们得把他们扣住，和他们算账第一要傅青山公布各种捐款的数目，第二要阿如老板招认出把死狗丢在井里——这事情，我已经有了证据了，并且后来那个井水也是他填塞的哩，华生！"

华生一听到这话气得眉毛直竖了。

“你为什么不早说呀，阿波哥?”他说。“你既然有了证据，我们早就可以对付他了!”

“不，华生，”阿波哥说，“我们要和他们算总账的。我还有许多可靠的证据，宣布出来了，傅青山阿如老板，黑麻子，阿品哥朱金章等等都是该千刀万剐的。现在傅家桥人已经够恨他们了，推倒他们是容易的。我们一切还得守秘密。”

华生现在高兴地工作了。一天两天，他在计算着那日子的来到。同时他秘密地在计划怎样的发动。

傅家桥人很多是和华生要好的，尤其是年青人。华生开始去看望他们了。虽然许多人没明白说要推翻傅青山，但华生只听到对傅青山一伙人的憎恨的话，有些人甚至表示了要华生来发动，他们愿意听他的指挥去做。

华生很高兴这种表示，但他不说出他心中的计划。他只劝慰着人家说：

“我们看吧，总有一天会太平的!”

几天过后，晚稻收割完了。农人们开始将稻草一把一把的扎起来，成行成排的非常整齐地竖立在田上。同时兵士们似乎渐渐少了。他们不大出现在路上，每天清晨和夜晚，有些兵士抬着子弹箱和兵器往北走了去。随后铺盖，用具也运走了。

最后，一天早晨，傅家桥上忽然不息地放起鞭炮和大爆仗来。官长带着末批的队伍，封了船只离开了傅家桥。傅青山那一伙人在两岸走着，一直送了许多路。

“啊嘘……啊嘘……现在可清静了……”大家互相叫着说，开了笑脸，“最好是傅青山那些坏蛋都跟了走，不再回来啊！……”

“不远了，”华生心中回答着。

他现在愈加忙碌了。什么事情都不给葛生哥和葛生嫂知道。常常清早和夜晚都在外面，连葛生哥也找他不到。

“华生又变了，”葛生哥喃喃地说，“年青人真没办法。”

“我老早说过了，这样大年纪，应该早点给定亲的呀！”葛生嫂又埋怨了起来。

但是几天过后，傅家桥也跟着变了。它的外表仿佛是平静的，内中却像水锅里的水在鼎沸。几乎每个人的心里都充满了憎恨和愤怒。

“我们还能活下去吗？”到处都听见这样的话。

葛生嫂并不听得这话的来源和作用，但她一听见就立刻叫起来了。

“真的，我们还能活下去吗？这样的日子：天灾人祸，接二连三的来！我们得想办法了！”

“想吧，你想什么办法呢？”华生故意问她说。

“什么办法吗？——要换朝代！”

“什么朝代呢?”

“宣统也好,袁士开也好,终归朝代要换了!”

“这话有理,”华生笑着走开了。

“我说你女人家少讲空话些,”葛生哥不耐烦地说,“你那里懂得什么朝代不朝代!”

“我不懂得,倒是你懂得!”

“袁世凯也不晓得,还说懂得。亏得是华生,给别个听见了,才丢脸。”

“丢脸不丢脸,要换朝代还是要换的!你看着吧!”

“我看着。”

“自然看着!像你这种男人有什么用处!弥陀佛,弥陀佛,给人家这样叫着,这才丢脸呀!……!”

“好了,好了,我不和你争了,……你总是这一套……”

“谁先同我争的呀?……你不插嘴,我会争吗?……”葛生嫂仍不息地说了下去。

但是葛生哥已经走了。他要到田头去。

“谁有这许多闲心思,”他喃喃地自语着,“女人总是说不清的……”

他走到屋前,忽然迎面来了两个人:一个是阿如老板,挟着一包东西,一个是他店里的长工,挑着两捆空袋,一支大秤。

“来称租谷吧,老板?”葛生哥微笑地点点头说。他知道是往阿曼叔家里去的。

阿如老板没回答，仿佛没看见他似的，一直向北走了去。只有他那个长工微笑地和他点点头。葛生哥不禁起了一点不快，呆立了一会，望见他们的后影消失在破弄堂里，才默默地向田头走去。

“不晓得华生又是什么得罪他了，连我也不理睬，”他想。“唉，做人真难呵……。”

他想到这里，心底里的无穷尽的郁闷全起来了。他实在是最懂得做人困难的。而同时也就是为了这困难最能容忍，退让，求四面八方和洽的。

“有苦往肚里吞。”他没一刻不是抱定这主意。

但是结果怎样呢？他近来也渐渐觉得有点不耐烦了。弥陀佛弥陀佛，几十年来只落得一个这样的绰号。人家对他仿佛都是很尊敬，很要好的，实际上却非常的看不起他，什么事情都叫他吃亏，叫他下不去。譬如阿如老板吧，他以前多少年给他奔走，给他使唤，做过多少事情，既没收他工钱，也没受他一点礼物，忽然为了跟华生吵架，就对他也变了态度了。那事情到底谁错呢？他并非不知道。只为了往大处着想，他才勉强抑制着华生，吃了亏去了结的。然而阿如老板还不满足，到处说华生的坏话，对他老是恶狠狠的恨不得立刻把华生宰了杀了一样。他几次客客气气的和他打招呼，也总是要理不理，好像没看见他，好像不认识他，好像他就是华生，就是对头似的。

别的人呢？傅青山，黑麻子，孟生校长，阿品哥，都说他是好人，一面却只是往他身上加捐加税，总之榨得出来就榨，逼得出来就逼，吓得出来就吓，并不体谅他穷苦。

“还能活得下去吗？”

这几天他时常听见人家这样的叫苦。真的，他已经不能活下去了。他的债一天比一天多了起来，肚子里的苦闷也一天比一天饱满起来了，想到前程，真使他害怕。什么都摆不平直，就连自己一家人也摆不平直……

他越想越苦恼，背越往前弯，咳嗽接二连三的发作起来，像心口要炸裂了似的，走进田里，两腿抖颤了，只得坐了下去休息着。

过了许久，他才觉得精神渐渐振作起来，同时他的念头也已经变了：

“做一天和尚撞一天钟……”他这样想着，慢慢抬起头来。

“我看你脸色不好哩，阿哥，”华生一路用锄头整理着水沟，到得葛生哥面前，说。“想必大病后没调理，不如回去歇一歇吧，现在总算清闲些了。”

“没什么，”葛生哥回答说，“只觉得不大有气力，坐一会就好了！你看，稻草快干了，紫云英大起来了，事情正多着呢……”

“不过是这一点事情，给我做就很快，你身体要紧呢。"

"那自然，"葛生哥微笑着说，"你年纪轻，气力大。我从前像你这样年纪也毫不在意的……做了一样又一样，这样收进了，那样又种大了，种田人也有兴趣哩……你看……"

葛生哥说着渐渐忘记了刚才的苦恼，高兴起来了。

但是华生已经铲着满泥，走了过去，没听见他讲什么话。他的精力完全集中在锄头上。稻草不久可收了，田野上将是一片紫云英。他们虽和稻苗一样，需要雨水，但却不能长久浸在水里，有时须得开关着水沟来调节。他不能把水沟弄得外浅里深，让雨水倒灌进在田里，但也不能开得里面的太浅，外面的太深，让雨水一直往外流出去。他得把它开得很平匀，关起来时使每一颗的紫云英的根都能吸收到水分，开开后又到处都干燥。沟底里，有着不少的稻根和碎石，这里那里突出着，它们是足够阻碍那田野上千千万万的生命的源泉的。他必须把它们一一铲去，又用泥土来填补那留下来的洞窟，并且把那沟底修饰得光滑结实。这事情看起来极其容易，却需要有极大的耐心和仔细。华生平常像是很粗心，但他做事情却相当的仔细，尤其是这几天来他看见所有的农人都对他表示出信任和尊敬，他渐渐地可以实现他的计划的时候，他心中充满了快慰，做事愈加耐心了。

从早晨八点钟起，到现在将近中午，一横一直的修理着沟道，看看已经完成了五六条，正想稍稍休息一下的时候，他忽然听见了一阵叫声：

“救命呀！……救命呀！……”

华生惊愕地抬起头来，看见阿方的女人抱着一个孩子从屋前狂奔了来。

“你看，阿哥！”他转过身去对着葛生哥，“我们那边出了事了！……”

他不待葛生哥回答，便一直迎了上去，提高着喉咙叫着：

“什么事情呀？……”

但是阿方的女人没回答，她一直向华生这边跑，一路颠扑着，一路摇着手。

华生看见她失了色，满脸流着眼泪，张大着嘴，急促地喘着气，到得半路栽倒了，她的手中的孩子在惊骇地号哭着。近边田头的一些农人首先奔过去围住了她，华生也立刻跑到了。

“什么事呀？你说！什么事呀？”大家问着。

阿方的女人只是呼呼喘着气，两手拍着地，面色和纸一样的白，说不出话来。

“把孩子给我吧，”华生说着抱了她手中的孩子，“不要害怕，你好好坐起来，说给我们听呀！”

那女人睁大了眼睛，望着华生窒息地哭了。

“他……他……打死……了……”她重又把头伏倒

在地上。

华生的眼珠突了出来，他知道是阿曼叔遭了灾。

“快去看阿曼叔！”他把孩子交给了别个抢过一把锄头来。“你们把她扶回家！”随后他高高地举起锄头对着远近的农人们挥着手，作了一个记号，同时他飞也似的首先跑了。

田野上的农人们一齐高高地举起了锄头挥着手，接着从四面八方跑向阿曼叔家里去。在屋子附近工作着一些人已经先华生跑了进去。同时有些女人从屋里奔了出来。

葛生嫂像发疯似的也抱了一个孩子，从屋内追了出来，一路大叫着：

“天翻了！……天翻了！……救命呀……青天白日打死人了！……还有皇法吗？……”

华生冲上去，一把拖住她的手臂：

“谁打谁？快说，阿嫂！”

“还有谁呀！”她叫着说，“我们还能活下去吗？可以无缘无故打死一个人？……可怜阿曼叔呀，一个好人……一个老成人……”

“谁打死他的，快说来呀，阿嫂！”华生蹬着脚说。

“就是那瘟生呀！……阿如……”

华生没听完她的话，一直往里冲去了。

阿如老板竟敢跑来打死阿曼叔吗？他浑身冒起火来，

握紧了锄头。但是刚到破弄堂，阿英聋子忽然从里面跑出来，把他拖住了。

“华生！”她大声叫着，蹬着脚，“快捉凶手呀！他们逃走了！……”

“逃走了？”华生定了定神，说，立刻转过身来，想冲了出去。

但外面的人蜂拥地来了，密密层层的只是把他往里挤，一点也站不住脚。

“捉凶手！听见吗？捉凶手！”华生大声地喊着，“凶手逃走了！……往外跑！往外跑！……把阿如老板捉来！……把阿如老板捉来！……”

“往外跑……捉凶手！……阿如老板逃出去了……”人群中起了怒吼，一半往里挤，一半往外挤，华生给夹在中心，忽而朝内几步，忽而朝外几步，半天还在破弄堂里，完全失了自由。

华生用力推挤着人群，大喊着：

“让我出去！听见吗？让我出去！……”

阿英聋子紧紧地扯着华生的衣襟，呼呼地喘着气满脸流着汗。一会儿她的脚被这个踏着了，一会儿她的手臂被那个撞痛了。她一面叫着，一面骂着，忽然生起气来，不晓得从那里扯来了一根木条，一路往人家的身上打了下去。

“滚开！滚开！……看老娘的木头！……让华生出

去！听见吗？……让华生出去！……你们这些人没一点用！……让华生去捉那瘟生！……听见吗？……”

人群狂叫了起来，愤怒地睁着眼睛，枪住了她的木条，但同时给她的话提醒了，两边挤了开去，让出一条空隙来。

“不错！让华生出去！让华生出去！”大家嚷着。

华生赶忙往外面跑了。挤到大门口，他正想从田野上抄到大路上去，葛生哥忽然一把拖住了他的手臂，疯狂似的叫着说：

“华生！……有话和你说！……你停下……”

阿英聋子不待华生回答，就往他们手臂中间撞了过去。

“快走！……”她叫着。

葛生哥手臂一松，华生立刻跑了开去。

“你这疯婆做什么呀？……”葛生哥怨恨地叫着，再也喊不应华生。

“谁理你！难道白白打死人吗？”阿英聋子说着连跳带跑的走了。

华生走到人群外，把锄头举了起来，做着记号。人群注意出了是华生，静默了一刻，一齐举起了锄头。

“跟我去找凶手！”

“走！”大家回答着，“剥他的皮，割他的肉！……烧倒他的屋子！……”

华生首先跑了，几十个年青的农人在后面紧随着。他们穿过篱笆，在田里狂奔着，抄到河塘上，离开桥头不远，阿波哥忽然迎面奔了来，拖住了华生。

“站住！站住！”他叫着说，并且对后面的人摇着手。

华生站住了。

“你知道什么事情吗？”他问。

“我知道，”阿波哥回答说。“不要粗暴，华生！应该让傅家桥人公断……”他把华生拉过一旁，低声地说：“我们要算总账的，不要让他们逃走一个……回去商量更好的办法吧……”

“让他逃走吗？我要一个一个来！……”

“逃不了的，一网打尽，正是好机会……走，走，回头去看阿曼叔！……”

华生迟疑了一下，终于同意了，回转身，对大家叫着说：

“等一会再说！听见吗？回头去看阿曼叔！”

大家惊异地呆着，没有动，有几个人叫着了问：

“什么意思呀？……”

“自有办法！听见吗？逃不了的！……相信我！”华生大声地回答。

大家会意地跟着他回头跑了。

屋前和破弄里来去的人仍非常拥挤，男的女的从四面八方跑了来。一片喧哗声。每个人的脸上显露非常的愤怒。他们看见华生来了，便把路让了开来，叫着问：

“凶手捉到了吗，凶手？……”

“立刻就来了！”阿波哥一路回答说，和华生挤到了阿曼叔的门口。

这里挤满了人，但很沉默。大家又愤怒又苦恼地摇着头，握着拳。

华生丢了锄头，和阿波哥挤进房中。房中也站满了人。

阿曼叔睁着眼睛，死挺挺地躺在床上，一脸青白，已经断了气。

“唉，一个耳光，想不到就死了……”阿元嫂站在屋角里，叹着气说。“运气不好，竟会屈死……年纪也实在大了，又没破又没肿……”

华生愤怒地瞪了她一眼说。

“你知道那一个耳光轻重吗？”

“我那里知道！”阿元嫂也瞪着眼睛说。“我又不是动手动脚的下流人！”

“为什么打人呢？”阿波哥插了进来。

“来称租谷的……”别一个女人回答说。“阿如老板说打六折，乡长定的，阿曼叔说年成坏，只肯打对折，……阿如老板脾气大，就是拍的一个耳光……他立刻晕倒地上，抽着筋，不会说话了……”

“对折，六折！……乡长定的！……”华生愤怒地说，“我们收不到三成！……种田人不要活了吗？……”

“六成是不错的，”阿波哥说，“乡长的红条子上午贴出的。”

“上午贴出的吗？我去把它撕下来！什么狗养的乡长！……”

华生立刻和阿波哥走进自己的屋内，把门关上，一直到厨房里。

“我们应该动手了，阿波哥，”他低声的说。“带着大家到乡公所去吧！”

“还不到时候，”阿波哥摇着头，说。“现在大家只知道阿如老板打死了的人，还不知道傅青山的命令。这六折租谷的定议是大家都不肯答应的。我们应该先让他们知道这事情，亲眼去看那红条子——它刚才贴在桥头保卫队门口。我们现在应该冷静，假装没事，今晚上一切都准备好，明天一早……”阿波哥忽然停了口，对着厨房的后门望着。“那外面不是水缸吗？……”

“阿元嫂的水缸。”

“我好像听见有人在走动……”

“只住着阿元嫂一个人，她刚才不是在阿曼叔房里吗？……”华生说着，想走过去打开后门来。

但是阿波哥把他止住了：

“不要动！……”

他们静静地倾听了一会，只听见前门外的喧哗声，后门外并没有什么声响。

“大概我听错了，”阿波哥说。“明天一早，我们鸣锣聚众，去开祠堂门，一面请乡长，黑麻子那一批人到场，照老规矩，要他们来公断阿如老板打死阿曼叔的案子，然后再提到六折租谷，再接着跟他算什么捐，什么税，把黑麻子那批人一齐扣留……”

“他们不去呢？”

“不客气，拖他们去！”

“扣留以后呢？”

“那时要捆要打，可以听从大家意思了，”阿波哥笑着说。“我还有他们十恶不赦的证据，明天再说吧……”

“好，就这么办，”华生快活地说，“但我们现在得派一些人暗中去侦查他们的行踪。倘使他们想逃走，就先拦了来吧！从天黑起，我们多派些人，远远包围着乡公所，第一不要让傅青山逃跑了。保卫队敢出来，就先对付他们！……”

“好吧，但请秘密……”

十　八

当天晚边，傅家桥似乎渐渐安静了。虽然这里那里来去着许多人，但已没有人大声的叫喊，大家只是愤怒地互相谈着话。到得深夜，全村像睡熟了，只有阿方的女人在东北角上忽而高忽而低的号哭着。但在许多地方，却埋伏着逡巡着一些握着武器的强壮的青年，轻声地通着秘密的暗号。

小雪过后的夜又寒冷又可怕，好不容易挨到天明。

早饭后，华生屋前的锣声宏亮而急促地突然响了：

噹噹噹！噹噹噹！……

有人在一路叫着：

“开祠堂门！……开祠堂门！……”

对河阿波哥那边的锣声也响了：

噹噹噹！噹噹噹！……

接着四面八方都响应起来。

傅家桥的房屋，街路，河道，田野和森林立刻震动得颤抖了。这里那里只听见叫喊声，呼哨声，怒骂声。只看见拿棍子的，背锄头的，拖钉耙的，肩扁担的农人们从各处涌了出来，奔向桥西的祠堂去。

“打死人要偿命！打死人要偿命！……”到处喧嚷着。

老人们，女人们，小孩们站在田里和路边观望着，有的愤怒地蹬着脚叫着，有的发着抖哭了。

桥头保卫队紧紧关着门。成群的队伍围住了丰泰米店狂叫着：

“叫凶手出来！叫凶手出来！……我们要烧屋子了……”

另一个队伍在敲桥东刚关上的各店铺的门：

“请老板伙计到祠堂里去！各人凭良心说话！……”

阿波哥带着一个队伍在路上挥着手：

“不要挡住路！赶快到祠堂里去！……赶快到祠堂里去！……”

华生带了二十几个人围住了乡公所；一齐叫着：

“要乡长出来！要乡长到祠堂里去！……请乡长公断！……”

“乡长问什么事！”门里有人大声的问。

“什么事！”有人愤怒地踢着门，叫着说。“青天白日打死了人，难道不晓得吗？……”

“啊，我去回复！”

过了一会，乡公所的大门突然开开了。一个男工站在门边说：

“乡长知道了，他正在起床，请大家厅里坐！”

“什么？”华生不觉惊疑起来。他望了望那个人的面色，望了望里面的院子。“请他出来，我们在大门外等候！”

“在大门外吗？……我去通知……”那人说着走了。

“大家留神！”有人喊着说。“那是个狐狸精！……我们退后三步！……两边分开！……把锄头握紧！……叫后面的人上来！……”

但是里面没有动静。过了一会那男工又来了。

“乡长说，千万对不住大家，他在洗脸了……”

“狗养的！”有人骂着说，“你去问他，洗了脸还有什么吗？我们这许多人等着他一个，告诉他，休摆臭架子吧！……”

“是……”

那男工才答应一声，里面忽然脚步响了。

华生非常的惊诧起来，他后面那些人把武器放下了。

出来的正是乡长傅青山，他前面是黑麻子，孟生校长和阿如老板。阿如老板被反缚着，满脸青筋和创伤，两个穿便衣的保卫队丁牵着他。傅青山一路用手杖打着阿如老板的腿子，一面骂着：

“你这畜生！你休想活了！我平日没仔细。错看了你！你居然打死了别人！……还不快走！……你害得我好苦呀！……”他看见华生，和气地点点头说，“真是对不起你们，劳你们久等了。我向来是起得迟的，今天给这畜生害死了，连脸也没有洗干净，空肚子跑出门来……”

“到乡公所再吃东西吧，”华生讥刺地说。

“是呀，我知道，”傅青山苦笑着说。“我自己就该吃棍子的，因为我做乡长，竟会闹出这祸事来，咳咳，走吧，……这畜生，他昨天竟还敢跑到我这里来求情，我当时就把他捆起来，要亲手枪毙他的，但是仔细一想，打死了他倒反而没有证据，变做我们也犯罪了，并且也便宜了他，所以只把他打了几顿……现在可以交给你们了，由你们大家打吧……但不要打得太狠了，暂时给他留一口气……先开祠堂门公断了再说……我们要先把罪案定下来，大家说枪毙就枪毙，剥皮就剥皮。开过祠堂门，我们就合法了。是的，开祠堂门是顶好的办法！……今天决不放过他！把他千刀万剐！……”

傅青山一路这样的说着，时时提起棍子来赶打着阿如老板的腿子。大家最先本想扯住他的领子，先给他一顿打，但听见傅青山的话，按捺住了。

“这狐狸精想的一点也不错，”华生想，“我们且公断了再打他。……但是他今天忽然变了，句句说的是公道话，难道改邪归正了吗？……我们明明是来逼他出去的，难道他怕了我们吗？……”

华生一路想着，一路对人群挥着手，叫大家赶快到祠堂里去。

跟上来的人渐渐多了，他们听见说捉到了凶手，都想抢近来仔细看一看。

“恶贯满盈了！……”大家痛快地叫着说，“犯了罪，谁也不会饶恕他的！……傅家桥从此少了一个大祸根……”

“今天乡长说的是公道话……”有人喃喃地说，“别人捉不到凶手，他给捉到了，也亏得他呵……”

大家一路拥挤着，过了桥，不久就到了傅家桥的祠堂。

祠堂里外已经很拥挤，听见说乡长带着凶手来了，终于勉强地让出一条路来。

大门内是个极宽大的走廊，两边有门通到楼上的后台和院子中央的戏台。傅青山和黑麻子，孟生校长带着阿如老板从左边的小门上去到了戏台上。

拥挤在戏台周围，两边走廊和正殿上的人群立刻起了嘈杂的呐喊：

“杀人偿命！杀人偿命！……”

戏台上已经坐满了人：是保长，甲长和一些老人，其中有阿浩叔，阿品哥，阿生哥……傅青山把阿如老板推倒在台上。阿如老板朝着大殿跪着，低着头，动也不动敢。

“全在那里了，”阿波哥把华生拉到一旁，极低声的说。“不要大意，今天傅青山很可疑，留心他出花样……我已经派了十几个人埋伏在后台了……”

“你我站在台前，紧急时跳上去……”华生说着，和阿波哥挤到了戏台前两个角落里。

傅青山首先和台上的人打了招呼，然后站到戏台的前方，往四处望了一望，接着拍了三下掌。

人群渐渐静默了，大家用脚尖站着，伸长着头颈，一齐望着他。

“我把凶手捉来了，”他仰着头，大声地说，“听大家办……”

“杀！杀！杀！……”人群呐喊起来。

傅青山重又拍着掌，待大家静默后，他又说了下去：

“我们要他偿命！……”

台下又起了一阵呐喊。

“国有国法，家有家法，天罗地网，插翅难飞！……”他摆动着头。

台下又接着一阵呐喊。

“我们开祠堂公断，要存心正直，不可偏袒一丝一毫，让凶手死而无怨！所以……我们要照老规矩，先向祖宗发誓！……”

台上的人连连点着头，台下又起了一阵呐喊。

"这话有理！……这是老规矩！……"

"台上的人跪下，"他说着先首远远对着大厅跪了下去。"台下的人点着头……"

台上的人全跪下了，台下的人都点下了头。可怕的静默。过了一刻，傅青山捧着一张黄纸，大声地念了起来：

"本祠子孙青山，率领族人长幼老弱，俯伏在地，谨告祖先，自远祖创基以来，本族子孙世代兴旺，士农工商安居乐业，男女老少孝悌忠信，从无祸延子孙，罪当诛戮……今兹不幸，忽遭大祸，来此开议，惊扰祖先。尚祈在天之灵明鉴此心，杜根绝祸，为子孙世世造福。青山等倘有心存不正，挟嫌怀私，判断不公，即属死有余辜，"他忽然仰起头来，紧蹙着眉头举起右手，提高了喉咙："断子绝孙！"

"断子绝孙！"群众一齐举起手来叫着。空气给震动得呼啸起来，接着半空中起了低声的回音，仿佛有不可计数的鬼魂在和着。

"断子绝孙！"

宣誓完结了。傅青山把那张黄纸焚烧在台上，然后显得非常疲乏的样子，颓唐地站了起来，坐倒在一把椅子上，喘着气。随后他从衣袋里摸出一只金表来，皱着眉头，望了一望。

"九点钟了，"他说。"我们先来问证人：阿方女人，阿元嫂，葛生夫妻，丰泰米店长工!”

“乡长说，先问证人!”黑麻子大声叫着：“阿方女人，阿元嫂，葛生夫妻，丰泰米店长工，都到台上来!”

台下起了喧哗，有的在找人，有的在议论。

“这里都是男人，那来女人!”有人这样叫着。

“到外面去找来！到家里去喊来!”有人回答着。

葛生哥首先踉跄地走上了戏台，低着头，勉强睁着模糊迷蒙的眼睛，靠着角上的一个柱子站着。

接着丰泰米店的长工上来了。他面如土色，战栗着身子，对着台上的人行了一个礼，便站在葛生哥的后面。

台下立刻起来了一阵嘈杂声：

“正是他！正是他！他和阿如老板一道去的！……”

“弥陀佛什么事呀？……可怜他没一点生气……”

华生正对着葛生哥的柱子站着。他目不转睛地望着葛生哥的面孔，觉得它又苍白又浮肿，眼珠没一点光彩，眼皮往下垂着，两手攀着柱子，在微微地颤抖，仿佛要倒下去模样。

华生心里不觉起了异样复杂的情绪：像是凄凉，像是恐怖，像是苦痛又像是绝望……

突然间，他愤怒了。

“全是这些人害他的!”他暗暗地叫着说，翕动着嘴唇，发出了低微的声音。

他阿哥是个好人，谁都承认的，但是他为什么今天弄到这样的呢？他可记得他阿哥年青时也是和他现在一样地强壮结实，有说有笑，是一个活泼泼的人，有用的人。十几年前，他阿哥一个人能种许多亩田，能挑极重的担子，能飞快的爬山过岭，而且也不是没有血气的人，也常常和人争吵斗气，也常常拔刀助人，也常常爱劈直，爱说公道话。但是现在，他完全衰弱了，生着病，没一点精神，不到五十岁的人看来好像有了七八十岁年纪。做人呢，虽然仍像以前似的肯帮助人，为人家出力，但已经没有一点火气，好像无论谁都可以宰割他一样。

他怎样变得这样的呢？

这个看他肯帮助人，过分的使用他，那个看他老实，尽力的欺侮他，这个看他穷，想法压迫他……而傅青山那些人呢，今天向他要这样捐，明天问他要那样捐，……于是他被挤榨得越空了，负累得越多了，一天比一天低下头，弯下腰，到了今天便成了这样没有生气的人！

“全是这些人害他的！”华生愤怒地蹬着脚，几乎想跳到台上，去拖住那些坏人对付他们。

忽然间，他被另一种情绪所占据了。他看见他的阿嫂抱着一个小孩和阿元嫂走到了台上。他仿佛得到了一种愉快，一种安慰，发泄了自己胸中的气闷似的，当他听见他阿嫂的一片叫骂声：

“你们男人开祠堂门，干我什么事呀？”葛生嫂蹬着脚，用手指着傅青山，叫着说。“我是女人！我有两个孩子，家里全空了！没人管家！没人煮饭洗衣！没人——呸！亏你傅青山！堂堂一个乡长！人命案子也不晓得判！倒要我女人家来作证人！阿曼叔死在那里，不就是证据吗？你还要找什么证据！你和凶手是一党！你无非想庇护他……”

台下的人大声地叫起来了：

“说得对！说得痛快……！”

葛生嫂还要继续叫骂下去，但是葛生哥走过去把她止住了：

“闭嘴！你懂得什么！这里是祠堂，长辈都在这里！……”

“那么叫我来做什么呀，长辈还不中用吗？”

“做证人！问你就说……站到后面等着吧……”

葛生嫂轻蔑地撅一撅嘴，不做声了，但在原处坐下，把孩子放在戏台上，愤怒地望着阿如老板和傅青山。

阿元嫂一走进来就站到傅青山旁边去，对他微笑了一下，就扳着面孔对人群望着，态度很镇静。

傅青山坐在中间不息地掏出金表来望着，显出不耐烦的神情。黑麻子时时往后台张望着。阿如老板虽然跪在那里，却和平日一样自然，只显出疲乏的样子，呼吸声渐渐大了起来，好像要打瞌睡似的。

过了一刻，阿方的女人来了。人群立刻从不耐烦中醒了过来，嘈杂声低微了下去。阿方的女人蓬头散发，满脸泪痕，忽然跪倒台上，大声地号哭了：

“老天爷！我公公死得好苦呵！……叫我怎样活下去呀！……青天白日，人家把他打死了！……”

台下完全静默了。

“可怜我有三个孩子，”阿方的女人继续地叫号着，“都还一点点大呀……我男人才死不久，全靠的我公公，我公公……我公公……现在又死了……我们一家人，怎样活下去呀……活下去呀？……给我报复！……给我报复！……”

台下起了一阵低微的欷歔声，叹息声，随后震天价地叫了起来：

“报复！……报复！……报复！……报复！……”

棍子，扁担，锄头，钉耙，全愤怒地一齐举起了。

华生几乎不能再忍耐，准备跳到台上去。

但这时傅青山看了看表，站起来走到台前，挥了挥手，止住了群众的喧哗。

“听我说！”他叫着，“让我们问完了话，把凶手交给你们！……静下，静下……”

随后他回到原位上，叫着说：

“阿方的女人，你先说来，阿如老板怎样和你公公吵起来的？你亲眼看见吗？”

“我……我就在旁边……他是来称租的……我公公说年成不好，要打对折称给他……他不肯，说是乡长命令要称六成，我那苦命的公公……说我们收成还不到三成……他，他……他就是拍的一个耳光……可怜我公公呵……”阿方的女人又大哭了。

台下立刻又喧叫了起来：

“谁说的六成？……谁说的六成？……”

“乡长命令！”有人叫着说，“狗屁命令！……我们跟傅青山算账！……”

“跟傅青山算账！跟傅青山算账！”人群一齐叫着，“我们收成不到三成，我们吃什么呀？……”

傅青山在台上对着人群，深深地弯下腰去，行了一鞠躬，然后挥着手，叫大家安静。

“六成不是乡公所定的，奉县府命令”，他微笑着说，“我负责，你们跟我算账吧……但现在，一样一样来，先把凶手判决了。我不会逃走的，只要你们不逃走……”他戏谑地加上这一句话，随后朝着葛生哥说，“你过来吧，弥陀佛，你真是个好人……你是邻居，你看见阿如老板怎样打死阿曼叔的吗？”

葛生哥缓慢地拖着脚，走近几步，低声的回答说：

“我在田头，没看见……出门时，看见他们两个人从外面走进来，和他打过招呼，他没回答，我就一直到了田头，什么也不晓得……”

傅青山点了点头。

“唔，葛生嫂呢？”他问，“你亲眼看见他打死阿曼叔吗?”

“我亲眼看见吗?”葛生嫂叫着说，“我看见他举起手来，我就会先打死他！我不像你们这些没用的男人！到现在还在这里啰哩啰苏！……”

“那么你什么时候到阿曼叔家里去的呢?”

“我听见叫救命出去的，阿曼叔已经倒在地上，那瘟生已经不见了……我要在那里，决不会让他逃走！……我不像你们这些没用的男人！……”

“阿元嫂……”

阿元嫂站着不动，也不回答。

“阿元嫂，”傅青山重复地叫着，“你亲眼看见他打死吗?”

“我在念阿弥陀佛，”她冷然回答说，“谁知道！”

“问凶手！问凶手！”台下的人不耐烦地叫了起来，“叫他自己说！”

傅青山看了看表，说：

“好吧，阿如老板自己说来！”

阿如老板微微地睁开眼睛，泰然地说了：

“我不抵赖，我打过他……”

“啊哦！……啊哦！……”台下一齐叫了起来。

“他骂我畜生，所以我要打他……”

“不是畜生是什么！”有人首先叫着。

人群又一齐叫了起来：

“不是畜生是什么！……不是畜生是什么！……”

“我举起手来要打他耳光，但没打到，他就往后倒在地上……”

“还要抵赖吗？……还要抵赖吗？……”

“打！……打！……”华生愤怒地叫着。

全场立刻狂叫起来，举着武器，互相推挤着，想拥到台上去。

华生对着阿波哥做了个跳到台上的手势，一面才攀住台上的柱子，忽然他的一个腿子给人抱住了。他愤怒地正想用另一只脚踢过去，却瞥见是阿英聋子伏在他身边。

“怎么呀，你？”

阿英聋子浑身战栗着，紧紧地抱着他的腿子，像要哭了出来，惊慌地叫着说：

“快走……走……走……”

“有什么事吗？”华生诧异地问。

“兵……兵……兵……”

“兵？……”

“来了……来了……”

华生抬起头来，往外望去，看见大门内的人群已经起了异样的紊乱，震天价地在叫着。

“兵！……兵！……兵！……”

接着大门外突然起了一阵枪声，祠堂内的人群大乱了，只听见杂乱的恐怖的叫喊声，大家拥挤着想从边门逃出去。

“不准动！……不准动！……”台上有人叫着。

华生回过头来，黑麻子拿着一支手枪正对着他的额角。那一边是阿品哥的手枪对着阿波哥。不晓得在什么时候阿如老板已经松了绑，也握着一支手枪对着台前的人群，雄纠纠地站着。戏台后端的两道门边把守着孟生校长，阿品哥和阿生哥。其他的人都露着非常惊骇的神情，坐着的站起来了，站着的多退到了戏台的后方。葛生哥发着抖，拖住了黑麻子的手臂。

傅青山站在中间，露着狡猾的微笑，喊着说：

“不要怕，把武器丢掉的没有罪，我保险。你们都是上了别人的当呀……”

群众站住了，纷纷把扁担，棍子，锄头和钉耙丢在自己的脚边。同时台上已经出现了十几个灰色的兵士，一齐对群众瞄准着驳壳枪。一个官长走到乡长面前，行了一个军礼，递给他一封公文。

“奉连长命令，单捉主犯！”

傅青山微笑地走前几步，假装没看见华生和阿波哥，往四处望着：

“华生和阿波在这里吗？连长请他们去说话呀！”

华生和阿波哥一齐愤怒地举起了手：

“在这里！……”

“啊，啊，啊……”傅青山假装着惊讶的神情，随后回头对着兵士们说，“你们请吧。”

于是一边三个兵士跑到台前，连拖带拉的把他们两人提到台上，用绳索捆上了。

华生没做声，只是圆睁着眼睛恶狠狠地望着傅青山。但是阿波哥却已经按捺下愤怒，显得冷漠的说：

“请问什么罪名？可以当场宣布吗？”

“这话也说得是，”傅青山点了点头。“请大家静静地站着，我们今天开祠堂门，是要大家来判断一些案子的。罪案是——咳，咳，真想不到我们傅家桥人今年运气这样坏！旱灾过了瘟疫来，瘟疫过了匪祸来，匪祸过了，而今天共产党想暴动了！”他蹬着脚。

台下的人群吓得失了色。

“但你们不要怕，这事情我清楚。我是傅家桥人，傅家桥的乡长，我决不会糊里糊涂不分青红皂白。我只怪你们太没有注意上了他们的当。共产党暴动！这是罪名好大的事情呀？……”

“请问证据？”阿波哥冷然地问。

“证据吗？——多着呢！”

“你说来，”阿波哥好像裁判官似的说。

“你们老早想暴动了，到处散布谣言，教人家喊口号。”

“什么口号？”

“哈，哈，我们……还能……活下……去……吗？……”傅青山故意拖长着声音摇摆着头，轻蔑地说。

“还有呢？”

“昨天下午，开秘密会议，要烧掉乡公所，烧掉丰泰米店，烧掉祠堂！”

“谁造的这谣言，有证据吗？”

“有的是。地点在华生的厨房里。她就是证人，”他转过身去指着阿元嫂。“没有她，今天闹得天翻地覆了！”

阿元嫂向傅青山走近一步得意地微笑着。

“我老早知道了，”阿波哥说，“她是你的姘头，我也有证据……”

“闭嘴！”傅青山叫着说，“你到现在还想咬人吗？你自己可做得好事，专门给人拉皮条！……”

“又有什么证据呢？”

“有的是……”

傅青山正想说下去，台后忽然又进来了几个兵士，中间跟着秋琴。她两手被反缚着，满脸通红，低着头。

“就是她呀！……”傅青山指了指秋琴，“她和你们什么关系，我不说了，说起来傅家桥人都得羞死……但你们三个人常常在一起，可是不错吧？”

“谈天也不准吗？”

“谈天！哼！人家都逃走了，关起门来了，你们也在谈天吗？——你要证人，我可以回答你……”

“知道了，那是谁！”阿波哥轻蔑地说，“那是你的走狗！他当时吓得失了面色冲进我的屋内避难来的，我一番好心允许了他！……”

“你自己明白就是，”傅青山笑着说。

“只可惜你没有真凭实据。”

“有的是，有的是……我且问华生，那天在街上做什么？……”

“那一天？”华生愤怒地问。

“大家听说共产党来了，关门来不及，你一个人到街上溜荡做什么？你开心什么？笑什么呀？”

“就是笑的你们这些畜生！”

“对了，共产党要来了，你就快乐了，这还不够证明吗？——还有，你不但在街上大笑，你还记得对长福和永福两兄弟说些什么吗？”

“谁记得这些！”

“我可记得！你对他们拍着胸口，说共产党来了，你给他们保险呀！……他们也是农人，可不是资本家了，难道也会冤枉你吗？现在都在台下，你去问他们吧！”

“我问他们？我宁可承认说过！你想怎么办呢，傅青山？”

“这样很好，”傅青山点点头说，“我们且问秋琴……”

“我不同你说话！”秋琴狠狠的说。

“这里有凭据!”那长官对傅青山说，递过去一本书。“这是在她房子里搜出来的！……”

傅青山接过来望了一望，随手翻着，说：

“所以你没有话说了。哼！《大众知识》！大众，大众，望文生义！你道我是老顽固，连这个也不懂得吗?”

“就算你懂得!”

“咳，一个女孩子，何苦如此呀!”傅青山摇着头说。“老早嫁人生孩子，不好吗？……”

华生愈加愤怒了。他用力挣扎着绳索，想一直冲过去。但他不能动，几个兵士把他紧紧地按住了。

傅青山微微笑了一笑，转身对着那长官说：

“请把他们带走吧。”

葛生哥立刻跪倒傅青山面前，用着干哑的颤抖的声音叫了起来。

“乡长……开一条生路呀……可怜我阿弟……年青呵……”

一直愤怒地站着的葛生嫂忽然哭着跪倒了。但她却是朝着正殿，一手抱着孩子，一手抱住了华生的腿子。

“天在头上！祖宗在头上!”她一面叫着，“这是什么世界呀！……开开眼睛来！开开眼睛来！……”

傅青山对葛生哥背过身子来，苦笑地说：

“这事情太大了，我作不得主！上面有连长呀……”

“求大家给我求情呵，阿品哥，阿生哥，阿浩叔……”葛生哥对着台上的人跪着，“可怜我葛生是个好人……阿弟不好，是我没教得好……救我阿弟一命呵……”

“我们愈加没办法……”阿浩叔摇着头说，“现在迟了，弥陀佛……”

但同时，台上一个老人却走到傅青山的面前说了：

“让我把他们保下吧，看我年纪大，”他摸了摸一头的白发，“世上的事，真是无奇不有，但说不定这里面也有可以原谅的地方呵。都是自己的子弟，保下来了，大家来管束吧……”

“阿金叔的话不错，我和他一道担保他们以后的行为，”一个有着黄铜色的皮肤的阿全哥也走了过来说。“阿金叔从前是罂口庙的柱首，现在是享清福的人，请乡长给他面子……我呢，我是个粗人，从前只会在海里捉鱼，现在年纪大了，连河里的鱼也不会捉了，已经是没用的人。但像华生这样的人材是难得的，他今年还给我们傅家桥争过大面子，捉上了一条那么大的鲤鱼……”

台下静默着的群众忽然大胆叫了起来：

“交保！……交保！……阿全哥说的是呀！……”

傅青山走到台前，做了一个恶笑：

“闭嘴！你们没有说话的资格！你们忘记了自己刚才的行为吗？……”随后他看见群众又低下了头，便转过身，对着阿金叔：“两位的话有理，我是傅家桥人，我没存心和他们作对……只是这事情太大了，我实在做不得主，我们且问长官可以交保吗?”

“没有主犯，我们不能缴差的，乡长。”那长官摇着头说。

“这话也说得是，”傅青山说，皱了一皱眉头，但又忽然笑了起来，“好吧，阿金叔，阿全哥，我们到乡公所去说吧，这女孩不是主犯，细细讲个情，好像可以保的哩……”

随后他对着台下的人群：

“求祖宗保宥你们吧，你们都是罪人！……阿曼叔的事情由我乡长作主！你们不配说话！”他又对着华生和阿波哥：“你们可怪不得我！”

“我并不希罕这一条命！”华生愤怒地说，“只是便宜了你们这班豺狼，傅家桥人又得多受荼毒了！”

“也算你有本领，”阿波哥冷笑着说。

傅青山没回答。他得意地笑着走了。黑麻子和阿如老板做着鬼脸，紧跟在后面。几个兵士踢开葛生嫂，便把华生，阿波哥和秋琴拖了走，另几个兵士用枪拟着台下的群众，待他们将次地退完，才缓慢地也退了出去。

祠堂里静寂了一刻，忽然又纷扰起来。大家看见葛生哥已经晕倒在台上，脸如土色，吐着涎沫。

“是我不好，……乡长……是我不好……”他喃喃地哼着。

突然间，他挣扎着仰起上身，伸着手指着天，大声叫了起来：

"老天爷，你有眼睛吗？……你不救救好人吗？……华生！……华生！……"

葛生嫂把孩子丢下了。她独自从台上奔了下来，向大殿里挤去。她的火红的眼珠往外凸着，射着可怕的绿色的光。她一面撕着自己的头发和衣襟，一面狂叫着：

"老天爷没有眼睛！……祖宗没有眼睛！……烧掉祠堂！……烧掉牌位！……"

天气突然冷下来了。天天刮着尖利的风。铅一般的天空像要沉重地落到地上来。太甲山的最高峰露出了白顶，仿佛它突然老了。东西两边的山岗变成了苍黄的颜色，蜷踞地像往下蹲了下去。远远近近的树林只剩下疏疏落落的秃枝。河流、田野和村庄凝成了一片死似的静寂。

没有那闪烁的星儿和飞旋的萤光，没有那微笑的脸庞和洋溢的歌声。纺织娘消失了，蟋蟀消失了，——现在是冬天。

图书在版编目（CIP）数据

野火 / 鲁彦著. — 北京：中国国际广播出版社，
2013.1
（良友文学丛书）
ISBN 978-7-5078-3531-1

Ⅰ.①野… Ⅱ.①鲁… Ⅲ.①长篇小说－中国－
当代 Ⅳ.①I247.5

中国版本图书馆CIP数据核字（2012）第266017号

野　火

著　　者	鲁　彦
责任编辑	张娟平　杜春梅
版式设计	国广设计室
责任校对	徐秀英
出版发行	中国国际广播出版社（83139469　83139489[传真]）
社　　址	北京复兴门外大街2号（国家广电总局内） 邮编：100866
网　　址	www.chirp.com.cn
经　　销	新华书店
印　　刷	环球印刷（北京）有限公司
开　　本	620 × 920　1/16
字　　数	170千字
印　　张	21
版　　次	2013 年 1 月　北京第一版
印　　次	2013 年 1 月　第一次印刷
书　　号	ISBN 978-7-5078-3531-1/I · 408
定　　价	49.50元

CRI 中国国际广播出版社　欢迎关注本社新浪官方微博　官方网站 www.chirp.cn

人文阅读与收藏·良友文学丛书

(1)	鲁 迅 编译	竖 琴
(2)	何家槐 著	暧 昧
(3)	巴 金 著	雨
(4)	鲁 迅 编译	一天的工作
(5)	张天翼 著	一 年
(6)	篷 子 著	剪影集
(7)	丁 玲 著	母 亲
(8)	老 舍 著	离 婚
(9)	施蛰存 著	善女人行品
(10)	沈从文 著	记丁玲
	沈从文 著	记丁玲续集
(11)	老 舍 著	赶 集
(12)	陈 铨 著	革命的前一幕
(13)	张天翼 著	移 行
(14)	郑振铎 著	欧行日记
(15)	靳 以 著	虫 蚀
(16)	茅 盾 著	话匣子
(17)	巴 金 著	电
(18)	侍 桁 著	参差集
(19)	丰子恺 著	车箱社会
(20)	凌叔华 著	小哥儿俩
(21)	沈起予 著	残 碑
(22)	巴 金 著	雾
(23)	周作人 著	苦竹杂记 （暂缺）